Cinco semanas em um balão

JÚLIO VERNE

CINCO SEMANAS EM UM BALÃO

Viagem de descobertas na
África por três ingleses

Tradução
Frank de Oliveira

Esta é uma publicação Principis, selo exclusivo da Ciranda Cultural
© 2020 Ciranda Cultural Editora e Distribuidora Ltda.

Traduzido do original em francês
Cinq semaines en ballon

Texto
Júlio Verne

Tradução
Frank de Oliveira

Preparação
Luciene Ribeiro dos Santos

Revisão
Karin Gutz
Ana Lucia Rizzi
Cleusa S. Quadros

Produção editorial e projeto gráfico
Ciranda Cultural

Imagens
Mott Jordan/Shutterstock.com;
Andrey Burmakin/Shutterstock.com;
donatas1205/Shutterstock.com;
Brandon Bourdages/Shutterstock.com;
jumpingsack/Shutterstock.com;

Dados Internacionais de Catalogação na Publicação (CIP) de acordo com ISBD

V531c	Verne, Júlio
	Cinco semanas em um balão / Júlio Verne ; traduzido por Frank de Oliveira. - Jandira, SP : Principis, 2020.
	288 p. ; 15,5cm x 22,6cm. - (Literatura Clássica Mundial)
	Tradução de: Cinq semaines en ballon
	Inclui índice.
	ISBN: 978-65-5552-172-6
	1. Literatura infantojuvenil. 2. Ficção. I. Oliveira, Frank de. II. Título. III. Série.

	CDD 028.5
2020-2412	CDU 82-93

Elaborado por Vagner Rodolfo da Silva - CRB-8/9410

Índice para catálogo sistemático:
1. Literatura infantojuvenil 028.5
2. Literatura infantojuvenil 82-93

1ª edição em 2020
www.cirandacultural.com.br
Todos os direitos reservados.
Nenhuma parte desta publicação pode ser reproduzida, arquivada em sistema de busca ou transmitida por qualquer meio, seja ele eletrônico, fotocópia, gravação ou outros, sem prévia autorização do detentor dos direitos, e não pode circular encadernada ou encapada de maneira distinta daquela em que foi publicada, ou sem que as mesmas condições sejam impostas aos compradores subsequentes.

SUMÁRIO

Capítulo 1 7

Capítulo 2 14

Capítulo 3 18

Capítulo 4 26

Capítulo 5 31

Capítulo 6 37

Capítulo 7 42

Capítulo 8 47

Capítulo 9 53

Capítulo 10 58

Capítulo 11 63

Capítulo 12 69

Capítulo 13 77

Capítulo 14 83

Capítulo 15 91

Capítulo 16 101

Capítulo 17 109

Capítulo 18 118

Capítulo 19 127

Capítulo 20 133

Capítulo 21 139

Capítulo 22 147

Capítulo 23 155

Capítulo 24 163

Capítulo 25 170

Capítulo 26 176

Capítulo 27 182

Capítulo 28 188

Capítulo 29 194

Capítulo 30 200

Capítulo 31 207

Capítulo 32 212

Capítulo 33 218

Capítulo 34 224

Capítulo 35 229

Capítulo 36 237

Capítulo 37 243

Capítulo 38 249

Capítulo 39 257

Capítulo 40 262

Capítulo 41 266

Capítulo 42 273

Capítulo 43 278

Capítulo 44 286

1

*O fim de um discurso muito aplaudido – Apresentação do doutor
Samuel Fergusson – "Excelsior" – Retrato de corpo inteiro do doutor
– Um fatalista convicto – Jantar no Traveller's Club
– Vários brindes para a ocasião*

Era grande a afluência na assembleia da Real Sociedade Geográfica de Londres, praça Waterloo, número 3, no dia 14 de janeiro de 1862. O presidente, *sir* Francis M..., fazia uma importante comunicação a seus ilustres colegas, em um discurso interrompido a todo momento pelos aplausos.

Esse extraordinário rasgo de eloquência finalmente terminou com algumas frases bombásticas, nas quais o patriotismo transbordava em períodos bombásticos.

– A Inglaterra sempre marchou à frente das nações (pois, como já se observou, as nações marcham no mundo inteiro à frente umas das outras) graças à intrepidez de seus viajantes empenhados em descobertas geográficas. (*Concordância geral.*) O doutor Samuel Fergusson, um de nossos gloriosos filhos, não desmentirá sua origem. (*Por toda parte: "Não, não!"*) Este empreendimento, se tiver êxito (*"Vai ter!"*), fará a conexão, ligando as noções esparsas que temos da cartografia africana (*Aprovação veemente*); se não tiver (*"Nunca, nunca!"*), ao menos irá se imortalizar como uma das mais audaciosas concepções do gênio humano! (*Agitação frenética.*)

– Viva! Viva! – bradou a assembleia, eletrizada por aquelas emocionantes palavras.

– Viva o intrépido Fergusson! – exclamou um dos membros mais expansivos do auditório.

Gritos de entusiasmo ressoaram. O nome de Fergusson vibrou em todas as bocas, e temos razões de sobra para acreditar que o tom muito se elevou ao passar por gargantas inglesas. O salão estremeceu.

Contudo, ali se achavam, em grande número, viajantes corajosos, já velhos e fatigados, cujo temperamento irrequieto os levara a percorrer as cinco partes do mundo! Todos (uns mais, outros menos) haviam, física ou moralmente, escapado aos naufrágios, aos incêndios, às machadinhas dos índios, aos porretes dos selvagens, aos postes de suplício ou ao canibalismo na Polinésia! Mas nada podia conter as batidas do coração do *sir* Francis M... durante o discurso e, sem dúvida, não há lembrança de um sucesso oratório maior na Real Sociedade Geográfica de Londres.

No entanto, na Inglaterra, o entusiasmo não se limita às palavras. Ele entra em circulação mais rapidamente que as cédulas da Casa da Moeda de Londres. Antes de finalizar a sessão, votou-se uma ordem de pagamento em favor do doutor Fergusson que alcançou a soma de duas mil e quinhentas libras. A quantia arrecadada era proporcional à importância do empreendimento.

Um dos membros da Sociedade perguntou ao presidente se o doutor Fergusson não seria oficialmente apresentado.

– O doutor está à disposição da assembleia – respondeu *sir* Francis M...

– Pois que entre! – gritaram. – Que entre! Queremos ver com nossos próprios olhos um homem de tão extraordinária audácia!

CINCO SEMANAS EM UM BALÃO

– Talvez essa incrível proposta – resmungou um velho comodoro exaltado – tenha por finalidade única nos fazer de bobos!

– E se o doutor Fergusson nem existir? – insinuou uma voz maliciosa.

– Então, será necessário inventá-lo – retrucou um membro zombeteiro daquela renomada sociedade.

– Façam entrar o doutor Fergusson – disse simplesmente *sir* Francis M...

E o doutor entrou, em meio a uma tempestade de aplausos, sem demonstrar nenhuma emoção.

Era um homem em seus quarenta anos, de estatura e constituição normais; o rosto muito vermelho denunciava seu temperamento sanguíneo; tinha expressão fria, traços regulares e nariz comprido, em forma de quilha, típico do homem predestinado às descobertas; os olhos muito meigos, mais inteligentes que atrevidos, davam um grande encanto à sua fisionomia; os braços eram longos e os pés se firmavam no chão com a força e energia dos andarilhos traquejados.

Uma gravidade serena emanava do doutor, e nem se pensaria que ele pudesse ser instrumento de algum tipo de mistificação, ainda que das mais inocentes.

Pois bem, os vivas e os aplausos só cessaram quando o doutor Fergusson pediu silêncio com um gesto amável. Dirigiu-se para a poltrona de onde faria sua apresentação e, ainda de pé, ereto, o olhar enérgico, levantou para o céu o indicador da mão direita, abriu a boca e pronunciou uma única palavra:

– *Excelsior!*

Não! Jamais uma interpelação inesperada dos senhores Bright e Cobden, jamais um pedido de fundos extraordinários de lorde Palmerston para fortificar os rochedos da Inglaterra obtiveram tamanho sucesso. O discurso de *sir* Francis M... fora superado e em muito. O doutor se mostrava ao mesmo tempo sublime, grandioso, sóbrio e comedido. Tinha pronunciado a palavra que o momento exigia:

– *Excelsior!*

JÚLIO VERNE

O velho comodoro, totalmente rendido àquele homem extraordinário, exigiu a inserção "integral" do discurso de Fergusson nos *Proceedings of The Royal Geographical Society of London*[1].

Quem era, então, esse doutor? E a quais afazeres ele se dedicava?

O pai do jovem Fergusson, um bravo capitão da marinha inglesa, havia iniciado o filho, desde tenra idade, aos perigos e às aventuras de sua profissão. O magnânimo garoto, que aparentemente não conhecia o medo, revelou desde cedo um espírito vivo, uma inteligência de pesquisador e uma propensão notável para os trabalhos científicos; além disso, tinha habilidades incomuns para se safar de embaraços; nunca teve dificuldades com nada, nem mesmo na hora de usar pela primeira vez o garfo, algo em que geralmente as crianças não se saem muito bem.

Cedo sua imaginação abriu asas ao ler sobre empreendimentos arriscados e explorações marítimas; seguia com paixão as descobertas que assimilou a primeira metade do século XIX; sonhou com a glória dos Mungo-Park, dos Bruce, dos Caillié, dos Levaillant e até, creio eu, com a de Selkirk, o Robinson Crusoé, que não lhe parecia inferior. Quantas horas atarefadas não passou com ele na ilha de Juan Fernández! Aprovava quase sempre as ideias do marinheiro abandonado; às vezes, discutia seus planos e projetos; teria feito de outra forma, melhor talvez, mas pelo menos igual! Entretanto, é certo que jamais sairia daquela ilha bem-aventurada, onde era feliz como um rei sem súditos... Não, nem mesmo para se tornar primeiro-lorde do Almirantado!

Deixo aos cuidados do leitor concluir se essas tendências se desenvolveram durante sua juventude aventureira, passada nos quatro cantos do mundo. Seu pai, homem instruído, não deixava de consolidar a inteligência brilhante do filho com estudos sérios sobre hidrografia, física e mecânica, além de um pouquinho de botânica, medicina e astronomia.

Quando da morte do digno capitão, Samuel Fergusson, com vinte e dois anos de idade, já havia dado a volta ao mundo. Alistou-se no

---

1 Boletins da Real Sociedade Geográfica de Londres. (N. O.)

Cinco semanas em um balão

Corpo dos Engenheiros de Bengala e conseguiu se distinguir em várias missões. Mas a vida de soldado não lhe convinha: avesso a mandar, era também avesso a obedecer. Pediu demissão e, ora caçando, ora herborizando, foi para o norte da península indiana, que atravessou de Calcutá a Surate, como um simples passeio de amador.

De Surate, rumou para a Austrália onde tomou parte, em 1845, da expedição do capitão Stuart, encarregado de descobrir o mar Cáspio que se supunha existir no centro da Nova Holanda.

Samuel Fergusson voltou para a Inglaterra em 1850 e, possuído como nunca pelo demônio das descobertas, acompanhou até 1853 o capitão Mac Clure na expedição que contornou o continente americano do estreito de Behring ao cabo Farewel.

Apesar das fadigas de todo gênero e sob os mais diversos climas, a constituição de Fergusson resistia maravilhosamente. Suportava bem as maiores privações; era o tipo do perfeito viajante, cujo estômago se contrai ou se dilata à vontade, cujas pernas se alongam ou se encurtam conforme o tamanho da cama improvisada, que dorme a qualquer hora do dia e acorda a qualquer hora da noite.

Portanto, não é de se espantar que encontremos nosso infatigável viajante visitando de 1855 a 1857 todo o oeste do Tibete, em companhia dos irmãos Schlagintweit, e colhendo dessa exploração dados curiosos de etnografia.

Durante essas muitas viagens, Samuel Fergusson se revelou o correspondente mais ativo e mais interessante do *Daily Telegraph*, esse jornal de apenas um tostão, cuja tiragem chega a cento e quarenta mil exemplares diários e mal consegue atender aos vários milhões de leitores. Por isso, o doutor era bem conhecido, embora não fosse membro de nenhuma instituição erudita nem das reais sociedades geográficas de Londres, Paris, Berlim, Viena ou São Petersburgo, nem do Clube dos Viajantes ou sequer da Royal Polytechnic Institution, onde seu amigo, o estatístico Kokburn, brilhava.

Um dia, esse cientista propôs a Fergusson, só para lhe ser agradável, o seguinte problema: dado o número de quilômetros percorridos pelo

JÚLIO VERNE

doutor durante a volta do mundo, quantas vezes sua cabeça percorreu mais que os pés, considerando-se a diferença dos raios? Ou então: conhecendo-se o número de quilômetros percorridos pelos pés e pela cabeça do doutor, qual seria exatamente sua estatura?

Apesar dos influentes amigos, Fergusson se mantinha afastado das sociedades científicas, uma vez que era militante da Igreja e não falante. Achava que era melhor empregar o tempo pesquisando que discutindo, ou melhor descobrindo que discorrendo.

Conta-se que um inglês apareceu um dia em Genebra para visitar o lago; puseram-no em uma dessas velhas carruagens onde os passageiros se sentam de lado, como nos ônibus; ora, sucedeu que por acaso nosso inglês ficasse de costas para o lago; a diligência completou pacificamente sua viagem circular sem que ele se virasse uma vez sequer: voltou para Londres encantado com o lago de Genebra.

Já o doutor Fergusson se virara várias vezes durante suas viagens, e tanto que acabara vendo muita coisa. Nisso, aliás, obedecia à sua natureza; e temos boas razões para crer que era um pouco fatalista, mas de um fatalismo bastante ortodoxo, pois contava tanto com as próprias forças quanto com a Providência; dizia-se antes empurrado que atraído por suas viagens, percorrendo o mundo como uma locomotiva dirigida não por si mesma, mas pelos trilhos.

– Não sigo meu caminho – dizia com frequência –, meu caminho é que me segue.

Ninguém estranhará, portanto, o sangue-frio com que recebeu os aplausos da Real Sociedade. Estava acima de todas essas baboseiras, não tinha orgulho e muito menos vaidade; dirigiu-se em termos simples ao presidente *sir* Francis M... e nem sequer notou o efeito tremendo que produziu.

Após a sessão, o doutor foi conduzido ao Traveller's Club, em Pall Mall, onde um soberbo banquete fora preparado em sua homenagem. O tamanho das iguarias condizia com a importância do personagem: o

CINCO SEMANAS EM UM BALÃO

esturjão que abrilhantou o jantar não era muito menor que o próprio Samuel Fergusson.

Brindes numerosos foram levantados, com vinhos franceses, aos célebres viajantes que se haviam destacado em terras da África. Bebeu-se à saúde ou à memória de cada um e por ordem alfabética, o que é bem inglês: a Abbadie, Adams, Adamson, Anderson, Arnaud, Baikie, Baldwin, Barth, Batouda, Beke, Beltrame, Du Berba, Bimbachi, Bolognesi, Bolwik, Bolzoni, Bonnemain, Brisson, Browne, Bruce, Brun-Rollet, Burchell, Burckhardt, Burton, Caillaud, Caillié, Campbell, Chapman, Clapperton, Clot-Bey, Colomieu, Corval, Cumming, Cuny, Debono, Decken, Denham, Desavanchers, Dicksen, Dickson, Dochard, Duchaillu, Duncan, Durand, Duroulé, Duveyrier, Erhardt, D'Escayrac, De Lauture, Ferret, Fresnel, Galinier, Galton, Geoffroy, Golberry, Hahn, Halm, Harnier, Hecquart, Heuglin, Hornemann, Houghton, Imbert, Kaufmann, Knoblecher, Krapf, Kummer, Lafargue, Laing, Lajaille, Lambert, Lamiral, Lamprière, John Lander, Richard Lander, Lefebvre, Lejean, Levaillant, Livingstone, Maccarthie, Maggiar, Maizan, Malzac, Moffat, Mollien, Monteiro, Morrisson, Mungo-Park, Neimans, Overwey, Panet, Partarrieau, Pascal, Pearse, Peddie, Peney, Petherick, Poncet, Prax, Raffenel, Rath, Rebmann, Richardson, Riley, Ritchie, Rochet d'Héricourt, Rongäwi, Roscher, Ruppel, Saugnier, Speke, Steidner, Thibaud, Thompson, Thornton, Toole, Tousny, Trotter, Tuckey, Tyrwitt, Vaudey, Veyssière, Vincent, Vinco, Vogel, Wahlberg, Warington, Washington, Werne, Wild e, enfim, ao doutor Samuel Fergusson que, por sua incrível tentativa, deveria reunir os trabalhos desses viajantes e completar a série das descobertas africanas.

2

*Um artigo do Daily Telegraph – Guerra de jornais científicos
– O senhor Petermann apoia seu amigo, o doutor Fergusson
– Resposta do cientista Koner – Apostas feitas
– Diversas propostas apresentadas ao doutor*

No dia seguinte, em seu número de 15 de janeiro, o *Daily Telegraph* publicou o seguinte artigo:

"*A África vai desvendar por fim o segredo de suas vastas solidões. Um Édipo moderno nos dará a solução desse enigma que os cientistas não puderam decifrar em sessenta séculos. Outrora, buscar as nascentes do Nilo,* fontes Nili quaerere, *era considerada uma tentativa insana, uma quimera irrealizável.*

O doutor Barth, seguindo até o Sudão a rota traçada por Denham e Clapperton; o doutor Livingstone, multiplicando suas intrépidas pesquisas desde o cabo da Boa Esperança até a bacia do Zambézi; os capitães Burton e Speke, abrindo três caminhos para a civilização moderna com a descoberta dos Grandes Lagos, cujo ponto de interseção, onde nenhum viajante jamais chegou, é o próprio coração da África. É para lá que devem se voltar todos os esforços.

CINCO SEMANAS EM UM BALÃO

Ora, os trabalhos desses corajosos pioneiros da ciência serão retomados pela arriscada tentativa do doutor Samuel Fergusson, do qual nossos leitores têm apreciado frequentemente as extraordinárias explorações.

Esse ousado descobridor pretende atravessar de balão a África toda, de leste a oeste. Se estamos bem informados, o ponto de partida dessa surpreendente viagem será a ilha de Zanzibar, na costa oriental. Quanto ao ponto de chegada, só Deus sabe.

A proposta dessa exploração científica foi apresentada ontem, oficialmente, à Real Sociedade Geográfica. Conseguiu-se uma soma de duas mil e quinhentas libras para subsidiar o empreendimento.

Manteremos nossos leitores a par dessa tentativa sem precedentes nos anais geográficos."

Como era de se esperar, o artigo teve enorme repercussão. Primeiro, insuflou as tormentas da incredulidade, e o doutor Fergusson se tornou um ser meramente quimérico, inventado pelo senhor Barnum, que, após trabalhar nos Estados Unidos, se preparava para "fazer" as Ilhas Britânicas.

Em Genebra, o número de fevereiro dos *Bulletins de la Société Géographique*[2] trouxe uma resposta bem-humorada, zombando com muito espírito da Real Sociedade de Londres, do Traveller's Club e do gigantesco esturjão.

Mas o senhor Petermann, em seus *Mittheilungen*[3], publicados em Gotha, reduziu ao silêncio mais absoluto o jornal de Genebra. Petermann conhecia pessoalmente o doutor Fergusson e garantiu a coragem de seu audacioso amigo.

De resto, a dúvida logo não era mais possível. Os preparativos da viagem estavam sendo feitos em Londres; as fábricas de Lyon haviam

---

2   Boletins da Sociedade Geográfica. (N. T.)
3   Informativos. (N. T.)

recebido uma encomenda importante de tafetá, um tecido especial para a construção do aeróstato; enfim, o governo britânico colocou à disposição do doutor o barco *Resolute*, comandado pelo capitão Pennet.

Não tardou e vieram a público milhares de incentivos e felicitações. Detalhes do empreendimento não faltavam nos *Bulletins de la Société Géographique de Paris*[4]; um artigo notável apareceu nos *Nouvelles Annales des Voyages de la Géographie, de l'Histoire e de l'Archeologie*[5], do senhor V. A. Malte-Brun; um trabalho minucioso publicado na *Zeitschrift für Allgemeine Erdkunde*[6], de autoria do doutor W. Koner, demonstrou vitoriosamente a possibilidade da viagem, suas chances de sucesso, a natureza dos obstáculos, as imensas vantagens da locomoção pelo ar. Ele apenas criticou o local da partida: preferia Masuah, pequeno porto da Abissínia, de onde James Bruce tinha saído em busca das nascentes do Nilo em 1768. No entanto, reconhecia sem reservas o espírito aventureiro do doutor Fergusson, aquele coração protegido por um triplo escudo de bronze que concebera e tentaria semelhante aventura.

A *North American Review*[7] não viu com bons olhos essa glória reservada à Inglaterra. Ridicularizou a proposta do doutor e convidou-o a ir até a América enquanto estivesse no bom caminho.

Em suma, sem contar os periódicos do mundo inteiro, não houve publicação científica, desde o *Journal des Missions Évangéliques*[8] até a *Revue Algérienne et Coloniale*[9], desde os *Annales de la Propagation de la Foi*[10] até o *Church Missionary Intelligencer*[11], que não relatasse o fato em todos os seus aspectos.

---

4 Boletins da Sociedade Geográfica de Paris. (N. T.)
5 Novos Anais das Viagens da Geografia, História e Arqueologia. (N. T.)
6 Revista de Geografia Geral. (N. T.)
7 Revista Norte-Americana. (N. T.)
8 Jornal das Missões Evangélicas. (N. T.)
9 Revista Argelina e Colonial. (N. T.)
10 Anais da Propagação da Fé. (N. T.)
11 Informativo da Igreja Missionária. (N. T.)

CINCO SEMANAS EM UM BALÃO

Fizeram-se apostas consideráveis em Londres e em toda a Inglaterra sobre: 1) a existência real ou suposta do doutor Fergusson; 2) sobre a própria viagem, que não seria realizada, segundo uns, ou que seria levada adiante, segundo outros; 3) sobre o sucesso ou o fracasso da aventura; 4) sobre as possibilidades ou impossibilidades da volta do doutor Fergusson. Foram registradas somas enormes no livro de apostas, como se fosse a época das corridas de cavalos de Epsom.

Desse modo, crédulos e incrédulos, ignorantes e sábios, todos tinham os olhos fixos no doutor, que se tornou a celebridade do momento, sem ao menos se dar conta disso. Ele fornecia de boa vontade informações exatas sobre a expedição. Era muito acessível, o homem mais simples do mundo. Mais de um aventureiro se apresentou para partilhar a glória e os perigos de sua tentativa, porém ele dispensou a todos que apareceram sem dar explicações.

Numerosos inventores de engenhocas aplicáveis à direção de balões foram oferecer-lhe seus sistemas, mas ele não aceitou nenhum. A quem lhe perguntava se ele havia descoberto algo de novo nessa área, Fergusson recusava responder, apenas se ocupando mais que nunca dos preparativos da viagem.

3

*O amigo do doutor – Início de sua amizade – Dick Kennedy em Londres
– Proposta inesperada, mas nada tranquilizadora
– Provérbio que não consola
– Algumas palavras sobre o martirológio africano
– Vantagens de um aeróstato – O segredo do doutor Fergusson*

O doutor Fergusson tinha um amigo. Não uma cópia dele mesmo, um *alter ego*, pois a amizade não pode existir entre dois seres exatamente idênticos.

Contudo, embora possuíssem qualidades, aptidões e temperamentos diversos, Dick Kennedy e Samuel Fergusson tinham, por assim dizer, um só coração, o que não os incomodava muito. Ao contrário.

Dick Kennedy era um escocês na mais pura acepção da palavra: franco, resoluto, teimoso. Morava na cidadezinha de Leith, perto de Edimburgo, um autêntico subúrbio da "Cidade Enfumaçada". Era às vezes pescador, mas, sobretudo e quase sempre, um caçador determinado, o que não chega a espantar por se tratar de um filho da Caledônia, que vivia percorrendo as montanhas das Highlands. Tinha a fama de grande atirador, pois não só cortava as balas com uma lâmina de faca, como as duas metades ficavam tão semelhantes que, observando-as em seguida, não se podia encontrar nelas uma diferença considerável.

A fisionomia de Kennedy lembrava muito a de Halbert Glendinning, tal qual o descreve Walter Scott em *O Mosteiro*. Tinha mais de 1,80 m de altura e, embora de talhe gracioso e desenvolto, parecia dotado de uma força hercúlea. Rosto bronzeado pelo sol, olhos negros e vivos, uma ousadia natural das mais decididas; enfim, algo de bom e sólido nesse escocês falava em seu favor.

Os dois amigos se conheceram na Índia, quando serviam no mesmo regimento. Dick caçava tigres e elefantes; Samuel, plantas e insetos. Ambos podiam se considerar muito bons em seu ofício, e mais de uma planta rara caiu em mãos do doutor, tão difícil de obter quanto um par de presas de marfim.

Esses dois rapazes nunca tiveram a oportunidade de salvar a vida um do outro ou de prestar-se um serviço qualquer. Nem por isso a amizade era menos sólida. O destino, às vezes, os distanciava, mas a simpatia os reunia sempre.

Após voltarem para a Inglaterra, ficavam frequentemente separados por causa das expedições do doutor a terras longínquas; entretanto, ao regressar, Fergusson jamais deixava, não de pedir, mas de dar algumas semanas de seu tempo ao amigo escocês.

Kennedy discorria sobre o passado, Fergusson preparava o futuro: um olhava para trás, o outro para a frente. Daí o espírito inquieto de Samuel e a serenidade perfeita de Dick.

Depois de sua viagem ao Tibete, o doutor ficou quase dois anos sem falar em novas explorações; Dick pensou então que os instintos de viajante, e os apetites de aventureiro do amigo haviam se acalmado. Ficou contente. Aquilo, pensava ele, iria acabar mal, mais cedo ou mais tarde. Por mais que se conheça bem os homens, ninguém se mete impunemente com antropófagos e animais selvagens. Kennedy tentou, pois, convencer Samuel a acomodar-se, dizendo que ele já fizera muito para desenvolver a ciência o suficiente para angariar a gratidão humana.

A isso, o doutor se limitava a não responder nada; permanecia pensativo, depois se entregava a cálculos secretos, passando a noite lutando com números e até experimentando aparelhos estranhos que ninguém sabia o que eram. Percebia-se que alguma coisa gigantesca ocupava seus pensamentos.

"O que ele estará tramando?", Kennedy se perguntou quando o amigo o deixou para voltar a Londres, em janeiro.

Teve a resposta em uma bela manhã, pelo artigo do *Daily Telegraph*.

– Misericórdia! – gritou. – Louco! Insensato! Atravessar a África em um balão! Era só o que faltava! Então é isso que ele vem planejando nos últimos dois anos!

Se o leitor puder imaginar socos violentamente aplicados à cabeça no lugar de todos esses pontos de exclamação, terá uma boa ideia do exercício ao qual se entregava o bravo Dick enquanto proferia para si mesmo tais palavras.

Quando sua criada, a velha Elspeth, tentou insinuar que isso poderia ser pura mistificação:

– Ora! – replicou ele. – Então não conheço meu amigo? Isso não é bem típico dele? Viajar pelos ares! Agora sente inveja das águias! Não, isso não vai acontecer, devo impedi-lo! Se o deixarmos fazer o que bem entende, um belo dia ele partirá para a lua!

Naquela mesma noite, Kennedy, meio impaciente, meio irritado, tomou o trem na estação General Railway e, no dia seguinte, chegou a Londres.

Três quartos de hora depois, um coche o deixava na pequena casa do doutor: praça Soho, rua Greek. Atravessou a varanda e, para se anunciar, aplicou à porta cinco golpes violentos.

Fergusson em pessoa veio abrir.

– Dick? – exclamou, sem muito espanto.

– O próprio – respondeu Kennedy.

– Mas como assim, meu caro Dick? Você em Londres no inverno, em plena estação de caça?

CINCO SEMANAS EM UM BALÃO

– Sim, eu em Londres.

– E o que veio fazer aqui?

– Impedir uma loucura inqualificável!

– Uma loucura? – estranhou o doutor.

– É verdade o que diz este jornal? – prosseguiu Kennedy, com o cenho franzido, estendendo-lhe o exemplar do *Daily Telegraph*.

– Ah, então é disso que está falando! Os jornais são bem indiscretos! Mas sente-se, meu caro Dick.

– Não vou me sentar. Você tem mesmo a intenção de empreender essa tal viagem?

– Perfeitamente. Meus preparativos estão adiantados e eu...

– Onde estão esses preparativos? Vou fazê-los em pedaços. Onde estão? Quero esmigalhá-los.

O digno escocês parecia realmente furioso.

– Calma, meu caro Dick – apaziguou o doutor. – Compreendo sua irritação. Está ofendido porque não lhe comuniquei meus novos projetos.

– E ainda chama isso de novos projetos!

– Tenho andado muito ocupado – prosseguiu Samuel, ignorando a interrupção. – Tanta coisa para fazer! Mas fique tranquilo, eu não partiria sem lhe escrever...

– Como se eu ligasse para isso...

– ... porque tenho a intenção de levá-lo comigo.

O escocês deu um salto que não ficaria mal a um camelo.

– E essa, agora! Quer então que nos trancafiem no hospício de Bethlehem!

– Conto muito com você, meu caro Dick, porque o escolhi no lugar de muitos outros.

Kennedy olhava, estupefato.

– Depois de me ouvir por dez minutos – continuou tranquilamente o doutor –, vai me agradecer.

– Está falando sério?

JÚLIO VERNE

– Muito sério.

– E se eu não quiser acompanhá-lo?

– Vai querer.

– Mas, enfim, e se eu não quiser?

– Irei sozinho.

– Sentemo-nos – disse o caçador – e conversemos com calma. Se de fato não está brincando, valerá a pena discutirmos o assunto.

– Caso não se oponha, façamos isso tomando o café da manhã, meu caro Dick.

Os amigos se colocaram um diante do outro na pequena mesa, entre uma pilha de sanduíches e uma enorme chaleira.

– Meu caro Samuel – disse o caçador –, seu projeto é insensato! É inviável! Não tem nada de sério ou praticável!

– Isso só saberemos depois de tentar.

– Pois tentar é justamente o que não devemos fazer.

– Por que, faça-me o favor de explicar?

– Perigos, obstáculos de todo tipo!

– Os obstáculos – ponderou seriamente Fergusson – foram inventados para serem vencidos. Quanto aos perigos, quem pode se gabar de fugir deles? Tudo é perigoso nesta vida. Talvez seja muito perigoso sentar-se à mesa ou pôr o chapéu na cabeça. De resto, convém considerar o que deve acontecer como já acontecido e ver apenas o presente no futuro; pois o futuro nada mais é que o presente um pouco longínquo.

– E isso! – exclamou Kennedy, dando de ombros. – Você é sempre exagerado!

– Sempre, mas no bom sentido da palavra. Não nos preocupemos com o que a sorte nos reserva, e não esqueçamos nunca nosso excelente provérbio da Inglaterra: "Quem nasceu para ser enforcado não morrerá afogado".

Para isso, não havia resposta possível, mas Kennedy continuou apresentando uma série de argumentos fáceis de imaginar, porém longos demais para reproduzir aqui.

Cinco semanas em um balão

– Enfim – desabafou ele após uma hora de discussão –, se você quer mesmo atravessar a África, se isso for necessário à sua felicidade, por que não seguir as rotas comuns?

– Por quê? – animou-se o doutor. – Porque até agora todas as tentativas fracassaram! Porque, de Mungo-Park assassinado no Níger ao Vogel desaparecido no Wadai, de Oudney morto em Murmur e Clapperton morto em Sackatu ao francês Maizan cortado em pedaços, do major Laing morto pelos tuaregues ao Roscher de Hamburgo massacrado no início de 1860, numerosas vítimas foram inscritas no martirológio africano! Porque lutar contra a fome, a sede, a febre, animais ferozes e povos mais ferozes ainda é impossível! Porque o que não se pode fazer de um jeito deve ser feito de outro! Porque, quando não se consegue passar pelo meio, é preciso passar pelos lados ou por cima!

– Se fosse apenas o caso de passar por cima! – replicou Kennedy. – Mas passar acima!

– Pois bem! – continuou o doutor com o maior sangue-frio do mundo. – O que tenho a temer? Você mesmo admite que tomei precauções de modo a não temer a queda de meu balão. Se, porém, ele me desapontar, estarei em terra, nas condições normais dos exploradores. Mas meu balão não me desapontará, nem se deve pensar nisso.

– Ao contrário, deve-se pensar.

– Não, não, meu caro Dick. Vou ficar com ele até minha chegada à costa ocidental africana. Com ele, tudo é possível; sem ele, terei de enfrentar os perigos e obstáculos naturais em expedições desse tipo. Com ele, nem calor, nem torrentes, nem tempestades, nem o simum, nem os climas insalubres, nem feras, nem homens terei para temer! Se eu sentir muito calor, subirei; se sentir muito frio, descerei. Se encontrar uma montanha, passarei por cima dela; se encontrar um precipício, será fácil contorná-lo. Atravessarei rios; dominarei tempestades; sobrevoarei as torrentes como um pássaro! Avançarei sem fadiga, pararei sem necessidade de repouso! Planarei sobre cidades desconhecidas! Voarei com a velocidade do furacão, seja bem no alto, seja a poucos metros do solo. O mapa africano irá se desdobrar a meus olhos no grande atlas do mundo!

O bom Kennedy começava a ceder; mas, ainda assim, o espetáculo que tinha diante de si lhe dava vertigens. Observava Samuel com admiração e, ao mesmo tempo, com medo. Já se sentia sacolejando nos ares.

– Vejamos, então, meu caro Samuel. Você descobriu mesmo um meio de dirigir balões?

– Que nada! Isso é uma utopia.

– Mas... mas você irá...

– Aonde a Providência quiser. No entanto, de leste a oeste.

– Por quê?

– Porque espero me servir dos ventos alísios, cuja direção é constante.

– Hum, verdade? – murmurou Kennedy, refletindo. – Ventos alísios... sem dúvida... A rigor, pode-se... Há alguma coisa...

– Há alguma coisa? Não, meu valente amigo, há tudo! O governo inglês colocou um barco à minha disposição. Combinamos também que três ou quatro navios cruzarão ao largo da costa ocidental na ocasião exata de minha chegada. Em três meses, no máximo, estarei em Zanzibar, onde inflarei o balão, e de lá nós levantaremos voo.

– Nós! – exclamou Dick.

– Tem ainda alguma objeção a fazer? Pois fale, amigo Kennedy.

– Uma objeção? Tenho mil! Mas diga-me uma coisa: se pretende sobrevoar o país, subindo e descendo à vontade, não poderá fazer isso sem perder gás. Não existe até agora outro combustível apropriado, e é isso que sempre impediu as longas peregrinações pela atmosfera.

– Meu caro Dick, só lhe direi isto: não perderei uma molécula, um átomo sequer de gás.

– E descerá à vontade?

– Descerei à vontade.

Cinco semanas em um balão

– Como?

– Esse é o meu segredo, amigo Dick. Tenha confiança, e que o nosso lema seja a sua: *Excelsior!*

– Vá lá, *Excelsior!* – concordou o caçador, que não sabia uma palavra de latim.

Entretanto, ele estava resolvido a se opor, de todas as maneiras, à partida do amigo. Fingiu então que cedia, e resolveu ficar por ali observando. Quanto a Samuel, foi finalizar seus preparativos.

4

Explorações africanas – Barth, Richardson, Overweg, Werne, Brun-Rollet, Peney, Andrea Debono, Miani, Guillaume Lejean, Bruce, Krapf e Rebmann, Maizan, Roscher, Burton e Speke

A companhia aérea que o doutor Fergusson pretendia seguir não fora escolhida ao acaso. Ele estudou minuciosamente seu ponto de partida e por isso decidiu alçar voo da ilha de Zanzibar. Situada perto da costa oriental da África, está a 6° na latitude sul, isto é, a seiscentos e noventa e dois quilômetros abaixo do equador.

Dali, acabava de partir a última expedição que cruzaria os Grandes Lagos em busca das nascentes do Nilo, com cento e setenta e duas léguas.

Convém agora dizer a quais explorações o doutor Fergusson esperava se conectar. As principais eram duas: a do doutor Barth, em 1849, e a dos tenentes Burton e Speke, em 1858.

O doutor Barth, de Hamburgo, obteve para si e seu compatriota Overweg permissão para se juntar ao grupo do inglês Richardson, encarregado de uma missão no Sudão.

Esse vasto país se situa entre 15° e 10° na latitude norte, ou seja: para chegar lá, é preciso percorrer mais de dois mil e quatrocentos quilômetros no interior da África.

Cinco semanas em um balão

Até então, o lugar só era conhecido por Denham, Clapperton e Oudney, cujas expedições ocorreram de 1822 a 1824. Richardson, Barth e Overweg, querendo ir mais longe em suas investigações, desembarcaram em Túnis e Trípoli, como seus antecessores, e conseguiram chegar a Murzuk, capital do Fezã.

Abandonaram então a linha perpendicular e seguiram rumo ao oeste, para Ghât, guiados, não sem dificuldades, pelos tuaregues. Após inúmeras cenas de pilhagem, vexames e ataques à mão armada, a caravana alcançou em outubro o grande oásis de Asben. O doutor Barth se separou dos companheiros, para fazer uma excursão até a cidade de Agades e se reintegrou à expedição, que retomou à marcha a 12 de dezembro. Chegaram à província do Damerghu, onde os três viajantes se separaram, com Barth rumando para Kano, que a alcançou à custa de muita paciência e pagando tributos consideráveis.

Apesar de acometido por febre intensa, Barth deixou essa cidade a 7 de março, acompanhado por um único serviçal. O objetivo maior de sua viagem era encontrar o lago Chade, do qual ainda estava separado por quinhentos e sessenta e três quilômetros. Avançou então para leste e chegou à cidade de Zuricolo, no Bornu, núcleo do grande império África Central. Ali teve notícia da morte de Richardson, que fora vencido pela fadiga e pelas privações. Chegou a Kuka, capital do Bornu, às margens do lago. Enfim, ao cabo de três semanas, no dia 14 de abril, doze meses e meio após deixar Trípoli, entrou na cidade de Ngornu.

Vamos vê-lo de novo a 29 de março de 1851, com Overweg, visitando o reino de Adamaua, ao sul do lago; chegou a cidade de Yola, um pouco abaixo dos 9º na latitude norte. Foi o limite extremo alcançado ao sul por esse ousado viajante.

Em agosto, voltou a Kuka e de lá percorreu incansavelmente o Mandara, o Barghimi e o Kanem, alcançando, como limite extremo a leste, a cidade de Masena, situada a 17º 20' na longitude oeste.

A 25 de novembro de 1852, após a morte de Overweg, seu último companheiro, rumou para oeste; visitou Sockoto, cruzou o Níger e

JÚLIO VERNE

chegou finalmente a Tombuctu, onde aguardou por oito meses, sofrendo as humilhações do xeque, os maus-tratos e a miséria. Além do que, a presença de um cristão na cidade não podia ser tolerada por muito tempo, e os fulas ameaçavam atacá-lo. O doutor partiu então a 17 de março de 1854, refugiando-se na fronteira, onde permaneceu por trinta e três dias na mais completa penúria. Voltou a Kano em novembro e depois a Kuka, tomando o caminho de Denham após quatro meses de espera; reviu Trípoli no fim de agosto de 1855 e regressou a Londres a 6 de setembro. Foi o único sobrevivente da expedição.

Eis o que foi a audaciosa jornada de Barth.

O doutor Fergusson tomou nota cuidadosamente de que ele havia parado a 4º na latitude norte e a 17º de longitude oeste.

Vejamos agora o que fizeram os tenentes Burton e Speke na África Oriental.

As diversas expedições que subiram o Nilo jamais conseguiram chegar às nascentes misteriosas desse rio. Conforme o relato do médico alemão Ferdinand Werne, a expedição de 1840, sob os auspícios de Mehemet-Ali, deteve-se em Gondokoro, entre os paralelos norte 4º e 5º.

Em 1855, Brun-Rollet, um saboiano nomeado cônsul da Sardenha no Sudão Oriental para substituir Vaudey, que havia morrido em ação, partiu de Cartum sob o pseudônimo de Yacub, mercador de borracha e marfim. Chegou a Belenia e retornou doente a Cartum, onde morreu em 1857.

Nem o doutor Peney, chefe do serviço médico egípcio, que em um pequeno vapor atingiu um grau abaixo de Gondokoro, e voltou para morrer de esgotamento em Cartum; nem o veneziano Miani, que, contornando as cataratas situadas abaixo de Gondokoro, alcançou o 2º paralelo; nem o negociante maltês Andrea Debono, que levou ainda mais longe sua expedição ao Nilo; nenhum deles pôde ultrapassar o limite intransponível.

Em 1859, Guillaume Lejean, encarregado de uma missão pelo governo francês, dirigiu-se a Cartum pelo mar Vermelho, navegou pelo Nilo

Cinco semanas em um balão

com vinte e um homens na tripulação e vinte soldados, mas não conseguiu ir além de Gondokoro e correu os maiores perigos em meio aos selvagens em plena revolta. A expedição comandada por D'Escayrac de Lauture também tentou sem sucesso alcançar as famosas nascentes.

Entretanto, o limite fatal deteve sempre os viajantes. Os enviados de Nero alcançaram outrora o 9.º grau de latitude, de maneira que, em dezoito séculos, não ganhamos mais que 5 ou 6 graus, ou seja, quatrocentos e oitenta a quinhentos e oitenta quilômetros.

Vários viajantes tentaram chegar às nascentes do Nilo partindo de um terminado ponto na costa oriental da África.

De 1768 a 1772, o escocês Bruce saiu de Masuá, porto da Abissínia, percorreu o Tigre, visitou as ruínas de Axo, viu um lugar que pensou ser o das nascentes do Nilo, porém não havia nada, então voltou sem obter nenhum resultado concreto.

Em 1844, o doutor Krapf, missionário anglicano, fundou um estabelecimento em Mombassa, na costa de Zanguebar, e descobriu, em companhia do reverendo Rebmann, duas montanhas a quatrocentos e oitenta quilômetros da costa: os montes Quilimanjaro e Quênia, que Heuglin e Thornton acabaram de escalar em parte.

Em 1845, o francês Maizan desembarcou sozinho em Bagamayo, diante de Zanzibar, e chegou a Deje-la-Mhora, onde o chefe o fez perecer em meio a cruéis suplícios.

Em 1859, no mês de agosto, o jovem viajante Roscher, de Hamburgo, juntou-se a uma caravana de mercadores árabes, alcançou o lago Niassa e ali foi assassinado enquanto dormia.

Enfim, em 1857, os tenentes Burton e Speke, oficiais do exército de Bengala, foram enviados pela Sociedade Geográfica de Londres para explorar os grandes lagos africanos. A 17 de junho, deixaram Zanzibar e rumaram diretamente para oeste.

Após quatro meses de sofrimentos indescritíveis, tendo suas bagagens pilhadas e os carregadores mortos, chegaram a Kazé, ponto de reunião dos traficantes e das caravanas. Estavam, por assim dizer, na

JÚLIO VERNE

lua; e ali colheram informações preciosas sobre os costumes, o governo, a religião, a fauna e a flora do país. Dirigiram-se então para o primeiro dos Grandes Lagos, o Tanganica, situado entre 3º e 8º na latitude sul, onde chegaram a 14 de fevereiro de 1858. Visitaram os diversos povoados das margens, quase todos canibais.

Retomaram a marcha a 26 de maio e regressaram a Kazé em 20 de junho. Ali, um esgotado Burton permaneceu por vários meses, doente. Enquanto isso, Speke avançava mais de quatrocentos e oitenta quilômetros para o norte, até o lago Ukereué, do qual se aproximou a 3 de agosto, só conseguindo ver, no entanto, sua embocadura, a 2º 30' na latitude.

Voltou a Kazé no dia 25 de agosto e retomou com Burton o caminho para Zanzibar, onde chegaram em março do ano seguinte. Os dois ousados exploradores voltaram então para a Inglaterra, e a Sociedade Geográfica de Paris lhes concedeu seu prêmio anual.

O doutor Fergusson observou cuidadosamente que eles não cruzaram nem o 2.º grau na latitude sul nem o 29.º grau na longitude leste.

Resolveu então juntar os dados das explorações de Burton e Speke com as do doutor Barth. E isso significava percorrer uma extensão de mais de 12 graus.

5

*Sonhos de Kennedy – Artigos e pronomes no plural
– Insinuações de Dick – Passeio pelo mapa da África
– O que resta entre as duas pontas do compasso
– Expedições atuais – Speke e Grant – Krapt, De Decken, De Heuglin*

O doutor Fergusson apressava-se com os preparativos para sua partida. Fiscalizava ele próprio, a construção do aeróstato, adotando certas inovações sobre as quais guardava o mais absoluto sigilo.

Há muito tempo vinha se dedicando ao estudo da língua árabe e de diversos dialétos dos mandingas, obtendo rápidos progressos, graças a seus talentos de poliglota.

Enquanto aguardava, seu amigo caçador não o deixava um minuto sequer, temendo sem dúvida que o doutor levantasse voo sem lhe dizer nada. Dick ainda tentava insistentemente fazer Samuel Fergusson desistir da viagem, por meio de sermões persuasivos, se desfazia em súplicas patéticas, às quais o outro nem dava ouvidos. Sentia que o amigo lhe escapava por entre os dedos.

O pobre escocês era, realmente, digno de lástima. Já não contemplava a abóbada celeste sem terrores sombrios; sentia, enquanto dormia, sacolejos vertiginosos e sonhava todas as noites que estava despencando de grandes alturas.

Devemos acrescentar que, durante esses terríveis pesadelos, chegou a cair da cama uma ou duas vezes. Correu então para mostrar a Fergusson um grande galo que ganhara na cabeça.

– No entanto – acrescentou com ingenuidade –, foi a menos de um metro de altura! Só isso! E um inchaço assim! Julgue por si mesmo!

Essa insinuação, cheia de melancolia não comoveu o doutor.

– Não cairemos – disse apenas.

– Mas, e se cairmos?

– Não cairemos.

Foi só. Kennedy não soube o que responder.

O que mais exasperava Dick era a insistência do doutor em contar com ele, Kennedy: se considerava indiscutivelmente destinado a tornar-se companheiro aéreo de Fergusson. Isso já estava fora de discussão. Samuel usava e abusava do pronome pessoal na primeira pessoa do plural.

– "Nós" iremos... "nós" estaremos prontos no dia... "nós" partiremos quando...

E do pronome possessivo no singular:

– "Nosso" balão... "nossa" barquinha... "nossa" exploração...

E também no plural!

– "Nossos" preparativos... "nossas" descobertas... "nossas" subidas...

Dick estremecia, embora estivesse decidido a não ir; não queria contrariar demais o amigo. Então, mesmo que, sem perceber bem o que fazia, mandara vir aos poucos de Edimburgo algumas roupas apropriadas e seus melhores fuzis de caça.

Um dia, depois de reconhecer que com muita sorte poderiam ter uma chance em mil de obter sucesso, fingiu render-se aos desejos do doutor. Mas, para retardar a viagem, inventou uma série de desculpas das mais desencontradas. Pôs em dúvida a utilidade da expedição, e quis saber se aquele seria de fato o momento oportuno de partir. Se a descoberta das nascentes do Nilo era mesmo necessária? Resultaria em benefício para a humanidade? Afinal, os povos da África se sentiriam mais felizes quando fossem beneficiados com a civilização? Tínhamos por acaso certeza de que nós éramos civilizados e eles não? Dúvida. E, para início de conversa, não convinha esperar mais um pouco? A travessia da África seria feita mais dia menos dia, e de um modo menos arriscado. Dentro de um mês, dez meses, um ano, algum explorador iria sem sombra de dúvida, aparecer...

Essas insinuações produziram um efeito inteiramente contrário à sua intenção. O doutor não conteve a impaciência.

– Mas então, Dick, seu infeliz, seu falso amigo, você quer que essa glória caiba a outros? Devo negar meu passado, fugir de obstáculos sem importância? Devo me acovardar diante da proposta que o governo inglês e a Real Sociedade de Londres fizeram por mim?

– Mas... – começou Kennedy, que gostava muito dessa conjunção.

– Mas – completou o doutor – você não sabe que minha viagem deve concorrer para o êxito dos empreendimentos atuais? Ignora que novos exploradores estão rumando para o centro da África?

– No entanto...

– Escute bem, Dick, e dê uma olhada neste mapa.

Dick examinou-o com resignação.

– Suba o Nilo – orientou Fergusson.

– Estou subindo – disse docilmente o escocês.

– Chegue a Gondokoro.

– Cheguei.

Kennedy viu então como era fácil empreender semelhante viagem... no mapa.

– Pegue o compasso – continuou o doutor – e coloque uma das pontas nesta cidade, que os mais corajosos mal conseguiram ultrapassar.

– Coloquei.

– Procure agora, na costa da ilha de Zanzibar, o ponto a 6° na latitude sul.

– Aqui está.

– Siga esse paralelo e chegue a Kazé.

– Pronto.

– Suba, pelo 33° na longitude, até a embocadura do lago Ukereué, no lugar em que o tenente Speke parou.

– Cá estou! Um pouco mais e cairia no lago.

– Ótimo. Sabe o que devemos assumir com base nas informações dadas pelos habitantes das margens?

– Não faço ideia.

– Que esse lago, cuja extremidade inferior está a 2° 30' na latitude, estende-se igualmente por 2,5 graus acima do Equador.

– Verdade?

– Que dessa extremidade norte flui um curso de água que deve necessariamente desaguar no Nilo, se não for o próprio Nilo.

– Isso é curioso.

– Apoie agora a outra ponta do compasso nessa extremidade do lago Ukereué.

– Feito, amigo Fergusson.

– Quantos graus você calcula entre as duas pontas?

– Só dois.

– E o que isso significa, Dick?

– Não faço a menor ideia.

– Cento e noventa quilômetros no máximo. Ou seja, nada.

– Quase nada, Samuel.

– Sabe o que está acontecendo neste exato momento?

– Não, de modo algum!

– Pois vou lhe dizer. A Sociedade Geográfica considerou muito importante a exploração desse lago, visto de longe por Speke. Sob seus auspícios, o tenente (hoje capitão) Speke se associou ao capitão Grant, do exército da Índia. Ambos chefiaram uma expedição numerosa e generosamente patrocinada, cuja missão é subir o lago e chegar a Gondokoro. Receberam uma verba de mais de cinco mil libras, e o governador

Cinco semanas em um balão

do Cabo colocou soldados hotentotes à sua disposição. Partiram de Zanzibar no fim de outubro de 1860. Nesse meio tempo, o inglês John Petherick, cônsul de Sua Majestade em Cartum, obteve do Foreign Office cerca de setecentas libras para equipar um barco a vapor naquela cidade, aprovisioná-lo em quantidade suficiente e alcançar Gondokoro. Ali, ele esperará a caravana do capitão Speke e poderá reabastecê-la.

– Bem pensado – disse Kennedy.

– Então, você vê que precisamos ir depressa se quisermos participar desses trabalhos de exploração. E não é tudo: enquanto avançarmos a passo firme para descobrir as nascentes do Nilo, outros viajantes se embrenharão ousadamente pelo interior da África.

– A pé? – perguntou Kennedy.

– Sim, a pé – respondeu Fergusson, fingindo não ter notado a insinuação. – O doutor Krapt pretende tomar o rumo oeste pelo Djob, rio situado abaixo do equador. O barão De Decken deixou Mombassa, fez o reconhecimento das montanhas Quênia e Quilimanjaro e se dirigiu para o centro.

– A pé, também?

– Sempre a pé ou em lombo de mula.

– Para mim, é a mesma coisa – replicou Kennedy.

– Enfim – continuou o doutor –, De Heuglin, vice-cônsul da Áustria em Cartum, acaba de organizar uma expedição muito importante, cujo principal objetivo é procurar o viajante Vogel, que em 1853 foi mandado para o Sudão a fim de se associar aos trabalhos do doutor Barth. Em 1856, ele deixou o Bornu e resolveu explorar o país desconhecido que se estende entre o Chade e o Darfur. Mas desapareceu. Cartas chegadas a Alexandria em junho de 1860 relatam que foi assassinado por ordem do rei do Wadai; mas outras, endereçadas pelo doutor Hartmann ao pai do viajante, afirmam, com base no relato de um fula do Bornu, que Vogel apenas estaria preso em Wara. Portanto, há esperança. Um comitê se formou sob a presidência do duque regente de Saxe-Coburgo-Gotha, do qual meu amigo Petermann é o secretário. Uma coleta nacional

JÚLIO VERNE

financiou a expedição, integrada também por vários cientistas. De Heuglin partiu de Masuá em junho e, enquanto vai atrás de Vogel, deve explorar todo o país compreendido entre o Nilo e o Chade; ou seja, juntar as operações do capitão Speke às do doutor Barth. Então, a África será atravessada de leste a oeste.[12]

– Mas, então – ponderou o escocês –, se tudo já está praticamente feito, o que vamos fazer por lá?

O doutor Fergusson não respondeu, limitando-se a dar de ombros.

---

12 Após a partida do doutor Fergusson, soube-se que De Heuglin, em seguida a algumas discussões, tomou uma rota diferente da originalmente traçada para sua expedição, cujo comando foi entregue a Munzinger. (N. O.)

6

*Um criado fantástico – Ele consegue ver os satélites de Júpiter
– Dick e Joe discutem – Dúvida e crença – A pesagem
– Joe Wellington – Ele recebe meia coroa*

O doutor Fergusson tinha um criado que atendia pelo nome de Joe. Um ótimo caráter. Dedicava ao patrão uma confiança absoluta e uma fidelidade sem limites, indo até além de suas ordens, que as interpretava de maneira inteligente. Um Caleb[13] que não resmungava e estava sempre de bom-humor. Se o tivessem mandado fazer sob medida, não sairia melhor. Fergusson lhe confiava todos os detalhes de sua existência, e com razão. Raro e honesto Joe! Um criado que encomenda o jantar do patrão e tem o mesmo gosto dele, que faz sua mala sem esquecer meias e camisas, que guarda suas chaves e seus segredos sem abusar deles!

Mas que grande homem o doutor era para seu digno Joe! Com que respeito e confiança este acolhia suas decisões! Quando Fergusson falava, ai de quem retrucasse. Tudo que ele pensava era certo; tudo que

---

13 Caleb foi um dos espiões enviados por Moisés à Canaã. (N. R.)

JÚLIO VERNE

dizia, sensato; tudo que ordenava, exequível; tudo que empreendia, viável; tudo que realizava, magnífico. Se alguém cortasse Joe em pedacinhos, o que seria sem dúvida um ato repugnante, nem assim ele mudaria de ideia com respeito a seu patrão.

Portanto, quando o doutor concebeu o projeto de atravessar a África pelo ar, aquilo para Joe eram favas contadas. Não havia mais obstáculos. Se o doutor Fergusson decidira partir, então já bastava: seria em companhia de seu fiel servidor, pois esse bravo rapaz, sem que jamais se falasse sobre o assunto, sabia muito bem que participaria da viagem.

De resto, ele deveria prestar grandes serviços à expedição por sua inteligência e maravilhosa agilidade. Caso fosse necessário nomear um professor de ginástica para os macacos do Jardim Zoológico, muito espertos por sinal, Joe certamente ficaria com o cargo. Saltar, escalar, voar, executar mil piruetas impossíveis, isso para ele era simples brincadeira.

Se Fergusson era a cabeça e Kennedy o braço, Joe devia ser a mão. Já havia acompanhado o doutor em diversas viagens e possuía alguns conhecimentos de ciência apropriados à sua condição. No entanto, distinguia-se principalmente por uma filosofia doce, um otimismo encantador; achava tudo fácil, lógico, natural e, por isso, ignorava a necessidade de se queixar ou de reclamar.

Entre outras qualidades, possuía a visão espantosamente aguçada, partilhando com Moestlin, o professor de Kepler, a rara faculdade de distinguir sem lentes os satélites de Júpiter e contar, na constelação das Plêiades, nada menos que catorze estrelas, das quais as últimas são de nona grandeza. Não se mostrava vaidoso por isso: ao contrário, saudava as pessoas de muito longe e, quando necessário, sabia se servir com proveito de seus olhos.

Considerando-se a confiança de Joe no doutor, não é de se estranhar que houvesse contínuas discussões entre Kennedy e o digno serviçal, sem que fosse posta de lado a deferência.

Cinco semanas em um balão

Um duvidava, o outro acreditava; um era a prudência lúcida, o outro, a fé cega; de sorte que o doutor se via entre a dúvida e a crença! Devo acrescentar que nem uma nem outra o preocupavam.

– E então, senhor Kennedy? – começava Joe.

– E então, meu rapaz?

– A hora se aproxima. Parece que vamos embarcar para a lua.

– Você quer dizer a Terra da lua, que não é tão longe. Mas fique tranquilo, é igualmente perigosa.

– Perigosa! Para um homem como o doutor Fergusson!

– Não quero destruir suas ilusões, meu caro Joe. Mas o que ele quer fazer é, pura e simplesmente, uma loucura. Não partirá.

– Não partirá! Mas então o senhor não viu seu balão na oficina dos senhores Mittchell, no Borough?[14]

– Não vi, nem quero ver.

– Pois está perdendo um bonito espetáculo, senhor! Que coisa mais linda! Que desenho mais elegante! Que cesto mais gracioso! Ali, vamos estar bem à vontade!

– Então você pensa, seriamente, em acompanhar seu patrão?

– Ora – replicou Joe, convicto –, eu o acompanharei aonde ele for! Só me faltava deixá-lo ir sozinho, quando já corremos o mundo juntos! Quem o ampararia quando ele estivesse cansado? Quem lhe estenderia uma mão vigorosa para ele saltar de um precipício? Quem cuidaria dele se ficasse doente? Não, senhor Dick, Joe sempre estará a postos ao lado do doutor. Do doutor Fergusson, quero dizer.

– Rapaz valente!

– Aliás, o senhor nos acompanhará – disse Joe.

– Sem dúvida. Eu os acompanharei para impedir até o último minuto que Samuel cometa essa loucura! Pretendo mesmo ir com vocês até Zanzibar para que lá também a mão de um amigo o detenha em seu projeto insensato.

---

14 Bairro ao sul de Londres. (N. O.)

JÚLIO VERNE

– Desculpe-me, mas o senhor não deterá nada. Meu patrão não tem a cabeça fora do lugar. Medita longamente o que quer empreender e, quando toma uma resolução, nem o diabo o demove de seu projeto.

– É o que veremos!

– Não alimente essa esperança. Afinal, o importante é que o senhor venha. Para um caçador que se preze, a África é um lugar maravilhoso. Apenas por isso, não lamentará a viagem.

– Não a lamentarei, é claro, principalmente se esse cabeçudo se render por fim às evidências.

– A propósito – lembrou Joe –, sabe que a pesagem é hoje?

– Como assim, a pesagem?

– Meu patrão, o senhor e eu vamos nos pesar.

– Como os jóqueis?

– Como os jóqueis. Mas fique tranquilo, não precisaremos emagrecer se formos gordos demais. Vão nos aceitar como somos.

– Não permitirei que me pesem – declarou o escocês com firmeza.

– Mas, senhor, parece que isso é necessário para a máquina.

– A máquina que se dane.

– E se, por falta de cálculos precisos, não pudermos subir?

– Ora, é justamente o que quero!

– Bem, senhor Kennedy, daqui a pouco meu patrão virá procurá-lo.

– Não irei.

– Assim, o senhor lhe fará uma desfeita.

– Farei.

– Ah – disse Joe, rindo –, fala assim porque meu patrão não está aqui! Mas quando ele lhe disser cara a cara: "Dick (perdoe-me a familiaridade), Dick, tenho de saber exatamente seu peso", o senhor irá, não há dúvida.

– Não irei.

Logo depois, o doutor Fergusson entrou em seu escritório, onde ocorria essa conversa, e lançou um olhar a Kennedy, que não se sentia muito à vontade.

– Dick – pediu ele –, acompanhe Joe. Preciso saber quanto vocês dois pesam.

– Mas...

– Você poderá conservar o chapéu na cabeça. Vamos.

E Kennedy foi.

Entraram os três na oficina do senhor Mittchell, onde uma das chamadas balanças romanas os aguardava. Era realmente preciso que o doutor soubesse o peso de seus companheiros para estabelecer o equilíbrio do aeróstato. Fez, então, Dick subir à plataforma da balança; e Dick, sem oferecer resistência, resmungava baixinho:

"Ora, isso não me compromete de forma alguma".

– Setenta quilos – disse o doutor, escrevendo esse número em seu caderno.

– Estou gordo demais?

– Oh, não, senhor Kennedy! – tranquilizou-o Joe. – Eu sou magro, isso compensará seu peso.

E Joe tomou o lugar do caçador na balança, que quase a derrubou com seu entusiasmo. Assumiu a pose de Wellington, que imita Aquiles na entrada do Hyde-Park, e foi magnífico, mesmo sem escudo.

– Cinquenta e quatro quilos – registrou o doutor.

– Ah, ah! – riu Joe, com satisfação. Por que ria? Ele nunca explicou.

– Agora é minha vez – disse Fergusson. E marcou para si o número 61. – Nós três pesamos apenas 185 quilos.

– Patrão – interveio Joe –, se for preciso para sua expedição, posso emagrecer uns dez quilos ficando sem comer.

– Seria inútil, meu rapaz – respondeu o doutor. – Pode comer quanto quiser. Aqui está meia coroa para você se fartar à vontade.

7

*Detalhes geométricos – Cálculo da capacidade do balão
– O aeróstato duplo – O revestimento – O cesto
– O aparelho misterioso – Os víveres – O acréscimo final*

Há muito tempo, o doutor Fergusson se preocupava com os detalhes de sua aventura. Por isso é compreensível que o balão, esse maravilhoso veículo destinado às viagens aéreas, fosse objeto de sua permanente dedicação.

De início, para o aeróstato não ficar grande demais, resolveu inflá-lo com hidrogênio, que é catorze vezes e meia mais leve que o ar. A produção desse gás não oferece dificuldade, e foi ele quem deu os melhores resultados nas experiências aerostáticas.

Após cálculos bastante precisos, o doutor concluiu que, para os objetos indispensáveis à viagem e os dispositivos precisaria levar um peso de 1.814 quilos. Portanto, seria necessário determinar a força ascensional capaz de erguer esse peso e, consequentemente, sua capacidade.

Um peso de 1.814 quilos pressupõe um deslocamento de ar de 1.270 metros cúbicos, ou seja, 1.270 metros cúbicos de ar pesam cerca de 1.814 quilos.

Cinco semanas em um balão

Atribuindo-se ao veículo a capacidade de 1.270 metros cúbicos e enchendo-o, não de ar, mas de hidrogênio que, sendo catorze vezes e meia mais leve, pesa apenas 125 quilos, tem-se uma ruptura de equilíbrio, de 1.689 quilos. Essa diferença entre o peso do gás contido no balão e o do ar à sua volta é que constitui a força ascensional do aeróstato.

Todavia, se introduzirmos no balão os 1.270 metros cúbicos de gás mencionados, ficará totalmente cheio; mas isso não deve ser feito porque, à medida que o balão subir pelas camadas menos densas de ar, o gás tenderá a se dilatar e não tardará a romper o revestimento. Por isso, só se inflam dois terços dos balões.

O doutor, porém, com base em um projeto conhecido apenas por ele, resolveu encher o balão apenas pela metade, e, como teria de carregar 1.270 metros cúbicos de hidrogênio, daria a seu balão uma capacidade mais ou menos dupla.

Deu-lhe a forma alongada, a que todos acham preferível; o diâmetro horizontal era de 15 metros e o vertical, de 25[15]; conseguiu, assim, um esferoide cuja capacidade se elevava, em números redondos, a 2.550 metros cúbicos.

Se o doutor Fergusson pudesse empregar dois balões, suas chances de sucesso dobrariam; de fato, caso um se rompesse no ar, seria possível, livrando-se do lastro e continuar flutuando com o outro. Contudo, manobrar dois aeróstatos é muito difícil quando se trata de preservar neles uma força de ascensão igual.

Após refletir longamente, Fergusson, por meio um dispositivo engenhoso, reuniu as vantagens dos dois balões eliminando todas as desvantagens: construiu dois de tamanhos diferentes e colocou um dentro do outro. O balão externo, no qual conservou as dimensões que referimos, continha um menor, com o mesmo formato, de apenas

---

15 Essa dimensão nada tem de extraordinário: em 1784, em Lyon, Montgolfier construiu um aeróstato com capacidade de 340.000 m³ (10.000 metros cúbicos), capaz de erguer 20 toneladas. (N. O.)

JÚLIO VERNE

14 metros de diâmetro horizontal por 21 de diâmetro vertical. Sua capacidade era, portanto, de 1.900 metros cúbicos. Devia navegar dentro do fluido que o rodeava; uma válvula se abria de um para o outro e permitia, em caso de necessidade, a comunicação entre os dois balões.

Esse desenho apresentava a seguinte vantagem: se fosse preciso dar vazão ao gás para descer, fazia-se isso primeiro com o balão grande; e se ele ficasse completamente vazio, o pequeno ficaria intacto, sendo possível então se livrar do revestimento externo como o de um peso incômodo, pois o segundo aeróstato, sozinho, não ofereceria ao vento a resistência dos balões cheios pela metade.

Além disso, no caso de um acidente ou de um rasgo no balão externo, o outro ficaria preservado.

Os dois aeróstatos foram construídos com tafetá reforçado de Lyon, revestido de guta-percha. Essa goma resinosa proporciona uma impermeabilidade total, sendo altamente resistente aos ácidos e gases. O tecido foi aplicado em duas camadas no polo superior do globo, onde a pressão é mais forte.

Esse revestimento podia reter o fluido por tempo indeterminado. Pesava 273 gramas por 1 metro quadrado. Ora, como a superfície do balão externo era de cerca de 1.077 metros quadrados, seu revestimento pesava 294 quilos. O revestimento do segundo tinha cerca de 855 metros quadrados; portanto, pesava apenas 233 quilos: ao todo, 527 quilos.

A rede de sustentação do cesto foi feita de corda de cânhamo muito resistente. As duas válvulas foram objeto de cuidados minuciosos, como o teria sido o leme de um navio.

O cesto, de forma circular e com diâmetro de 4,5 metros, era de vime reforçado por uma leve armação de ferro, possuía a parte inferior revestida de molas elásticas destinadas a amortecer os choques. O peso total do cesto não chegava a 127 quilos.

O doutor mandou construir também quatro caixas de chapas de metal com duas linhas de espessura, reunidas por tubos providos de torneiras. Adaptou-lhes serpentinas de 5 centímetros de diâmetro

CINCO SEMANAS EM UM BALÃO

cada uma, terminadas por duas retas de comprimento desigual, com a maior medindo 7,5 metros de altura, e a menor, apenas 5.

As caixas de chapas de metal foram empilhadas no cesto de modo a ocupar o mínimo de espaço possível; as serpentinas foram embaladas separadamente, pois seriam ajustadas mais tarde, assim como uma pilha elétrica de Bunsen de alta potência. Esse aparelho, engenhosamente combinado, pesava apenas 316 quilos, podendo conter até 25 galões de água dentro de uma caixa especial.

Os instrumentos para a viagem consistiam em dois barômetros, dois termômetros, duas bússolas, um sextante, dois cronômetros, um horizonte artificial e um altazimute para medir a distância dos objetos inacessíveis. O Observatório de Greenwich se pôs à disposição do doutor. Porém, como ele não pretendia fazer experiências de física, desejava apenas reconhecer a direção e localizar os principais rios, montanhas e cidades.

Ele se muniu de três âncoras de ferro a toda prova, bem como de uma escada de seda leve e muito resistente, com cerca de 15 metros de comprimento.

Calculou também o peso exato de seus víveres: chá, café, biscoitos, carne salgada e *pemmican* – mistura concentrada de ingredientes como, proteína, gordura, além de outras substâncias nutritivas. – Afora uma quantidade suficiente de aguardente, reservou duas caixas para água, cada uma contendo 22 galões.

O consumo desses víveres iria diminuindo aos poucos o peso suportado pelo aeróstato, pois é preciso saber que o equilíbrio de um balão na atmosfera é extremamente sensível. A perda de um peso insignificante basta para provocar um deslocamento considerável.

O doutor não esqueceu nem a tenda para proteger parte do cesto nem os cobertores para quando dormissem, além dos fuzis de caça e a munição em pólvora e balas.

Eis um resumo de seus vários cálculos:

Fergusson...	61	quilos
Kennedy...	70	–
Joe...	54	–
Peso do primeiro balão...	294	–
Peso do segundo balão...	233	–
Cesto e rede.	127	–
Âncoras, instrumentos, fuzis, cobertores, tenda, utensílios diversos...	86	–
Carne, *pemmican*, biscoitos, chá, café, aguardente...	175	–
Água...	182	–
Aparelho...	316	–
Peso do hidrogênio...	125	–
Lastro...	91	–
Total	1.814	quilos

Esses eram os 1.814 quilos que o doutor Fergusson se propunha a levar. O lastro seria de apenas 91 quilos, "só para imprevistos", dizia ele, pois, graças a seu aparelho, não esperava usá-lo.

8

Importância de Joe – O comandante do Resolute
*– O arsenal de Kennedy – Ajustes – O jantar de despedida
– A partida a 21 de fevereiro – Aulas científicas do doutor
– Duveyrier, Livingstone – Detalhes da viagem aérea
– Kennedy reduzido ao silêncio*

Em 10 de fevereiro, os preparativos chegaram ao fim. Os aeróstatos, postos um dentro do outro, estavam prontos. Tinham suportado uma forte pressão de ar comprimido nos flancos e esse teste deu uma boa ideia de solidez e do cuidado com que foram construídos.

Joe não cabia em si de contente. Ia sem parar da rua Greek à oficina do senhor Mittchell, sempre atarefado, mas sempre comunicativo, fornecendo de boa vontade detalhes que ninguém lhe pedia e orgulhoso sobretudo por acompanhar seu patrão. Creio mesmo que, exibindo o aeróstato, explicando as ideias e planos do doutor, mostrando a este por uma janela entreaberta ou de passagem na rua, o digno rapaz ganhou uma ou outra meia-coroa. Não convém censurá-lo: ele tinha o direito de se aproveitar um pouco da admiração e da curiosidade de seus contemporâneos.

JÚLIO VERNE

A 16 de fevereiro, o *Resolute* lançou âncora diante de Greenwich. Era um navio de hélice de oitocentas toneladas, bem rápido, e que havia sido encarregado de abastecer a última expedição de *sir* James Ross às regiões polares. O comandante Pennet, homem amável, tinha grande interesse pela viagem do doutor, a quem admirava de longa data. Pennet era mais cientista que soldado, mas isso não impedia seu barco de levar quatro canhões, que nunca tinham feito mal a ninguém, e só serviam para produzir os barulhos mais pacíficos do mundo.

O porão do *Resolute* foi preparado para acomodar o aeróstato, transportado com grandes precauções no dia 18 de fevereiro e acomodado bem no fundo para evitar qualquer acidente. O cesto e seus acessórios, as âncoras, as cordas, os víveres, as caixas de água que seriam enchidas na chegada, tudo se dispôs sob os olhos atentos de Fergusson.

Foram para bordo dez toneladas de ácido sulfúrico e dez de ferro velho para a produção do hidrogênio. Essa quantidade era mais que suficiente, mas convinha contar com possíveis perdas. O aparelho para produzir o gás, composto por uns trinta barris, também foi acomodado no fundo do porão.

Todos esses preparativos terminaram na noite de 18 de fevereiro. Duas cabines confortáveis atendiam ao doutor Fergusson e seu amigo Kennedy. Este, sempre jurando que não partiria, subiu a bordo com um verdadeiro arsenal de caça, um par de excelentes fuzis de dois canos que são carregados pela culatra e uma carabina a toda prova fabricada por Purdey Moore e Dickson, de Edimburgo. Com uma arma dessas, o caçador não teria dificuldade em alojar uma bala no olho de um camelo a dois mil passos de distância. Acrescentem-se ao arsenal dois revólveres Colt de seis tiros, para necessidades imprevistas; o barril de pólvora, as caixas de cartuchos, o chumbo e as balas em quantidade suficiente, mas que não ultrapassavam os limites prescritos pelo doutor.

Os três viajantes se instalaram a bordo no dia 19 de fevereiro, sendo recebidos com grande cortesia pelo capitão e seus oficiais – o doutor sempre frio, preocupado apenas com a expedição; Dick comovido, mas

Cinco semanas em um balão

sem querer demonstrar; e Joe efusivo, cheio de frases brincalhonas, a ponto de logo se tornar a distração dos tripulantes, entre os quais lhe reservaram um posto.

No dia 20, um grande jantar de despedida foi oferecido ao doutor Fergusson e a Kennedy pela Real Sociedade Geográfica. O comandante Pennet e seus oficiais participaram do banquete, onde não faltaram a animação e os brindes lisonjeiros. Esses brindes, em grande número, asseguravam aos convivas vidas centenárias, enquanto *sir* Francis M... presidia a festa com uma emoção contida, mas repleta de dignidade.

Para sua grande surpresa, Dick Kennedy recebeu boa parte das felicitações báquicas. Depois de beber "ao intrépido Fergusson, glória à Inglaterra", os convivas beberam "ao não menos corajoso Kennedy, seu audaz companheiro".

Dick enrubesceu muito, o que foi interpretado como modéstia; os aplausos redobraram e Dick ficou ainda mais corado.

Uma mensagem da rainha chegou durante a sobremesa. Ela apresentava seus cumprimentos aos dois viajantes, e fazia votos pelo êxito do empreendimento.

Isso exigiu novos brindes "à Sua Mui Graciosa Majestade".

À meia-noite, após despedidas comoventes e calorosos apertos de mão, os convivas se separaram.

Os botes do *Resolute* aguardavam na ponte de Westminster; o comandante tomou seu lugar, na companhia dos passageiros e oficiais, e a rápida corrente do Tâmisa os levou a Greenwich.

À uma hora, todos dormiam a bordo.

Às três da manhã do dia 21 de fevereiro, as caldeiras chiavam; às cinco, o *Resolute* levantou âncora e, sob a impulsão da hélice, dirigiu-se para a embocadura do Tâmisa.

Nem é preciso dizer que as conversas a bordo giravam unicamente em torno da expedição do doutor Fergusson. Em gestos e palavras, ele inspirava tamanha confiança que ninguém, exceto o escocês, punha em dúvida o sucesso da aventura.

JÚLIO VERNE

Durante as longas horas de ócio da viagem, o doutor deu um verdadeiro curso de geografia na sala dos oficiais. Esses jovens eram apaixonados pelas descobertas feitas nos últimos quarenta anos na África; ele lhes contou sobre as explorações de Barth, Burton, Speke e Grant; descreveu-lhes a misteriosa terra entregue por todos os lados às pesquisas da ciência. No norte, o jovem Duveyrier explorava o Saara e conduzia a Paris os chefes tuaregues. Por inspiração do governo francês, duas expedições estavam sendo preparadas: uma desceria do norte e a outra iria se dirigir para o oeste, encontrando-se em Tombuctu. Ao sul, o incansável Livingstone avançava para o equador e, desde março de 1862, subia o rio Rovoonia acompanhado por Mackensie. Sem dúvida, o século XIX não terminaria sem que a África revelasse os segredos guardados em seu seio por seis mil anos.

O interesse dos ouvintes de Fergusson aumentou principalmente quando ele lhes deu a conhecer, em detalhes, os preparativos de sua viagem. Quiseram verificar seus cálculos. Discutiram. E o doutor participou de bom grado da discussão.

Em geral, todos estranhavam a quantidade relativamente pequena de víveres que ele levava. Um dia, um dos oficiais o interrogou a esse respeito.

– Então isso o surpreende? – perguntou Fergusson.

– Sem dúvida.

– Mas que duração terá, a seu ver, minha viagem? Meses inteiros? Engano seu. Se ela se prolongasse, estaríamos perdidos e não voltaríamos. Fique sabendo que não percorreremos mais que 5.600, vamos colocar 6.400 quilômetros de Zanzibar à costa do Senegal. Ora, fazendo 380 quilômetros em doze horas, menos até que a velocidade de nossos trens, e viajando dia e noite, em sete dias atravessaremos a África.

– Mas assim vocês não verão nada, não farão levantamentos geográficos nem reconhecerão o território.

– Se eu controlar meu balão – explicou o doutor –, subindo e descendo à vontade, pararei quando quiser, sobretudo se correntes muito violentas ameaçarem me arrastar.

CINCO SEMANAS EM UM BALÃO

– E vai encontrá-las – interveio o comandante Pennet. – Certos furacões fazem mais que 380 quilômetros por hora.

– Então – replicou o doutor –, com essa velocidade atravessaremos a África em doze horas. Acordaremos em Zanzibar e dormiremos em Saint-Louis.

– Mas – objetou o oficial – um balão poderia ser arrastado a uma velocidade tão grande?

– Isso já aconteceu – respondeu Fergusson.

– E o balão resistiu?

– Perfeitamente. Foi na época da coroação de Napoleão, em 1804. O aeronauta Garnerin partiu de Paris, às onze horas da noite, um balão que exibia a seguinte inscrição em letras douradas: "Paris, 25 frimário, ano XIII, coroação do imperador Napoleão por S.S. Pio VII". Na manhã seguinte, às cinco horas, os habitantes de Roma viram o mesmo balão planar acima do Vaticano, percorrer o campo romano e cair no lago Bracciano. Sim, meus senhores, um balão pode resistir a essas velocidades.

– Um balão, sim. Mas um homem... – arriscou-se a dizer Kennedy.

– Um homem também! Pois um balão está sempre imóvel em relação ao ar que o cerca. Não é ele que avança, e sim a própria massa de ar. Por isso, se você acender uma vela no cesto a chama não vacilará. Um aeronauta, no balão de Garnerin, não seria de modo algum afetado por essa velocidade. De resto, não pretendo ir tão rápido e, se à noite puder amarrar o balão a uma árvore ou acidente de terreno, eu o farei. Além disso, temos víveres para dois meses e nada impedirá nosso hábil caçador de nos fornecer carne em abundância quando estivermos em terra.

– O senhor Kennedy vai fazer grandes coisas por lá! – disse um jovem aspirante a marinheiro, olhando o escocês com admiração.

– Sem contar – interveio outro – que seu prazer virá acompanhado de uma imensa glória.

– Senhores – replicou o caçador –, agradeço muito seus cumprimentos... Mas não posso aceitá-los.

JÚLIO VERNE

– Como? – ouviu-se de todos os lados. – O senhor não irá?

– Não irei.

– Não acompanhará o doutor Fergusson?

– Não o acompanharei e, ainda por cima, estou aqui para detê-lo no último instante.

Todos os olhares se voltaram para o doutor.

– Não lhe deem ouvidos – respondeu Fergusson, muito calmo. – Nem vale a pena discutir com ele. Ele sabe, no fundo, que irá.

– Por São Patrício! – exclamou Kennedy. – Garanto...

– Você não garante nada, amigo Dick. Foi medido e pesado, juntamente com sua pólvora, seus fuzis e suas balas. Portanto, chega de conversa.

E de fato, até a chegada a Zanzibar, Dick não abriu mais a boca para falar desse ou de qualquer outro assunto. Emudeceu.

9

*Dobram o Cabo – O castelo de proa
– Curso de cosmografia pelo professor Joe – Sobre a direção dos balões
– Sobre a pesquisa das correntes atmosféricas – Eureka*

O *Resolute* avançava rapidamente para o cabo da Boa Esperança. Fazia bom tempo, embora o mar estivesse um pouco agitado.

A 30 de março, vinte e sete dias após a partida de Londres, a montanha da Mesa se desenhou no horizonte. A Cidade do Cabo, situada ao pé de um anfiteatro de colinas, surgiu na ponta das lunetas marítimas; e logo o *Resolute* lançou âncora no porto. Mas, ali, o comandante só queria se abastecer de carvão e para isso precisou de apenas um dia. Na manhã seguinte, o navio tomou rumo sul, a fim de dobrar a extremidade meridional da África e entrar no canal de Moçambique.

Essa não era a primeira viagem marítima de Joe, que logo se sentiu em casa a bordo. Todos o estimavam por sua franqueza e bom-humor. Boa parte da fama de seu patrão respingava sobre ele. Ouviam-no como a um oráculo, e esse oráculo não se enganava mais que qualquer outro.

Enquanto o doutor prosseguia com suas descrições na sala dos oficiais, Joe brilhava no castelo de proa, narrando os fatos à sua maneira (processo, aliás, seguido pelos maiores historiadores de todos os tempos).

Falava-se, é claro, da viagem aérea. Joe teve dificuldade em convencer alguns espíritos obstinados sobre os méritos do empreendimento; mas, uma vez aceita essa verdade, a imaginação dos marinheiros, estimulada pelo relato de Joe, não achou mais nada impossível.

O entusiasmado narrador persuadiu seu auditório de que, após aquela viagem, viriam muitas outras. Era apenas o começo de uma longa série de aventuras sobre-humanas.

– Fiquem certos, amigos, de que, após experimentar esse tipo de locomoção, não se fica mais sem ela. Por isso, em nossa próxima aventura, em vez de ir de lado, iremos em linha reta à frente, subindo sempre.

– Para a lua, então! – disse um ouvinte, maravilhado.

– Para a lua? – replicou Joe. – Oh, não, isso é muito comum. Todo mundo vai à lua. Lá não existe água, é preciso levar provisões em grande quantidade e até ar em frascos, ainda que se tenha de respirar pouco.

– Se pelo menos houver gim por lá... – aparteou um marinheiro, grande apreciador dessa bebida.

– Não há, meu amigo. Basta de lua. Mas passearemos entre as belas estrelas, nos belos planetas de que meu patrão fala com frequência. Começaremos por visitar Saturno...

– Aquele do anel? – perguntou o contramestre.

– Sim, como um anel de casamento. Infelizmente, não sabemos o que foi feito da mulher dele.

– Como? Irão tão alto assim? – perguntou um grumete, atônito. – Então seu patrão é mesmo o diabo?

– Diabo? Meu patrão é bom demais para isso.

– E depois de Saturno? – quis saber um dos ouvintes mais curiosos do auditório.

– Depois de Saturno? Bem, visitaremos Júpiter. Uma droga de lugar, é verdade, onde os dias só têm nove horas e meia, coisa bastante cômoda para os preguiçosos; e onde um ano dura doze anos, muito vantajoso para quem tem apenas seis meses de vida. Isso prolonga um pouco sua existência!

– Um ano dura doze anos? – espantou-se o grumete.

– Sim, meu garoto. Assim, naquele planeta, você ainda estaria mamando e o velhote cinquentão ali seria um menino de quatro anos e meio.

– Incrível! – foi a exclamação unânime no castelo de proa.

– É a pura verdade – insistiu Joe com voz segura. – Mas o que vocês querem? As pessoas que teimam em vegetar aqui em nosso mundo não aprendem nada, permanecem ignorantes como botos! Visitem Júpiter e verão! Contudo, é necessário saber andar por lá, pois há satélites que não são nada cômodos!

Todos riam, mas ninguém acreditava totalmente nele. Joe lhes falava de Netuno, onde os marinheiros são muito bem recebidos, e de Marte, onde os militares mandam e desmandam, o que acaba por ser um pouco enfadonho. Quanto a Mercúrio, é uma terra vil, povoada por um bando de ladrões e mercadores, tão parecidos uns com os outros que se torna difícil distingui-los. De Vênus, porém, ele pintava um quadro dos mais cativantes.

– E quando voltarmos dessa expedição – prosseguiu o amável narrador –, seremos condecorados com a Cruz do Sul, como a que brilha na lapela do bom Deus.

– E merecidamente! – asseguraram os marinheiros.

Assim se passavam, em conversas agradáveis, as longas noites no castelo de proa. Enquanto isso, as palestras instrutivas do doutor prosseguiam.

Um dia, a conversa girava em torno da direção dos balões, e Fergusson foi convidado a dar sua opinião sobre o assunto.

– Não creio – confessou ele – que um dia conseguiremos dirigir balões. Conheço todos os sistemas tentados ou propostos; nenhum teve êxito, nenhum é praticável. Vocês devem compreender que me ocupei bastante dessa questão, de grande interesse para mim. Entretanto, não pude resolvê-la com os meios fornecidos pelos conhecimentos atuais da mecânica. Seria necessário construir um motor de força extraordinária e rapidez impossível! Mesmo assim, não se poderia resistir às correntes um pouco fortes. Aliás, até hoje, temos nos preocupado com a direção do cesto e não do balão. É um erro.

– Há, entretanto – replicou alguém –, grandes semelhanças entre um aeróstato e um navio, que se pode dirigir à vontade.

– Não – explicou o doutor –, há poucas ou nenhuma. O ar é infinitamente menos denso que a água. E o navio fica submerso só pela metade, enquanto o aeróstato mergulha inteiro na atmosfera e permanece imóvel com relação ao fluido circundante.

– Acha então que a ciência aerostática já disse sua última palavra?

– Não, não! É necessário tomar outro caminho, pois, se não conseguimos dirigir um balão, convém pelo menos tentar mantê-lo dentro de correntes atmosféricas favoráveis. À medida que subimos, elas vão se tornando cada vez mais uniformes e constantes em sua direção. Não são mais perturbadas pelos vales e montanhas que pontilham a superfície da Terra, causa principal, como todos sabem, das mudanças do vento e da desigualdade de seu sopro. Uma vez determinadas essas zonas, o balão terá apenas de se colocar dentro das correntes favoráveis.

– No entanto – ponderou o comandante Pennet –, para alcançá-las, será preciso subir ou descer o tempo todo. Eis aí a principal dificuldade, meu caro doutor.

– Mas por que, meu caro comandante?

– Faço uma ressalva: será uma dificuldade e um obstáculo apenas para as viagens de longo curso, não para os simples passeios aéreos.

– Qual o motivo, por favor?

– É que o senhor só subirá com a condição de eliminar lastro, e só descerá se perder gás. Assim, com essas manobras, suas provisões de gás e lastro logo se esgotarão.

– Meu caro Pennet, aí está todo o problema, toda a dificuldade que a ciência terá de resolver. Não se trata de dirigir balões, mas de movê-los

Cinco semanas em um balão

de alto a baixo sem perder o gás, que é sua força, seu sangue, sua alma, se assim se pode dizer.

– Tem razão, meu caro doutor. No entanto, essa dificuldade ainda não foi resolvida e esse meio ainda não foi encontrado.

– Perdão, comandante. Foi, sim.

– Por quem?

– Por mim!

– Pelo senhor?

– Saiba que, sem isso, eu não me arriscaria nunca a atravessar a África de balão. Ao fim de vinte e quatro horas, não teria mais gás!

– O senhor não mencionou nada a esse respeito na Inglaterra.

– É verdade. Queria evitar uma discussão pública, que me parecia inútil. Fiz em segredo experiências preliminares e fiquei satisfeito. Não precisava saber mais nada.

– Pois bem, meu caro Fergusson, podemos perguntar que segredo é esse?

– Claro, senhores. Meu segredo é muito simples.

A atenção do auditório chegou ao ponto máximo, e o doutor, tomando tranquilamente a palavra, disse o seguinte.

10

Tentativas anteriores – As cinco caixas do doutor – O maçarico a gás – O aquecedor – Forma de manobrar – Sucesso certo

— Muitas vezes, tentou-se, senhores, realizar a subida e a descida de um balão sem perda de gás ou lastro. Um aeronauta francês, Meunier, experimentou comprimir o ar em um receptáculo interno. Um belga, o doutor Van Hecke, por meio de asas e paletas, obteve uma força vertical que, porém, teria sido insuficiente na maior parte dos casos. Os resultados conseguidos com esses meios foram insignificantes.

Resolvi, pois, abordar a questão de maneira mais direta. Primeiro, suprimo completamente o lastro, a não ser em caso de força maior, como a ruptura do aparelho ou a urgência de subir imediatamente para evitar um obstáculo imprevisto.

Meus meios de ascensão e descida resumem-se a dilatar ou contrair, com temperaturas diversas, o gás encerrado no interior do aeróstato. E eis como chego a esse resultado.

Vocês viram que eu trouxe para o cesto várias caixas, cujo uso ignoram. São cinco.

Cinco semanas em um balão

A primeira contém mais ou menos vinte e cinco galões de água, à qual acrescentei algumas gotas de ácido sulfúrico para aumentar a condutibilidade, e que decomponho por meio de uma possante pilha de Bunsen. A água, como sabem, é composta de dois volumes do gás hidrogênio e um do gás oxigênio.

Este último, sob a ação da pilha, vai por seu polo positivo para uma segunda caixa. Uma terceira, colocada em cima dela e com capacidade dupla, recebe o hidrogênio que chega pelo polo negativo.

Duas válvulas, uma das quais tem abertura duas vezes maior que a da outra, põem em comunicação as duas caixas com uma quarta, chamada caixa de mistura. Ali, com efeito, mistura-se os dois gases provenientes da decomposição da água. A capacidade da caixa de mistura é de cerca de 1,20 metro cúbico.

Na parte superior dessa caixa, há um tubo de platina com válvula.

Os senhores já entenderam: o aparelho que descrevo não passa de um aquecedor a gás hidrogênio e oxigênio, mas seu calor é maior que o de uma forja.

Passo agora à segunda parte do dispositivo.

Do piso de meu balão, hermeticamente fechado, projetam-se dois tubos separados por um pequeno intervalo. Um sai do meio das camadas superiores do hidrogênio, o outro, do meio de suas camadas inferiores.

Os dois tubos estão equipados com fortes articulações de borracha entre as camadas que lhes permitem ceder às oscilações do aeróstato.

Ambos descem até o cesto e entram em uma caixa de ferro cilíndrica, chamada caixa de calor, fechada nas duas extremidades por dois discos espessos do mesmo metal.

O tubo que parte da região inferior do balão entra nessa caixa cilíndrica pelo disco de baixo, assumindo a forma de uma serpentina helicoidal, cujos anéis superpostos ocupam quase toda a altura do recipiente. Antes de sair, a serpentina penetra em um pequeno cone, cuja base côncava, em forma de calota esférica, dirige-se para baixo.

JÚLIO VERNE

É pelo ápice desse cone que sai o segundo tubo para entrar, como eu já disse, nas camadas superiores do balão.

A calota esférica do pequeno cone é de platina, para não se fundir sob a ação do aquecedor. Ele fica no fundo da caixa de ferro, no meio da serpentina helicoidal, e a extremidade de sua chama toca ligeiramente a calota.

Os senhores sabem como é um aquecedor destinado a esquentar residências. Sabem como ele funciona. O ar do recinto é forçado a passar pelos tubos e é restituído com uma temperatura mais elevada. Ora, o que acabo de lhes descrever é, na verdade, um aquecedor.

Sendo assim, o que acontece? Uma vez aceso o aquecedor, o hidrogênio da serpentina e do cone côncavo se aquece e sobe rapidamente pelo tubo que leva às camadas superiores do aeróstato. Embaixo, o vácuo formado atrai o gás das camadas inferiores, que se aquece por seu turno e é continuamente substituído. Estabelece-se, assim, nos tubos e na serpentina, uma corrente muito rápida de gás, que sai do balão e volta aquecendo-se sem cessar.

Ora, os gases aumentam 1/267 de seu volume por grau centígrado. Se eu forçar a temperatura de 10 graus, o hidrogênio do aeróstato irá se dilatar em 10/267, ou cerca de 17 metros cúbicos, deslocando, portanto, 19 metros cúbicos de ar a mais; o que aumentará sua força ascensional em 72 quilos. Isso equivalerá a desprezar o mesmo peso em lastro. Se eu aumentar a temperatura em 100°, o gás irá se dilatar em 100/267: deslocará 475 metros cúbicos a mais e sua força ascensional aumentará em 272 quilos.

Como veem, senhores, posso obter facilmente rupturas de equilíbrio consideráveis. O volume do aeróstato foi calculado de tal modo que, estando inflado pela metade, desloca um peso de ar exatamente igual ao do revestimento do gás hidrogênio e do cesto carregado com os viajantes e todos os seus acessórios. Inflado assim, ele está em perfeito equilíbrio no ar: não sobe nem desce.

Cinco semanas em um balão

Para subir, ponho o gás em uma temperatura superior à ambiente, graças ao aquecedor. Com esse excesso de calor, ele obtém uma tensão mais forte e infla mais o balão, que ascende à mesma medida que dilato o hidrogênio.

De resto, como já disse, guardo uma certa quantidade de lastro que me permitirá subir ainda mais rápido, caso isso seja necessário. A válvula situada no polo superior do balão está lá apenas por segurança. O balão conserva sempre a mesma carga de hidrogênio; as variações de temperatura que provoco nesse gás fechado geram sozinhas todos os seus movimentos de subida e descida.

E agora, senhores, como detalhe prático, acrescento o seguinte:

A combustão do hidrogênio e do oxigênio na ponta do aquecedor produz unicamente vapor de água. Por isso, instalei, na parte inferior da caixa cilíndrica de ferro, um tubo de vazão, com uma válvula que funciona a menos de 2 atmosferas de pressão; em consequência, quando ela alcança essa tensão, o vapor sai automaticamente.

Eis aqui uns números bastante exatos.

Vinte e cinco galões de água decomposta em seus elementos constitutivos produzem 90 quilos de oxigênio e 11 quilos de hidrogênio. Isso representa, na pressão atmosférica, 53 metros cúbicos do primeiro e 107 metros cúbicos do segundo ao todo, ou 160 metros cúbicos de mistura.

Ora, a válvula de meu aquecedor, totalmente aberta, consome menos de 1 metro cúbico por hora, com uma chama pelo menos dez vezes mais forte que a das grandes lanternas. Assim, em média, para me manter a uma altura pouco considerável, eu queimaria apenas 0,3 metro cúbico por hora. Desse modo, meus 25 galões de água representam 630 horas de navegação aérea ou pouco mais de 26 dias.

Ora, como posso descer à vontade e renovar minha provisão de água durante a viagem, esta pode ter uma duração indefinida.

Eis aí meu segredo, senhores. É simples e, como tudo que é simples, só pode ter êxito. Meu meio consiste na dilatação e na contração do gás

JÚLIO VERNE

do aeróstato, não exigindo nem asas incômodas nem motor mecânico. Um aquecedor acionado por um maçarico pode produzir as mudanças de temperatura. Isso não é trabalhoso nem pesado. Penso, pois, ter reunido todas as condições necessárias para o sucesso.

O doutor Fergusson encerrou assim seu discurso e foi entusiasticamente aplaudido. Não houve objeções; tudo tinha sido previsto e solucionado.

– Contudo – observou o comandante –, isso pode ser perigoso.

– Não importa – retrucou simplesmente o doutor Fergusson –, desde que funcione.

11

Chegada a Zanzibar – O cônsul inglês – Más disposições dos habitantes – A ilha Kumbeni – Os fazedores de chuva – O balão é inflado – Partida a 18 de abril – Último adeus – O Vitória

Um vento sempre favorável havia acelerado a marcha do *Resolute* rumo ao seu destino. A navegação pelo canal de Moçambique foi particularmente tranquila. A travessia marítima era um bom presságio para a travessia aérea. Todos aguardavam ansiosos o momento da chegada e se dispunham a ajudar o doutor Fergusson nos últimos preparativos.

Enfim, avistaram a cidade de Zanzibar, situada na ilha de mesmo nome; e no dia 15 de abril, às onze horas da manhã, o navio lançou âncora no porto.

A ilha de Zanzibar pertence ao imã de Mascate, aliado da França e da Inglaterra, e é, sem dúvida, a mais bela das colônias. O porto recebe grande número de navios dos países vizinhos.

A ilha é separada da costa africana apenas por um canal cuja largura máxima não excede a 50 quilômetros.

Nela é realizado o comércio intenso de borracha, marfim e, sobretudo, de ébano, pois Zanzibar é um grande mercado de escravos e

JÚLIO VERNE

concentra todo o saque conquistado nas batalhas travadas incessantemente entre os chefes locais. Esse tráfico se estende também por toda a costa oriental e logo abaixo das latitudes do Nilo, e G. Lejean viu este comércio sendo feito abertamente sob pavilhão francês.

Após a chegada do *Resolute*, o cônsul inglês em Zanzibar subiu a bordo para oferecer seus préstimos ao doutor, de cujos projetos, há um mês, os jornais da Europa o tinham deixado a par. Até então, ele integrava a numerosa falange dos incrédulos.

– Eu duvidava – confessou o diplomata, estendendo a mão a Samuel Fergusson. – Agora, não duvido mais.

Ofereceu sua própria casa ao doutor, a Dick Kennedy e, naturalmente, ao bravo Joe.

Por intermédio do cônsul, o doutor tomou conhecimento de várias cartas que recebera do capitão Speke. Este e seus companheiros haviam passado fome e sofrido terríveis maus-tratos antes de chegar ao país de Ugogo; avançavam com extrema dificuldade, e achavam que não voltariam a dar notícias tão cedo.

– Eis os perigos e as privações que saberemos evitar – disse o doutor.

As bagagens dos três viajantes foram levadas para a casa do cônsul. Preparavam-se para desembarcar o balão na praia de Zanzibar, pois havia, perto do mastro de sinalizações, um local favorável, junto a uma enorme construção que o abrigaria dos ventos de leste. Essa sólida torre, semelhante a um tonel erguido sobre a base, e perto da qual a cuba de Heidelberg pareceria um simples barril, servia de forte; em sua plataforma, armados de lanças, velavam alguns beluches, espécie de soldados preguiçosos e tagarelas.

Mas, o cônsul foi informado de que a população da ilha se opunha violentamente ao desembarque do aeróstato. Não há nada mais cego que as paixões fanáticas. A notícia da chegada de um cristão que pretendia elevar-se nos ares foi recebida com acessos de cólera. Os negros, mais emotivos que os árabes, viram no projeto intenções hostis à sua religião: achavam que isso ofenderia o sol e a lua. Ora, esses astros são

CINCO SEMANAS EM UM BALÃO

objeto de reverência para as populações africanas. Os negros então resolveram se opor àquela aventura sacrílega.

O cônsul, a par dessa movimentação, disse ao doutor Fergusson e ao comandante Pennet que não queria ceder às ameaças; seu amigo, porém, conseguiu trazê-lo de volta à razão.

– No fim, levaremos a melhor – disse-lhe. – Os próprios soldados do imã nos ajudarão, se for necessário. Meu caro comandante, acidentes acontecem quando menos se espera, e bastaria um golpe qualquer para provocar no balão um dano irreparável. Convém, pois, agir com a máxima cautela.

– Mas o que faremos? Se desembarcarmos na costa da África, encontraremos as mesmas dificuldades! E então?

– Nada mais simples – respondeu o cônsul. – Está vendo aquelas ilhas para além do porto? Desembarquem o aeróstato em uma delas, cerquem-se de uma centena de marinheiros e não terão nada a temer.

– Ótimo – disse o doutor. – Assim, ficaremos à vontade para concluir nossos preparativos.

O comandante aceitou o conselho, e o *Resolute* se aproximou da ilha de Kumbeni. Na manhã de 16 de abril, o balão foi posto em segurança em meio a uma clareira, entre os densos bosques que cobriam aquela área.

Ergueram-se dois mastros de 25 metros de altura, a uma certa distância um do outro. Um jogo de polias fixadas em suas extremidades permitiu erguer o aeróstato por meio de um cabo transversal. Agora, ele estava totalmente vazio. O balão interno, preso ao alto do balão externo, pôde ser erguido com ele.

No apêndice inferior de cada revestimento, foram fixados os dois tubos de introdução de hidrogênio.

No dia 17, instalou-se o aparelho para a produção de gás, composto de trinta tonéis, nos quais a decomposição da água se fazia por meio de pedaços de ferro e ácido sulfúrico, mergulhados em uma grande quantidade de líquido. O hidrogênio ia para um grande tonel central,

JÚLIO VERNE

depois de ser lavado no trajeto, e de lá passava para cada aeróstato pelos tubos de introdução. Desse modo, cada balão recebia a quantidade de gás perfeitamente determinada.

Foi necessário usar, para essa operação, 1866 galões de ácido sulfúrico, 16.050 libras de ferro e 966 galões de água.

A operação começou na noite seguinte, por volta das três horas da manhã, e durou perto de oito horas. No dia seguinte, o aeróstato, coberto por sua rede, balançava-se graciosamente acima do cesto, retido por um grande número de sacos de terra. O aparelho de dilatação foi montado com grande cuidado, e os tubos que saíam do aeróstato foram adaptados à caixa cilíndrica.

As âncoras, as cordas, os instrumentos, os cobertores, a tenda, os víveres e as armas tomaram seu lugar no cesto. Fez-se a provisão de água em Zanzibar. Os noventa quilos de lastro foram repartidos em cinquenta sacos e colocados no fundo do cesto, porém ao alcance da mão.

Esses preparativos terminaram por volta das cinco horas da tarde. Sentinelas velavam, atentas, em torno da ilha; e os botes do *Resolute* navegavam no canal.

Os selvagens continuavam manifestando sua cólera com gritos, caretas e contorções. Os feiticeiros percorriam os grupos irrequietos, alimentando ainda mais a irritação. Alguns fanáticos tentaram alcançar a ilha a nado, mas foram repelidos facilmente.

Então, começaram os feitiços e encantamentos; os fazedores de chuva, que afirmavam comandar as nuvens, invocaram furacões e "tempestades de pedras[16]" em seu socorro. Para isso, arrancaram folhas das diferentes árvores da região, puseram-nas a ferver em fogo lento e mataram um carneiro enfiando-lhe uma agulha comprida no coração. Mas, apesar dessas cerimônias, o céu continuava limpo: de nada valeram o carneiro e as caretas.

---

16 Nome que os africanos dão ao granizo. (N. O.)

Cinco semanas em um balão

Os feiticeiros se entregaram então a furiosas orgias, embebedando-se de *tembo*, uma espécie de aguardente extraída do coqueiro, e de uma cerveja muito forte chamada *togwa*. Seus cantos, sem melodia reconhecível, mas de ritmo marcante, avançaram noite adentro.

Às seis horas da tarde, um último jantar reuniu os viajantes em torno da mesa do comandante e seus oficiais. Kennedy, que ninguém mais interrogava, sussurrava baixinho palavras inaudíveis, sem tirar os olhos do doutor Fergusson.

Essa refeição, como era de se esperar, foi triste. A iminência do momento supremo inspirava em todos reflexões penosas. Que reservaria o destino àqueles intrépidos viajantes? Ainda se reuniriam com seus amigos em casa, junto à lareira? Se o meio de transporte falhasse, o que seria deles cercados por tribos ferozes, em terras inexploradas e na vastidão dos desertos?

Essas ideias, dispersas até então e às quais se deram pouca importância, invadiram as imaginações superexcitadas. O doutor Fergusson, sempre frio, sempre impassível, falou de vários assuntos para dissipar aquela tristeza contagiante, mas em vão. Nada conseguiu.

Como temiam agressões ao doutor e a seus companheiros, todos foram dormir a bordo do *Resolute*. Às seis horas da manhã, deixaram suas cabines e voltaram para a ilha de Kumbeni.

O aeróstato se balançava levemente ao sopro do vento leste. Os sacos de terra que o retinham haviam sido substituídos pela força de vinte marinheiros. O comandante Pennet e seus oficiais foram assistir à partida solene.

Nesse momento, Kennedy foi direto ao doutor, tomou-lhe a mão e disse:

– Está mesmo decidido a partir, Samuel?

– Sem nenhuma dúvida, meu caro Dick.

– Fiz tudo ao meu alcance para impedir essa viagem?

– Tudo.

– Então minha consciência está tranquila. E o acompanho.

JÚLIO VERNE

– Eu tinha certeza disso – replicou o doutor, deixando transparecer no rosto uma emoção furtiva.

Chegara a hora das despedidas. O comandante e seus oficiais abraçaram efusivamente seus audazes amigos, sem deixar de lado o digno Joe, que parecia orgulhoso e feliz. Todos insistiram em apertar a mão do doutor Fergusson.

Às nove horas, os três companheiros de viagem tomaram lugar no cesto. O doutor Fergusson acendeu o maçarico e avivou a chama até produzir um calor rápido. O balão, que se mantinha no solo em perfeito equilíbrio, começou a erguer-se ao fim de alguns minutos. Os marinheiros afrouxaram um pouco as cordas que o seguravam. O cesto subiu cerca de 6 metros.

– Amigos – gritou o doutor, ereto entre seus dois companheiros e tirando o chapéu –, batizemos nosso navio aéreo com um nome que lhe traga sorte: *Vitória*!

Um grito formidável ecoou:

– Viva a Rainha! Viva a Inglaterra!

Nesse momento, a força ascensional do aeróstato aumentou prodigiosamente. Fergusson, Kennedy e Joe lançaram um último adeus a seus amigos.

– Soltem tudo! – ordenou o doutor.

E o *Vitória* se alçou rapidamente pelos ares, enquanto os quatro canhões do *Resolute* troavam em sua honra.

12

*Travessia do estreito – O Mrima – Conversa de Dick e proposta de Joe
– Receita de café – O Uzaramo – O infeliz Maizan
– O monte Duthumi – Os mapas do doutor – Noite sobre um nopal*

Com ar límpido e vento moderado, o *Vitória* subiu quase perpendicularmente a uma altura de 460 metros, indicada por uma depressão de 5 centímetros menos duas linhas[17] na coluna barométrica.

Nessa altitude, uma corrente mais forte impeliu o balão para sudoeste. Que magnífico espetáculo se desdobrou aos olhos dos viajantes!

A ilha de Zanzibar destacou-se inteira e em cores mais vibrantes, como sobre um vasto planisfério. Os campos tinham a aparência de retalhos de diversas tonalidades, com densos aglomerados de árvores indicando os bosques e as matas.

Os habitantes da ilha pareciam insetos. Vivas e gritos foram se extinguindo pouco a pouco na atmosfera, e apenas os tiros de canhão do navio ainda vibravam na concavidade inferior do aeróstato.

---

17 Cerca de cinco centímetros. A depressão equivale mais ou menos a 1 centímetro por 100 metros de elevação. (N. O.)

- Como tudo isto é bonito! - exclamou Joe, rompendo o silêncio pela primeira vez.

Não obteve resposta. O doutor estava atento às variações barométricas e tomava nota dos diversos detalhes da subida.

Kennedy observava e parecia não ter olhos suficientes para ver tudo aquilo.

Os raios do sol vieram em auxílio do maçarico, e a tensão do gás aumentou. O *Vitória* alcançou a altitude de 760 metros.

O *Resolute* parecia um simples bote; e a costa africana, a oeste, lembrava uma imensa franja de espuma.

- Ninguém vai dizer nada? - insistiu Joe.

- Estamos olhando - respondeu o doutor, apontando sua luneta para o continente.

- Mas eu... eu preciso falar.

- Pois fale, Joe, fale o quanto quiser!

E Joe proferiu, sozinho, uma torrente de onomatopeias: os "oh", "ah", "hum" estalavam entre seus lábios.

Durante a travessia do mar, o doutor achou conveniente manter-se naquela mesma altitude. Podia observar a costa em uma extensão maior. O termômetro e o barômetro, suspensos no interior da tenda entreaberta, estavam sempre à vista. Um segundo barômetro, instalado do lado de fora, utilizados para as vigias noturnas.

Ao fim de longas duas horas, o *Vitória*, impelido a uma velocidade de mais de 13 quilômetros por hora, aproximou-se visivelmente da costa. O doutor resolveu descer um pouco e moderou a chama do maçarico, de modo que logo o balão estava a 90 metros do solo.

Achava-se acima do Mrima, nome dado a essa parte da costa oriental da África. Espessas faixas de mangues protegiam a costa, e a maré baixa deixava entrever as grossas raízes roídas pelos dentes do oceano Índico. As dunas, que formavam a linha costeira, arredondavam-se no horizonte, e o monte Nguru se erguia a noroeste.

Cinco semanas em um balão

O *Vitória* sobrevoou bem perto de uma aldeia que, no mapa, o doutor reconheceu tratar-se de Kaole. A população inteira, reunida, lançava gritos de cólera e medo; flechas voaram inutilmente contra aquele monstro dos ares, que se balançava majestosamente acima desses furiosos impotentes.

O vento soprava para o sul, mas o doutor não se preocupou com a direção que, ao contrário, permitia-lhe seguir a rota traçada pelos capitães Burton e Speke.

Kennedy, por fim, tornou-se tão tagarela quanto Joe; os dois trocavam exclamações entusiásticas.

– Acabaram-se as carruagens! – dizia um.

– Acabaram-se os vapores! – dizia o outro.

– Basta de estradas de ferro – bradava Kennedy –, com as quais atravessamos países sem os ver!

– Não há nada como um balão! – replicava Joe. – Nem sentimos que estamos avançando, e a natureza tem a bondade de se desdobrar diante de nossos olhos!

– Que espetáculo admirável! Que êxtase! Um sonho ao balanço da rede!

– E se comêssemos? – propôs Joe, a quem o ar puro despertara o apetite.

– Boa ideia, rapaz.

– Oh, não será nada difícil preparar a refeição! Biscoitos e carne em conserva.

– E café à vontade – acrescentou o doutor. – Permitirei que você roube um pouco do calor de meu maçarico. Não fará falta. E assim não precisaremos temer um incêndio.

– Isso seria terrível – disse Kennedy. – É como se estivéssemos em cima de um barril de pólvora.

– Nem tanto – explicou o doutor. – Se o gás se inflamasse, seria consumido aos poucos; nós baixaríamos até o solo e então teríamos, realmente, um contratempo. Mas fiquem tranquilos, nosso aeróstato é hermeticamente fechado.

– Então vamos comer – sugeriu Kennedy.

– Cá está a refeição, senhores – disse Joe. – E enquanto os imito, vou preparando um café que dará o que falar.

– A verdade – interveio o doutor – é que Joe, entre mil virtudes, tem um talento notável para preparar essa deliciosa bebida. Usa uma mistura de ingredientes de diversas procedências, que nunca me revelou.

– Ora, patrão, como estamos aqui em cima, posso lhe ensinar minha receita. É apenas uma combinação, em partes iguais, de moka, bourbon e rio-nunez.

Instantes depois, três xícaras fumegantes eram servidas e rematavam um desjejum substancial, temperado pelo bom-humor dos convivas. Em seguida, cada um retornou ao seu posto de observação.

O país se distinguia pela extrema fertilidade. Trilhas sinuosas e estreitas serpenteavam por entre as cúpulas verdejantes. Sobrevoaram campos cultivados de tabaco, milho e cevada em plena maturação; aqui e ali, vastos arrozais com seus caules eretos e suas flores purpúreas. Viam-se carneiros e cabras presos em engradados erguidos sobre estacas, para preservá-los do dente do leopardo. Uma vegetação exuberante atapetava aquele solo pródigo. Em numerosas aldeias, reproduziram-se as cenas de gritaria e estupefação à vista do *Vitória*, mas o doutor Fergusson se mantinha prudentemente fora do alcance das flechas. Os habitantes, apinhados em volta de suas cabanas contíguas, perseguiam os viajantes por muito tempo com vãs imprecações.

Ao meio-dia, o doutor consultou o mapa e calculou que se encontravam no país de Uzaramo[18]. O campo era eriçado de coqueiros, mamoeiros e algodoeiros, por cima dos quais o *Vitória* parecia brincar. Joe achou aquela vegetação muito natural, pois se tratava da África. Kennedy avistou lebres e codornizes que pareciam não pedir mais que

---

18 *U* significa "país" na língua local. (N. O.)

Cinco semanas em um balão

um tiro de fuzil. Mas isso seria desperdiçar pólvora, pois não poderia pegar a caça.

Os aeronautas avançavam a uma velocidade de 19 quilômetros por hora e logo se acharam a 38º 20' na longitude, bem em cima da aldeia de Tunda.

– Foi ali – lembrou o doutor – que Burton e Speke contraíram febres violentas e pensaram que a expedição estava comprometida. Embora ainda se achassem próximos da costa, já sentiam a fadiga e as privações.

Com efeito, reina ali uma malária perpétua, que o doutor procurou evitar colocando o balão acima dos miasmas daquela terra úmida, cujas emanações eram dispersadas por um sol inclemente.

Às vezes, era possível ver uma caravana repousando em um *kraal*, à espera do frescor da noite para retomar a jornada. Esses são lugares rodeados de sebes e matagais, onde os mercadores se abrigam não apenas contra os animais selvagens, mas também contra as tribos de assaltantes do país. Os nativos corriam e se dispersavam à vista do balão. Kennedy gostaria de observá-los mais de perto, mas Samuel se opôs veemente a esse capricho.

– Os chefes têm mosquetes – explicou ele. – E nosso balão seria um alvo fácil para balas.

– Um buraco de bala nos faria cair? – perguntou Joe.

– Imediatamente, não. Mas logo o buraco iria se transformar em uma enorme fenda pela qual perderíamos todo o nosso gás.

– Então, vamos nos manter a uma distância respeitosa desses hereges. Que pensarão eles ao ver-nos planando nos ares? Acho que ficarão com vontade de nos adorar.

– Pois deixemos que nos adorem – replicou o doutor. – Mas de longe. Será melhor assim. Olhem, o terreno já muda de aspecto. As aldeias vão ficando mais escassas. As mangueiras desapareceram e a vegetação escasseia nessa latitude. O solo é pontilhado de colinas e prenuncia as montanhas próximas.

– De fato, estou avistando alguns picos daquele lado.

JÚLIO VERNE

– A oeste... Sim, são as primeiras cadeias de Urizara, o monte Duthumi, sem dúvida, atrás do qual pretendo que passemos a noite. Vou atiçar a chama do maçarico porque precisamos ficar a uma altitude de 45 a 55 metros.

– Grande ideia o senhor teve, patrão – cumprimentou Joe. – A manobra não é nem difícil nem cansativa. Gira-se uma chave e pronto.

– Cá estamos nós – disse o caçador quando o balão ganhou alguma altura. O reflexo do sol na areia vermelha estava insuportável.

– Que árvores magníficas! – exclamou Joe. – Selvagens, mas lindas! Não seria preciso uma dúzia para fazer uma floresta.

– São baobás – disse o doutor Fergusson. – O tronco daquele ali deve ter uns 30 metros de circunferência. Foi talvez nessa mesma árvore que morreu o francês Maizan em 1845, pois estamos planando sobre a aldeia de Deje la Mhora, onde ele se aventurou sozinho. Foi capturado pelo chefe do país e amarrado ao tronco de um baobá. O selvagem feroz cortou lentamente suas articulações enquanto ressoavam cânticos de guerra. Em seguida, chegando à garganta, deteve-se para afiar a faca cega e arrancou a cabeça do infeliz antes mesmo de cortá-la inteiramente! O pobre francês tinha apenas vinte e seis anos!

– E a França não vingou esse crime? – espantou-se Kennedy.

– A França protestou. O *said* de Zanzibar fez de tudo para agarrar o assassino, mas não conseguiu.

– Peço que não paremos no caminho – disse Joe. – Vamos subir, patrão, vamos subir, é o melhor.

– Certamente, de muito bom grado, Joe. O Duthumi está logo adiante. Se meus cálculos forem exatos, antes das sete horas da noite teremos deixado esse monte para trás.

– Não viajaremos à noite? – perguntou o caçador.

– Não, se pudermos evitar. Com muita precaução e vigilância, faríamos isso sem perigo, mas não basta atravessar a África, é preciso vê-la.

– Até agora, não temos motivo de queixa, senhor. O país é o mais cultivado e fértil do mundo, não é um deserto! E vá alguém acreditar nos geógrafos!

CINCO SEMANAS EM UM BALÃO

– Esperemos, Joe, esperemos. O deserto aparecerá mais tarde.

Por volta das seis e meia da noite, o *Vitória* se aproximou do monte Duthumi e precisou, para ultrapassá-lo, elevar-se a mais de 900 metros, bastando para isso que o doutor aumentasse a temperatura em 10º centígrados. Era óbvio que ele sabia manejar seu balão. Kennedy indicou-lhe os obstáculos a vencer e o *Vitória* planou nos ares, roçando a montanha.

Às oito horas, desceu a vertente oposta, cuja inclinação era mais suave; as âncoras foram jogadas para fora do cesto e uma delas, encontrando os galhos de um enorme nopal, aí se enganchou firmemente. Joe se apressou a deslizar pela corda e se certificar de que estava bem presa. A escada de seda foi descida, e ele subiu com a maior desenvoltura. O aeróstato permaneceu quase imóvel, ao abrigo dos ventos de leste.

Os viajantes prepararam a refeição da noite e, excitados pelo passeio aéreo, abriram uma brecha enorme em suas provisões.

– Que caminho percorremos hoje? – perguntou Kennedy, devorando bocados impressionantes.

O doutor determinou sua posição por meio de observações lunares e consultou o excelente mapa que lhe servia de norte, parte do atlas *Der Neuester Entedekungen in Afrika*[19], publicado em Gotha por seu erudito amigo Petermann, e por ele mesmo enviado. O atlas deveria servir ao doutor durante toda a viagem, pois continha o itinerário de Burton e Speke aos Grandes Lagos, ao Sudão segundo o doutor Barth, ao sul do Senegal segundo Guillaume Lejean e ao delta do Níger descrito pelo doutor Baikie.

Fergusson se munira igualmente de uma obra que reunia em um volume único todas as noções adquiridas sobre o Nilo, intitulada *The sources of the Nil, being a general survey of the basin of that river and of its head stream with the history of the Nilotic discovery by Charles Beke, Th.D.*[20].

---

19 As novas descobertas na África. (N. O.)

20 As fontes do Nilo. Uma descrição geral da bacia desse rio e sua cabeceira, com a história da descoberta nilótica por Charles Beke, doutor em teologia. (N. O.)

Ele possuía também os excelentes mapas publicados nos *Boletins da Sociedade Geográfica de Londres*, de modo que nenhum ponto dos países descobertos poderia lhe escapar.

Examinando o mapa, concluiu que sua rota latitudinal era de 2º ou 225 quilômetros para oeste.

Kennedy observou que estavam se dirigindo para o sul. Mas essa direção convinha ao doutor, que desejava, tanto quanto possível, seguir as pegadas de seus antecessores.

Foi decidido que a noite seria dividida em três quartos, para que cada um pudesse velar pela segurança dos outros dois. O doutor ficou com o quarto das nove horas, Kennedy com o da meia-noite e Joe com o das três horas da manhã.

Assim, Kennedy e Joe, enrolados em suas mantas, acomodaram-se sob a tenda e dormiram de maneira pacífica, enquanto o doutor Fergusson vigiava.

13

*Mudança de tempo – Febre de Kennedy – O remédio do doutor
– Viagem por terra – A bacia do Imengé – O monte Rubeho
– A mil e oitocentos metros – Uma parada de dia*

A noite foi tranquila. No entanto, no sábado de manhã, ao acordar, Kennedy se queixou de fraqueza e calafrios. O tempo mudava; o céu, coberto de nuvens espessas, parecia arquitetar um novo dilúvio. Triste país esse Zungomero, onde chove sem parar, exceto talvez durante uns quinze dias do mês de janeiro.

Uma chuva violenta não tardou a despencar sobre os viajantes. Lá embaixo, os caminhos entrecortados por *nullas*, espécie de torrentes passageiras, se tornavam impraticáveis, embaraçados por arbustos espinhosos e cipós gigantescos. Percebiam-se distintamente as emanações de hidrogênio sulfuroso de que falara o capitão Burton.

– Ele disse e com razão – lembrou o doutor –, que parece haver um cadáver escondido em cada moita.

– Maldito país, este – resmungou Joe. – E me parece que o senhor Kennedy não se sente bem por ter passado a noite nele.

– De fato, estou com uma febre muito alta – declarou o caçador.

JÚLIO VERNE

– E não é de se estranhar, meu caro Dick. Essa é uma das regiões mais insalubres da África. Mas logo sairemos daqui. A caminho!

Graças a uma hábil manobra de Joe, a âncora foi desenganchada e, subindo pela escada, ele voltou ao cesto. O doutor abriu generosamente o gás e o *Vitória* retomou seu voo, impelido por um vento impetuoso.

Mal se entreviam algumas cabanas em meio àquela bruma pestilenta. O terreno mudava de aspecto, isso acontece com frequência, na África, um pouco saudável e não muito extensa faça fronteira com países perfeitamente saudáveis.

Kennedy sofria visivelmente, e a febre dominava sua natureza de forma vigorosa.

– Não é hora de ficar doente – lamentou ele, envolvendo-se no cobertor e deitando-se sob a tenda.

– Um pouco de paciência, meu caro Dick – disse o doutor. – Logo estará curado.

– Curado! Por Deus, Samuel, se você tiver em sua farmácia de viagem qualquer remédio que me ponha de pé novamente, quero tomá-lo agora mesmo. E de olhos fechados.

– Tenho algo melhor que isso, amigo Dick. Vou lhe dar, é claro, um febrífugo que não custará nada.

– Como assim?

– É bem simples. Subirei, pura e simplesmente, acima destas nuvens que nos sufocam e me afastarei desta atmosfera doentia. Peço-lhe apenas dez minutos para dilatar o hidrogênio.

Mal haviam decorrido os dez minutos e os viajantes já estavam fora da zona úmida.

– Aguarde um pouco, Dick, e logo sentirá a influência do ar puro e do sol.

– Estranho remédio! – disse Joe. – Mas maravilhoso!

– Não, natural.

– Sim, natural, não duvido.

CINCO SEMANAS EM UM BALÃO

– Estou enviando Dick para o ar livre, como se faz todos os dias na Europa, e como na Martinica o mandaria para as altas montanhas Pitons, a fim de livrá-lo da febre amarela.

– Que coisa! Este balão é um verdadeiro paraíso – disse Kennedy, já um pouco aliviado.

– Se não é, leva até lá – ponderou seriamente Joe.

As massas de nuvens aglomeradas nesse momento abaixo do cesto compunham um curioso espetáculo; rolavam umas sobre as outras e se embaraçando em um clarão magnífico, refletindo os raios do sol. O *Vitória* alcançou uma altitude de 1.200 metros. O termômetro indicava leve queda de temperatura. Já não se via a terra. Cerca de 80 quilômetros a oeste, o monte Rubeho alteava sua cabeça cintilante, marcando o limite do país de Ugogo em 36º 20' na longitude. O vento soprava a uma velocidade de 32 quilômetros por hora, mas os viajantes nem a percebiam; não sentiam nenhuma turbulência, e sequer tinham a sensação de que se deslocavam.

Três horas mais tarde, a previsão do doutor se realizou. Kennedy já não tinha nenhum vestígio de febre e comeu com apetite.

– E ainda há quem tome sulfato de quinino – brincou com satisfação.

– Decididamente – disse Joe –, é para cá que vou me retirar quando chegar à velhice.

Por volta das dez horas da manhã, a atmosfera clareou. Abriu-se um buraco nas nuvens, a terra reapareceu e o *Vitória* foi descendo lentamente. O doutor Fergusson procurava por uma corrente que os levasse mais para noroeste, e a encontrou a 180 metros do solo. O terreno ali era acidentado e bastante montanhoso. O distrito de Zungomero desaparecia a leste, com os últimos coqueiros dessa latitude.

Em seguida, as cristas de uma montanha assumiram um relevo mais acentuado. Alguns picos se elevavam aqui e ali, e era preciso muita atenção aos cones agudos que pareciam repentinamente.

– Podemos esbarrar neles – advertiu Kennedy.

– Fique tranquilo, Dick, não esbarraremos.

– De qualquer modo, é uma bela maneira de viajar! – exclamou Joe.

JÚLIO VERNE

De maneira efetiva, o doutor manobrava seu balão com maravilhosa destreza.

– Se tivéssemos de andar nesse terreno encharcado – disse ele –, precisaríamos rastejar por uma lama insalubre. De nossa partida de Zanzibar até aqui, metade de nossas bestas de carga teria morrido de cansaço. Nós mesmos pareceríamos fantasmas tomados de desespero. Brigaríamos o tempo todo com nossos guias e carregadores, ficando expostos a brutalidade inimagináveis. De dia, um calor úmido, insuportável, esmagador! De noite, um frio quase sempre intolerável, e picadas de moscas cujas mandíbulas perfuram a tela mais grossa, além de nos enlouquecer! E tudo isso sem falar dos animais selvagens e das populações ferozes!

– Só peço para não esbarrarmos em nada disso – replicou Joe.

– E não estou exagerando – continuou o doutor Fergusson. – Se ouvissem os relatos dos viajantes que tiveram a audácia de se aventurar por essas terras, vocês chorariam.

Por volta das onze horas, sobrevoaram a bacia do Imengé. Tribos esparsas, nas colinas, ameaçavam inutilmente o *Vitória* com suas armas. Finalmente se aproximavam das últimas ondulações de terreno que precedem o Rubeho e formam a terceira cadeia, a mais elevada, das montanhas de Usagara.

Os viajantes distinguiam perfeitamente os relatos da conformação orográfica do terreno. As três ramificações, das quais o Duthumi é a primeira, são separadas por vastas planícies longitudinais. Essas elevações se compõem de cones arredondados, e entre elas o solo é formado de pedregulhos e seixos. O declive mais acentuado dessas montanhas defronta a costa de Zanzibar, e as vertentes ocidentais não passam de planaltos inclinados. As depressões de terreno são cobertas por argila negra e fértil, que propicia uma vegetação exuberante. Diversos cursos de água correm para leste e deságuam no Kingani, em meio a maciços gigantescos de sicômoros, tamarindos, goiabeiras e coqueiros.

– Atenção! – gritou o doutor Fergusson. – Estamos perto do Rubeho, cujo nome significa "Passagem dos Ventos" na língua do país. Será bom ultrapassarmos as arestas agudas a uma certa altitude. Se meu mapa estiver correto, subiremos a mais de 1.500 metros.

– Precisaremos com frequência alcançar essas zonas superiores?

– Raramente. A altitude das montanhas da África parece inferior em comparação com os picos da Europa e da Ásia. Mas, em todo caso, nosso *Vitória* não terá dificuldade de sobrevoá-las.

Em pouco tempo, o gás se expandiu sob a ação do calor expandiu o balão empreendeu uma marcha ascensional bastante acentuada. A dilatação do hidrogênio não oferecia perigo algum, e o balão estava cheio só em três quartos de sua capacidade; o barômetro, por uma depressão de quase 20 centímetros, indicava a altitude de 1.800 metros.

– Avançaremos por muito tempo desta maneira? – quis saber Joe.

– A atmosfera terrestre tem uma altura de 12.000 metros – respondeu o doutor. – Um balão grande pode ir longe. Foi o que fizeram os senhores Brioschi e Gay-Lussac. Mas então começaram a soltar sangue pela boca e pelos ouvidos, por falta de ar respirável. Há alguns anos, dois franceses corajosos, Barral e Bixio, também se aventuraram pelas regiões elevadas. Mas o balão deles se rompeu...

– Caíram? – perguntou Kennedy, ansiosamente.

– Sem dúvida! Mas como devem cair os cientistas, sem sofrer nenhum dano.

– Pois bem, senhores – interveio Joe. – Vocês dois podem reproduzir a queda deles quando quiserem. Já eu, ignorante que sou, prefiro ficar no justo meio-termo, nem muito alto, nem muito baixo, é melhor não ser ambicioso.

A 1.800 metros, a densidade do ar diminui significativamente. O som se propaga com dificuldade e é quase impossível ouvir uma voz claramente. A visão dos objetos se torna confusa. O olhar só percebe, muito vagamente, grandes massas; homens e animais ficam totalmente indecifráveis; os caminhos parecem cordões de sapatos, e os lagos, tanques.

O doutor e seus companheiros não se sentiam em estado normal. Uma corrente atmosférica de extrema velocidade os impelia para além das montanhas áridas, em cujos picos imensas placas de neve ofuscavam o olhar. Seu aspecto convulsionado denunciava algum trabalho netuniano dos primórdios do mundo.

O sol brilhava no zênite, e seus raios caíam a prumo sobre os picos desérticos. O doutor fez um desenho exato dessas montanhas que são formadas por quatro projeções distintas, quase em linha reta, sendo que a localizada mais ao norte é a mais alongada.

Logo o *Vitória* descia a vertente oposta do Rubeho, percorrendo uma extensão coberta de matas com árvores de um verde muito escuro. Vieram depois uma paisagem repleta de barrancos com muitos sulcos, uma espécie de deserto que precedia o país de Ugogo. Mais embaixo, estendiam-se planícies amareladas, tostadas, rachadas, gretadas, salpicadas aqui e ali de plantas salinas e arbustos espinhosos.

Alguns bosques mirrados, que mais à frente se tornavam florestas, embelezavam o horizonte. O doutor se aproximou do solo e as âncoras foram lançadas, uma delas se enganchando sem problemas nos galhos de um enorme sicômoro.

Joe, deslizando rapidamente pela árvore, firmou bem a âncora, por precaução. O doutor deixou seu maçarico ligado para conservar no aeróstato uma certa força ascensional que o mantivesse no ar. O vento amainara, quase de repente.

– Agora – disse Fergusson –, pegue dois fuzis, amigo Dick, um para você e o outro para Joe. Não deixem de trazer uns bons filés de antílope para nosso jantar.

– À caça! – bradou Kennedy.

Escalou a amurada do cesto e desceu. Joe, pulou de galho em galho, ficou à sua espera embaixo, estirando os músculos. O doutor, livre do peso de seus dois companheiros, pôde apagar de vez o maçarico.

– Não vá sair voando por aí, patrão – recomendou Joe.

– Fique tranquilo, rapaz, estou solidamente amarrado. Aproveitarei para colocar em ordem minhas anotações. Boa caça e tenham prudência. Ficarei observando tudo daqui, e, ao menor indício suspeito, darei um tiro de carabina. Será o nosso sinal de reunião.

– Combinado – disse o caçador.

14

*A floresta de seringueiras – O antílope azul – O sinal de reunião
– Um ataque inesperado – O Kanyemé – Uma noite em pleno ar
– O Mabunguru – Jihoue-la-Mkoa – Provisão de água – Chegada a Kazé*

O território, árido e ressequido, formado por terra argilosa que se fendia com o calor, parecia deserto. Aqui e ali, alguns traços de caravanas, esqueletos esbranquiçados de homens e animais, meio roídos e confundidos no mesmo pó.

Após meia hora de marcha, Dick e Joe se embrenharam em uma floresta de seringueiras, atentos e com o dedo no gatilho. Não sabiam o que poderiam encontrar. Sem ser propriamente um atirador, Joe manejava bem uma arma de fogo.

– Caminhar faz bem, senhor Dick, mas este terreno não é nada apropriado – reclamou Joe, tropeçando em fragmentos de quartzo espalhados por todo lado.

Kennedy fez sinal ao companheiro para que se calasse e ficasse imóvel. Faltavam cães e, qualquer que fosse a agilidade de Joe, ele não tinha o faro de um *beagle* ou de um galgo.

No leito de um riacho, que ainda conservava algumas poças lamacentas, uma manada de uns dez antílopes estava saciando a sede. Esses

JÚLIO VERNE

graciosos animais, pressentindo o perigo, pareciam inquietos; entre um gole e outro, erguiam vivamente a cabeça, farejando com as narinas palpitantes as emanações dos caçadores.

Enquanto Joe permanecia imóvel, Kennedy contornou alguns arbustos, colocando-se ao alcance de tiro, disparou. A manada fugiu em um piscar de olhos e um único antílope macho, atingido no ombro, tombou como se golpeado por um raio. Kennedy se precipitou sobre sua presa.

Era um *blawe-bock*, um magnífico animal de cor azul-clara, quase cinzenta, com o ventre e o interior das patas de uma brancura de neve.

– Belo tiro! – gritou o caçador. – Esta é uma espécie muito rara de antílope e pretendo preparar bem sua pele para conservá-la.

– Fará isso, senhor Dick?

– Sem dúvida! Olhe que pelo esplêndido!

– Mas o doutor Fergusson nunca permitirá tamanha sobrecarga.

– Tem razão, Joe. Mas é lamentável abandonar intacto um animal tão bonito!

– Intacto, não, senhor Dick. Tiraremos dele todas as vantagens nutricionais se me permite, farei isso tão bem quanto o presidente do sindicato dos açougueiros de Londres.

– À vontade, meu amigo. Mas você bem sabe que, na qualidade de caçador, sou tão hábil em trinchar uma caça quanto em matá-la.

– Sei disso, senhor Dick. E também sei que lhe bastarão três pedras para fazer um fogão. Lenha não falta, e só lhe peço alguns minutos para utilizar suas brasas.

– Isso não vai demorar – garantiu Kennedy.

Iniciou imediatamente a construção de um fogão, que instantes depois já ardia.

Joe havia retirado do corpo do antílope várias costelas e partes macias do lombo, que logo se transformaram em assados deliciosos.

– Isso dará grande prazer ao amigo Samuel – disse o caçador.

– Sabe no que estou pensando, senhor Dick?

– Sem dúvida, nesses bifes que agora prepara.

CINCO SEMANAS EM UM BALÃO

– De modo algum. Penso na cara que faríamos se não encontrásse-mos mais o aeróstato.

– Que ideia! Acha que o doutor nos abandonaria?

– Não. Mas e se âncora se desprendesse?

– Impossível. De resto, Samuel poderia muito bem descer de novo com seu balão. Sabe manejá-lo perfeitamente.

– Mas, se o vento o levasse para longe, ele não conseguiria voltar.

– Ora vamos, Joe, chega de suposições. Não são nada agradáveis.

– Ah, senhor, tudo que acontece neste mundo é natural. No entanto, se tudo pode acontecer, tudo deve ser previsto...

De repente, um tiro ressoou no ar.

– Que foi isso? – alarmou-se Joe.

– Minha carabina! Reconheço a detonação.

– O sinal!

– Perigo à vista!

– Para ele, talvez – replicou Joe.

– Vamos!

Os caçadores reuniram apressadamente o produto de sua caça e voltaram, orientando-se pelos galhos que Kennedy quebrara para re-conhecer o caminho. A espessura da vegetação os impedia de avistar o *Vitória*, do qual não podiam estar longe.

Ouviram um segundo tiro.

– Depressa! – gritou Joe.

– Outra detonação!

– Ele deve estar se defendendo.

– Vamos, vamos!

Correram o máximo que podiam. Chegaram à orla do bosque, o que viram primeiro foi o *Vitória* e o doutor no cesto.

– Que terá acontecido? – perguntou Kennedy.

– Deus do céu! – exclamou Joe.

– O que você está vendo?

JÚLIO VERNE

– Um bando estranho está atacando o balão!

Com efeito, a 3 quilômetros de distância, uns trinta indivíduos se aglomeravam junto de um sicômoro, gesticulando, gritando e sapateando. Alguns, subindo pelo tronco, buscavam os galhos mais altos. O perigo parecia iminente.

– Meu patrão está perdido! – gritou Joe.

– Vamos lá, Joe, sangue-frio e olho vivo. Temos nas mãos a vida de quatro desses bastardos. Em frente!

Tinham percorrido velozmente 1,5 quilômetro quando outro tiro partiu do cesto e atingiu um grandalhão que se içava pela corda da âncora. Um corpo sem vida caindo de galho em galho, ficou dependurado a uns 6 metros do chão, braços e pernas balançando no ar.

– Com os diabos! – estranhou Joe, parando. – Por onde aquele animal está suspenso?

– Não importa – respondeu Kennedy. – Corra, corra!

– Ah, senhor Kennedy! – exclamou Joe, desatando a rir. – Está suspenso pelo rabo! É um macaco. São apenas macacos.

– Antes macacos que homens – replicou Kennedy, lançando-se contra o bando ululante.

Eram cinocéfalos assustadores, ferozes e brutais, horríveis de se ver com seus focinhos de cachorro. Mas alguns disparos foram suficientes para dispersá-los e a horda ameaçadora escapou, deixando vários dos seus por terra.

Em um instante, Kennedy se agarrava à escada. Joe subiu nos sicômoros, desenganchou a âncora, o cesto desceu e ele entrou sem dificuldade. Minutos depois, o *Vitória* se alçava nos ares e rumava para leste, impelido por um vento moderado.

– Que belo ataque! – disse Joe.

– Pensamos que você estivesse sendo assaltado por nativos.

– Felizmente, eram apenas macacos – desabafou o doutor.

– De longe, não dava para definir, meu caro Samuel.

CINCO SEMANAS EM UM BALÃO

– Certamente – observou Joe.

– Seja como for – continuou Fergusson –, esse ataque de símios poderia ter tido as mais graves consequências. Se a âncora se desprendesse por causa dos constantes sacolejos na árvore, quem sabe para onde o vento me levaria!

– Que lhe dizia eu, senhor Kennedy?

– Você tinha razão, Joe. Mas, apesar disso, naquele momento preparava uns bifes de antílope cuja vista me abria o apetite.

– Acredito – disse o doutor. – A carne de antílope é excelente.

– O senhor mesmo poderá julgar, patrão. A mesa está posta.

– Por Deus – exclamou o caçador –, esses pedaços de caça têm um aroma selvagem que não é de se desdenhar.

– Eu comeria antílope até o fim da vida – replicou Joe de boca cheia. – Sobretudo com uma boa garrafa de *grog* para facilitar a digestão.

Joe preparou a tal bebida, que foi degustada com reverência.

– Até agora está indo tudo bem – disse por fim.

– Muito bem – completou Kennedy.

– E então, senhor Dick, arrependeu-se por ter vindo conosco?

– Quero ver quem teria a coragem de me impedir! – declarou o caçador com ar resoluto.

Eram quatro horas da tarde. O *Vitória* logo encontrou uma corrente mais rápida. O sol subia insensivelmente, e logo a coluna barométrica indicava uma altitude de 500 metros acima do nível do mar. O doutor foi então obrigado a sustentar seu aeróstato com uma dilatação de gás bem forte e o maçarico não parou mais de funcionar.

Por volta das sete horas, o *Vitória* planou sobre a bacia do Kanyemé. O doutor reconheceu imediatamente esse vasto descampado de 16 quilômetros de extensão, com suas aldeias perdidas no meio dos baobás e dos cabaceiros. É a residência de um dos sultões do país de Ugogo, onde já existe um pouco de civilização e os membros da família não são vendidos com muita frequência. Mas homens e animais moram todos juntos em cabanas redondas sem armação de madeira, que lembram montes de feno.

Depois de Kanyemé, o terreno se torna árido e pedregoso. Mas, ao fim de uma hora, em uma depressão fértil, a vegetação recobra toda a sua força, a alguma distância de Mdaburu. O vento reduzia com a proximidade do fim da tarde, e a atmosfera parecia dormitar. O doutor procurou em vão uma corrente em várias altitudes, mas, percebendo a calma da natureza, resolveu passar a noite no ar. Para ficarem mais seguros, subiu cerca de 300 metros. O *Vitória* permanecia imóvel. O silêncio envolvia o céu magnificamente estrelado.

Dick e Joe se estenderam sobre suas camas aconchegantes e dormiram um sono profundo durante a vigília do doutor. À meia-noite, ele foi substituído pelo escocês.

– Ao mínimo incidente, não deixe de me acordar – recomendou Fergusson. – E, sobretudo, não tire os olhos do barômetro. É a nossa bússola.

A noite estava fria, com 14° centígrados de diferença entre a temperatura do dia. As trevas haviam trazido a sinfonia noturna dos animais, que a sede e a fome expulsam de seus covis; as rãs emitiam sua voz de soprano, em dueto com o regougar dos chacais, enquanto o baixo profundo dos leões sustentava os acordes dessa orquestra viva.

Quado voltou ao seu posto pela manhã, o doutor Fergusson consultou a bússola e constatou que a direção do vento havia mudado durante a noite. O *Vitória* estava a deriva cerca de 48 quilômetros para o nordeste havia mais ou menos duas horas e sobrevoava o Mabunguru, país pedregoso, semeado de blocos de sienito belamente polidos e as rochas acidentadas tinham forma de corcova. Massas cônicas, semelhantes aos rochedos de Karnak, eriçavam o solo como momumentos druídicos. Ossadas de búfalos e elefantes branquejavam aqui e ali. Havia poucas árvores, exceto a leste, onde densos bosques ocultavam algumas aldeias.

Cinco semanas em um balão

Por volta das sete horas, uma rocha arredondada, com aproximadamente 3 quilômetros de extensão, emergiu como uma imensa carapaça.

– Estamos no bom caminho – disse o doutor Fergusson. – Aquela é Jihoue-la-Mkoa, onde vamos parar por alguns instantes. Vou renovar a provisão da água necessária para alimentar o maçarico. Procuremos algo onde prender o balão.

– Há poucas árvores – observou o caçador.

– Tentemos de qualquer forma. Joe, jogue as âncoras.

O balão, perdendo pouco a pouco sua força ascensional, aproximou-se da rocha. As âncoras desceram e o gancho de uma delas se prendeu em uma fenda do rochedo. O *Vitória* se imobilizou.

Não pense que o doutor extinguia completamente o maçarico durante as paradas. O equilíbrio do balão tinha sido calculado ao nível do mar; como tinham pousado em cima da montanha, 180 a 215 metros, a tendência do aeróstato seria descer até o solo: era necessário, portanto, sustentá-lo mediante uma certa dilatação do gás. Somente no caso em que, sem vento, o doutor deixasse o cesto pousar na terra, o aeróstato, livre de um peso considerável, iria se manter sem o recurso do maçarico.

Os mapas indicavam extensos lagos na vertente ocidental do Jihoue-la-Mkoa. Joe foi até lá com um barril que armazenava uns dez galões; encontrou sem dificuldade o lugar apontado, não muito longe de uma aldeia deserta, fez sua provisão de água e voltou em menos de três quartos de hora. Não vira nada de especial, exceto umas imensas armadilhas para elefante, em uma das quais, jazia a carcaça meio roída a ponto de cair.

Trouxe de sua excursão uma espécie de nêspera que os macacos devoram com gosto. O doutor reconheceu logo o fruto do *mbenbu*, árvore muito comum na parte ocidental de Jihoue-la-Mkoa. Fergusson aguardava Joe com certa impaciência, pois uma parada, ainda que rápida, naquela terra inóspita lhe inspirava receios.

JÚLIO VERNE

A água foi facilmente levada para o cesto que estava quase ao nível do solo. Joe desenganchou a âncora e voltou para junto do doutor, que se apressou a reavivar a chama. O *Vitória* retomou sua rota aérea.

Encontravam-se agora a cerca de 160 quilômetros de Kazé, importante estabelecimento do interior da África, onde, graças a uma corrente de sudeste, os viajantes esperavam conseguir chegar ainda naquele dia. Avançavam a uma velocidade de 22 quilômetros por hora, e a condução do aeróstato foi se tornando cada vez mais difícil. Não era possível subir muito sem dilatar excessivamente o gás, porque o território estava a uma altitude média de 900 metros. Por isso, tanto quanto possível, o doutor preferia não forçar a dilatação. Acompanhou atentamente as sinuosidades de uma encosta bastante acentuada, quase roçando as aldeias de Thembo e Tura-Wels. Esta pertence ao Unyamwezy, belo país onde as árvores alcançam enormes dimensões, entre elas, os cactos, realmente gigantescos.

Por volta das dez horas, com tempo magnífico e um sol escaldante que devorava a mais leve corrente de ar, o *Vitória* planou sobre a aldeia de Kazé, situada a 560 quilômetros da costa.

– Partimos de Zanzibar às nove horas da manhã – disse o doutor, consultando suas anotações – e, após dois dias de travessia, percorremos, com desvios, perto de 800 quilômetros. Os capitães Burton e Speke precisaram de quatro meses e meio para fazer o mesmo trajeto!

15

*Kazé – O mercado barulhento – Aparição do Vitória – Os waganga
– Os filhos da lua – Passeio do doutor – População – O tembé real
– As mulheres do sultão – Uma embriaguez real – Joe adorado
– Como se dança na lua – Reviravolta – Duas luas no céu
– Instabilidade das grandezas divinas*

Kazé, ponto importante da África Central, não é uma cidade. A rigor, não existem cidades naquela região. Kazé é apenas um aglomerado de seis vastas escavações onde se abrigam casas e choças de escravos com pequenos quintais e jardins zelosamente cultivados. Ali as cebolas, batatas, berinjelas, abóboras e cogumelos de ótimo sabor crescem em profusão.

O Unyamwezy é a Terra da lua por excelência, o horto esplêndido da África. No centro, está o distrito de Unyanembé, país delicioso onde vivem preguiçosamente algumas famílias de omanis, raça de pura origem árabe.

Há muito tempo é negociado no interior da África e da Arábia o contrabando de borracha, marfim, tecidos de algodão e escravos. Suas caravanas percorrem essas regiões tropicais e ainda vão buscar na costa objetos de luxo e prazer para os mercadores ricos. Estes, rodeados de mulheres e criados, levam em sua terra encantadora a existência menos agitada e mais horizontal possível: sempre deitados, rindo, fumando ou dormindo.

Em volta dessas escavações, numerosas casas de nativos, amplos espaços para os mercados, campos de *cannabis* e datura, belas árvores e sombra fresca: isso é Kazé.

Ali é o ponto de encontro geral das caravanas: as do sul com seus escravos e carregamentos de marfim; as do ocidente com seu algodão e bugigangas, que exportam para as tribos dos Grandes Lagos.

Assim, nos mercados, reina uma balbúrdia perpétua, uma barulheira indescritível composta pelos gritos dos carregadores mestiços, do som dos tambores e cornetas, dos relinchos das mulas, dos zurros dos asnos, do canto das mulheres, do choro das crianças e dos estalos da vara do *jemadar*[21], que dá ritmo a essa sinfonia pastoral.

Nesse local, exibem-se sem ordem, e mesmo com uma desordem encantadora, os tecidos vistosos, as miçangas, os marfins, os dentes de rinoceronte e tubarão, o mel, o tabaco, o algodão; ali se realizam as transações mais bizarras, onde cada objeto vale tanto quanto o desejo que desperta.

De repente, toda essa agitação cessou. O *Vitória* acabava de surgir nos ares, planando majestosamente e descendo pouco a pouco sem se afastar da linha vertical. Homens, mulheres, crianças, escravos, mercadores, árabes e negros desapareceram, indo se esconder nos *tembés* e choças.

– Meu caro Samuel – disse Kennedy –, se continuarmos provocando essas reações, teremos muita dificuldade em estabelecer acordos comerciais com essa gente.

– No entanto – ponderou Joe –, podemos realizar uma operação comercial muito simples: descer tranquilamente e pegar as mercadorias mais preciosas, sem dar atenção aos mercadores. Ficaríamos ricos.

---

21 Chefe da caravana. (N. O.)

CINCO SEMANAS EM UM BALÃO

– Bem – replicou o doutor –, esses nativos sentiram medo em um primeiro momento. Mas logo voltarão, por superstição ou curiosidade.

– Acredita nisso, senhor Fergusson?

– Basta esperar. Mas convém mantermos uma certa distância, pois o *Vitória* não é blindado nem navio de guerra. Portanto, não está a salvo de uma bala ou uma flecha.

– Pretende então, meu caro Samuel, conversar com esses africanos?

– Se for possível, por que não? – respondeu o doutor. – Deve haver em Kazé alguns mercadores árabes mais instruídos, menos selvagens. Lembro-me de que Burton e Speke elogiaram a hospitalidade dos habitantes da cidade. Assim, podemos tentar.

O *Vitória*, aproximando-se lentamente da terra, prendeu uma das âncoras no alto de uma árvore, perto da praça do mercado. A população inteira reapareceu nesse momento, estirando timidamente a cabeça para fora de seus esconderijos. Diversos waganga, reconhecíveis por suas insígnias de conchas cônicas, avançavam ousadamente: eram os feiticeiros do lugar. Traziam no cinto pequenas cabaças pretas untadas de graxa e inúmeros objetos de magia, de uma imundície impura, usado somente para cura.

Aos poucos, a multidão foi se apinhando em volta deles; mulheres e crianças os cercaram, os tambores rivalizavam em barulho; as mãos, batendo palmas, estenderam-se para o céu.

– É seu jeito de suplicar – explicou o doutor Fergusson. – Se não me engano, iremos representar um grande papel aqui.

– Pois então, represente-o, meu senhor.

– Você mesmo, meu bravo Joe, talvez se torne um deus.

– Ora, patrão, isso não me assusta. E o incenso não me desagrada.

Nesse instante, um dos feiticeiros, um *myanga*, fez um gesto e todo aquele clamor se transformou em profundo silêncio. Disse alguma coisa aos viajantes, mas em uma língua desconhecida.

O doutor Fergusson, sem ter entendido nada, lançou ao acaso algumas palavras em árabe e obteve resposta imediata na mesma língua.

JÚLIO VERNE

O orador iniciou uma arenga sem fim, cheia de floreios e acompanhada com a máxima atenção. O doutor logo entendeu que o *Vitória* tinha sido tomado pela própria lua, deusa amável que se dignara a visitar a cidade com seus três filhos. Essa honra jamais seria esquecida naquela terra amada pelo sol.

Fergusson respondeu, com imensa dignidade, que a lua fazia a cada mil anos um giro pelas províncias, a fim de se mostrar bem de perto a seus adoradores. Pedia-lhes então que não temessem nem abusassem de sua divina presença para comunicar suas necessidades e desejos.

O feiticeiro, por sua vez, informou que o sultão, o Mwani, doente há muitos anos, implorava o socorro do céu e convidava os filhos da lua a visitá-lo.

O doutor transmitiu o convite a seus companheiros.

– Vai mesmo se encontrar com esse rei? – perguntou o caçador.

– Sem dúvida. Essa gente me parece amigável. A atmosfera está calma, sem um sopro de vento! Não devemos nos preocupar com o *Vitória*.

– Mas o que você vai fazer?

– Fique tranquilo, meu caro Dick. Com um pouquinho de medicina, resolverei o problema.

Depois, dirigindo-se à multidão:

– A lua, com pena do soberano que os filhos do Unyamwezy tanto amam, encarregou-nos de curá-lo. Que ele se prepare para nos receber!

Redobraram os clamores, os cânticos, as demonstrações. Todo aquele vasto formigueiro de cabeças negras se pôs em movimento.

– Agora, meus amigos – recomendou o doutor Fergusson –, é preciso contar com imprevistos. Poderemos, de repente, ter que partir às pressas. Dick, fique no cesto e, com o maçarico ligado, mantenha uma força ascensional suficiente. A âncora está bem presa e não há o que temer. Vou descer à terra em companhia de Joe, que entretanto permanecerá junto à escada.

– Como? Irá sozinho falar com aquele sujeito? – alarmou-se Kennedy.

CINCO SEMANAS EM UM BALÃO

– Senhor Samuel – interveio Joe –, não quer que eu fique a seu lado o tempo todo?

– Não, irei sozinho. Como essa boa gente acha que sua grande deusa, a lua, veio visitá-los, estou protegido pela superstição. Portanto, nada receiem e fiquem cada um no posto que lhes designei.

– Se quer assim – suspirou o caçador.

– Cuide da dilatação do gás.

– Pode deixar.

Os gritos dos nativos redobraram. Pediam energicamente a intervenção celeste.

– Hum! – resmungou Joe. – Estou achando-os um pouco autoritários com a lua e seus filhos divinos...

O doutor, munido de sua farmácia de viagem, desceu à terra, precedido por Joe. Este, grave e digno como convinha, sentou-se junto à escada cruzando as pernas debaixo de si à moda árabe, e parte da multidão cercou-o com mostras de respeito.

Enquanto isso, o doutor Fergusson, ao som dos instrumentos e escoltado por um grupo que executava danças religiosas, caminhou lentamente para o *tembé* real, situado bem longe da cidade. Eram mais ou menos três horas e o sol resplandecia, sem dúvida em consideração às circunstâncias.

O doutor caminhava com dignidade; os waganga o cercavam, contendo a multidão. Fergusson foi logo saudado pelo filho natural do soberano, um rapaz de boa aparência que, conforme o costume do país, era o único herdeiro dos bens paternos, com exclusão dos filhos legítimos. Prosternou-se diante do filho da lua, que o fez levantar-se com um gesto gracioso.

Três quartos de hora depois, por trilhas escuras e em meio à luxuriante vegetação tropical, esse cortejo festivo chegou ao palácio do sultão, um edifício quadrado, chamado *Ititenya*, erguido na vertente de uma colina. Uma espécie de varanda com teto de colmo se abria na parte externa, apoiada em troncos de madeira que se esforçavam para

95

parecer esculpidos. Longas linhas de argila avermelhada ornamentavam as paredes, tentando reproduzir homens e cobras, estas bem mais convincentes que aqueles. O teto da habitação não se firmava diretamente nas paredes, para que o ar circulasse sem obstáculos. Nenhuma janela, e apenas uma porta.

O doutor Fergusson foi recebido com grandes honras pelos guardas e favoritos, homens de boa raça, os wanyamwezi, tipo puro das populações da África Central, altos e fortes, sadios e de belo físico. Seus cabelos, divididos em grande número de pequenas tranças que caíam sobre os ombros; por meio de incisões pretas ou azuis, riscavam as faces desde as têmporas até a boca. As orelhas, assustadoramente distendidas, suportavam discos de madeira e placas de copal. Vestiam-se com roupas de cores vivas e estavam armados de azagaia, arco e flecha emplumada e envenenada com sumo de eufórbio, faca, *sime*, sabre longo de lâmina denteada e machadinha.

O doutor entrou no palácio. Ali, apesar da doença do sultão, o barulho já reinante aumentou ainda mais à sua chegada. Ele notou, suspensos no portal, rabos de lebres e crinas de zebras à maneira de talismãs. Foi recebido pelas mulheres de Sua Majestade aos acordes harmoniosos do *upatu*, espécie de címbalo feito com o fundo de um pote de cobre, e ao rufar do *kilindo*, tambor de um metro e meio de altura escavado em um tronco, que dois virtuoses martelavam os punhos vigorosamente.

Quase todas essas mulheres, muito bonitas e sorridentes, fumavam tabaco e *thang* em longos cachimbos pretos. Deviam ter belos corpos sob a comprida túnica drapejada com graça e traziam, na cintura, o *kilt* de fibras de cabaça.

Seis delas, separadas das demais, não pareciam menos alegres que o resto do grupo, embora tivessem sido escolhidas para um suplício cruel: quando seu senhor morresse, seriam enterradas vivas junto com ele, para distraí-lo durante a eterna solidão.

O doutor Fergusson, depois de observar tudo isso com um rápido olhar, adiantou-se até o leito de madeira do soberano. Viu ali um homem de cerca de quarenta anos, totalmente embrutecido por orgias de todos os tipos e pelo qual nada mais se podia fazer. A doença, que se prolongava há anos, era apenas uma embriaguez perpétua. Esse beberrão real estava quase inconsciente, e nem todo o amoníaco do mundo o poria de novo em pé.

As favoritas e as mulheres se curvavam, flexionando os joelhos diante da visita solene. Com algumas gotas de um cordial violento, o doutor reanimou por um instante aquele corpo combalido. O sultão esboçou um movimento e, para um cadáver que já nem dava sinal de vida havia algumas horas, esse sintoma foi acolhido por gritos redobrados em honra ao médico.

Este, que já não tinha mais nada a fazer ali, afastou com um gesto decidido os adoradores exageradamente entusiasmados, saiu do palácio e dirigiu-se para o *Vitória*. Eram seis horas da tarde.

Joe, em sua ausência, esperava tranquilamente junto à escada. A multidão lhe tributava grandes mostras de respeito. E ele, como verdadeiro filho da lua, aceitava-as de bom grado. Para uma divindade, parecia um homem bastante acessível, nada pomposo e até propenso a tratar com familiaridade as jovens africanas, que não se cansavam de contemplá-lo. Ele, de seu lado, dizia-lhes palavras amigáveis.

– Adorem, senhoritas, podem adorar à vontade – repetia. – Não passo de um pobre-diabo, embora seja filho de uma deusa!

Presentearam-no com oferendas propiciatórias, comumente armazenadas nas *mzimu* ou choças-fetiches. Consistiam em espigas de cevada e *pombé*. Joe achou que deveria provar essa espécie de cerveja forte; mas seu paladar, embora habituado ao gim e ao uísque, não pôde suportar tamanha violência. Fez uma careta horrenda, que a assistência tomou por um sorriso amável.

Em seguida, as jovens, misturando suas vozes em uma melopeia arrebatadora, executaram em volta dele uma dança solene.

– Ah, vocês dançam bem! – disse ele. – Mas não ficarei atrás. Vou lhes mostrar uma coreografia de meu país.

JÚLIO VERNE

E executou uns passos estonteantes, contorcendo-se, esticando-se, saltitando, usando os pés, os joelhos, as mãos, girando de maneira extravagante, assumindo poses incríveis, fazendo caretas bizarras; em suma, dando àquelas populações uma estranha ideia do modo como os deuses bailam na lua.

Agora, aqueles africanos, que imitam tudo como macacos, logo reproduziam suas maneiras, suas cabriolas, seus pulos; não perdiam um gesto, não esqueciam uma pose; foi então um delírio só, uma sarabanda, um frenesi do qual seria difícil dar uma ideia, ainda que aproximada. No melhor da festa, Joe avistou o doutor.

Este voltava a toda pressa, rodeado por uma multidão barulhenta e caótica. Os feiticeiros e chefes pareciam muito agitados. Cercavam o doutor; empurravam-no; ameaçavam-no. Curiosa reviravolta! Que acontecera? Teria o sultão sucumbido desastradamente nas mãos do médico celeste?

Kennedy, de seu posto, percebeu o perigo sem compreender a causa. O balão, fortemente solicitado pela dilatação do gás, esticava a corda, ansioso por se elevar nos ares.

O doutor chegou junto à escada. Um medo supersticioso ainda retinha a turba, impedindo-a de atentar contra sua pessoa. Ele subiu rapidamente os degraus, seguido com igual agilidade por Joe.

– Nenhum minuto a perder! – disse seu patrão. – Não tente desenganchar a âncora. Cortaremos a corda. Siga-me!

– Mas o que está acontecendo? – perguntou Joe, saltando para o cesto.

– O que houve? – ecoou Kennedy, de carabina em punho.

– Olhem – respondeu o doutor, apontando para o horizonte.

– E então? – perguntou o caçador.

– E então! A lua!

A lua, com efeito, erguia-se vermelha e esplêndida, um globo de fogo em um fundo azul. Era ela!

CINCO SEMANAS EM UM BALÃO

Ela e o *Vitória!* Ou havia duas luas, ou os estrangeiros não passavam de impostores, intrigantes, falsos deuses!

Tais deviam ter sido as reflexões, muito naturais, da multidão. Daí a reviravolta.

Joe não pôde conter um acesso de riso. A população de Kazé, vendo que a presa lhe escapava, rugia sem parar. Arcos e mosquetes foram apontados para o balão.

Mas um dos feiticeiros fez um sinal. As armas baixaram; ele subiu na árvore, com a intenção de agarrar a corda da âncora e puxar para fazer a máquina cair.

Joe se adiantou, segurando o machado.

– Devo cortar?

– Espere – respondeu o doutor.

– Mas esse feiticeiro...

– Talvez ainda possamos salvar nossa âncora, que não convém perdermos. Sempre haverá tempo para cortar.

O feiticeiro, já na árvore, tão bem fez que, partindo os galhos, conseguiu soltar a âncora; e ela, violentamente puxada pelo aeróstato, enganchou-se entre suas pernas, levando-o para os ares montado nesse hipogrifo inesperado.

O espanto da turba foi imenso ao ver um dos seus waganga alçar-se no espaço.

– Hurra! – gritou Joe enquanto o *Vitória*, graças à sua potência ascensional, subia com grande rapidez.

– Ele está firme – disse Kennedy. – Uma pequena viagem não lhe fará mal.

– Vamos deixá-lo cair aqui de cima? – perguntou Joe.

– Não – replicou o doutor. – Nós o colocaremos suavemente em terra. E creio que, depois de tamanha aventura, o prestígio desse feiticeiro aumentará bastante aos olhos de seus contemporâneos.

– São bem capazes de transformá-lo em um deus – disse Joe.

JÚLIO VERNE

O *Vitória* atingiu uma altitude de mais ou menos 300 metros. O homem se agarrava à corda com uma energia tremenda. Não dizia nada, e seus olhos estavam fixos, refletindo um terror mesclado de assombro. Um leve vento oeste impelia o balão para longe da cidade.

Meia hora depois, o doutor, vendo o país deserto, moderou a chama do maçarico e se aproximou da terra. A 6 metros do solo, o feiticeiro tomou rapidamente uma decisão: saltou, caiu de pé e fugiu na direção de Kazé, enquanto, subitamente aliviado daquele peso, o *Vitória* subia novamente.

16

*Sinais de tempestade – A Terra da lua
– O futuro do continente africano – A máquina da última hora
– Vista do país ao sol poente – Flora e fauna – A tempestade
– A zona de fogo – O céu estrelado*

– Eis no que dá – disse Joe – alguém se passar por filho da lua sem sua permissão! Esse satélite quase nos prega uma boa peça! Por acaso o senhor não comprometeu sua reputação com aquele remédio?

– E quem era o tal sultão de Kazé? – perguntou o caçador.

– Um velho bêbado semimorto – respondeu o doutor –, cuja perda não será de se lamentar. A moral da história é que as honras são efêmeras e não convém gostar demasiadamente delas.

– Que pena – suspirou Joe. – Aquilo me convinha! Ser adorado, me fingir de deus à vontade! Mas o que fazer? A lua apareceu, toda vermelha, para mostrar que estava zangada!

Entre uma conversa e outra, com Joe tratando o astro das noites de um ponto de vista inteiramente novo, o céu foi se carregando de densas nuvens ao norte, nuvens sinistras e pesadas. Um vento impetuoso, soprando a 90 metros do solo, empurrava o *Vitória* na direção norte-nordeste. Lá em cima, a abóbada azulada estava límpida, mas visivelmente ameaçadora.

Os viajantes se achavam, às oito horas da noite, a 32º 40' na longitude e 4º 17' na latitude. As correntes atmosféricas, sob a influência de uma tempestade próxima, impeliam os viajantes a uma velocidade de 56 quilômetros por hora. Sob seus pés, desfilavam rapidamente as planícies onduladas e férteis de Mfuto. O espetáculo era admirável e foi muito admirado.

– Estamos em plena Terra da lua – informou o doutor Fergusson. – Ela conserva esse nome desde a Antiguidade, sem dúvida, porque a lua sempre foi venerada aqui. Trata-se de um país magnífico e dificilmente encontraríamos em outro lugar uma vegetação mais bela.

– Se a encontrássemos nos arredores de Londres, isso não seria natural – ponderou Joe. – Mas seria bem agradável! Por que coisas tão bonitas só existem em países bárbaros?

– E nós sabemos – replicou o doutor –, se algum dia este país se tornar o centro da civilização? As pessoas do futuro estão lá e virão para cá quando as regiões da Europa, esgotadas, não conseguirem mais alimentar seus habitantes.

– Acredita nisso? – perguntou Kennedy.

– Sem dúvida, meu caro Dick. Considere a marcha dos acontecimentos, as migrações sucessivas de povos e chegará à mesma conclusão que eu cheguei. A Ásia foi a primeira nutriz do mundo, não é verdade? Durante quatro mil anos talvez, ela trabalhou, fecundou, produziu; e depois, no momento em que as pedras apareceram onde antes brotavam as searas douradas de Homero, seus filhos abandonaram seu seio exausto e ressequido. Então, atiraram-se sobre a Europa, jovem e poderosa, que os alimentou durante dois mil anos. Mas sua fertilidade já se esgota; suas faculdades produtivas diminuem a cada dia. As novas pragas que todos os anos atacam os produtos da terra, as colheitas fracas, os recursos insuficientes, tudo isso indica, com certeza, uma vitalidade em deterioração, um esgotamento em futuro próximo. Já vemos os povos se precipitarem para os seios

Cinco semanas em um balão

fartos da América como para uma fonte, não inesgotável, mas que ainda não se esgotou. Esse novo continente, por sua vez, ficará velho, suas florestas virgens tombarão sob o machado da indústria; seu solo se enfraquecerá por produzir demais o que lhe foi demasiadamente pedido. Onde se faziam duas colheitas por ano, só com dificuldade uma sairá daquelas terras quase sem forças. Então, a África oferecerá às novas raças os tesouros acumulados durante séculos em seu seio. Estes climas fatais aos estrangeiros serão purificados pela rotatividade de culturas e drenagem; estas águas esparsas irão se reunir em um leito comum para formar uma artéria navegável. E o país que agora vemos lá embaixo, mais fértil, mais rico, mais cheio de vitalidade que os outros, irá se tornar um grande reino onde ocorrerão descobertas ainda mais espantosas que o vapor e a eletricidade.

– Ah, senhor, isso eu gostaria de ver! – disse Joe.

– Você se levantou cedo demais, meu rapaz.

– De resto – filosofou Kennedy –, a época em que a indústria absorver tudo em proveito próprio será bem triste. À força de inventar máquinas, os homens acabarão devorados por elas! Creio até que o último dia do mundo vai ser aquele em que uma imensa caldeira incandescente de três milhões de atmosferas fará saltar o globo!

– E acrescento – interveio Joe – que os americanos serão os maiores responsáveis pela máquina!

– De fato – observou o doutor –, eles são grandes caldeireiros. Mas, em vez de prosseguir nessas discussões, limitemo-nos a admirar a Terra da lua, já que nos é concedido o privilégio de vê-la.

O sol, deslizando seus últimos raios pelo amontoado de nuvens, adornadas com uma crista dourada os menores acidentes do solo: árvores gigantescas, arbustos viçosos, placas de musgo estendendo-se pelo chão, tudo teve seu papel nesse eflúvio luminoso. O terreno, ligeiramente ondulado, formava aqui e ali pequenas colinas cônicas. Sem montanhas no horizonte; imensas paliçadas de mato cerrado, sebes impenetráveis e bosques de espinheiros separavam as clareiras, onde foram espalhadas inúmeras aldeias rodeadas de eufórbias gigantescas que, entrelaçando-se com os arbustos de galhos em forma de coral, pareciam fortificações naturais.

Não tardou e o Malagazari, principal afluente do lago Tanganica, surgiu serpenteando sob a densa vegetação. Ele deu abrigo a numerosos cursos de água, nascidos de torrentes avolumadas na época das cheias ou de poças abertas na camada argilosa do solo. Para quem observava de cima, era uma rede de cascatas estendida sobre toda a extensão ocidental do país.

Animais providos de bossas enormes pastavam nas férteis pradarias e desapareciam em meio à grande vegetação exuberante. As florestas, rescendendo a aromas deliciosos, lembravam enormes buquês. Mas, dentro desses buquês, leões, leopardos, hienas e tigres se refugiavam para escapar dos derradeiros calores do dia. Por vezes, um elefante fazia ondular o mato e ouvia-se o estalar das árvores que cediam às suas presas de marfim.

– Que belo lugar para caçar! – exclamou Kennedy, entusiasmado. – Uma bala disparada ao acaso em plena floresta encontraria uma presa digna dela! Não poderíamos fazer uma experiência?

– Não, meu caro Dick. A noite se aproxima, uma noite ameaçadora, acompanhada de tempestade. Ora, as tempestades são violentas nestas terras, onde o solo funciona como uma imensa bateria elétrica.

– Tem razão, senhor – concordou Joe. – O calor está sufocante, o vento amainou e posso sentir que alguma coisa vem por aí.

– A atmosfera está carregada de eletricidade – disse o doutor. – Todo ser vivo é sensível a essa condição do ar, que precede a luta dos elementos, e confesso que eu mesmo jamais a senti a tal ponto.

– Mas então – perguntou o caçador – não seria o caso de descermos?

– Ao contrário, Dick, eu preferiria subir. Mas temo ser arrastado para longe de minha rota pelos cruzamentos de correntes atmosféricas.

– Pretende então abandonar o rumo que estamos seguindo desde a costa?

CINCO SEMANAS EM UM BALÃO

– Se for possível – respondeu Fergusson –, avançarei diretamente para o norte por 7 ou 8 graus, até as latitudes onde devem estar as nascentes do Nilo. Talvez detectemos alguns sinais da expedição do capitão Speke ou mesmo a caravana de De Heuglin. Se meus cálculos forem exatos, estamos a 32° 40' na longitude e eu gostaria de ultrapassar o equador em linha reta.

– Olhem lá! – interrompeu Kennedy. – Hipopótamos saindo das lagoas, massas de carne sanguinolenta e crocodilos que aspiram ruidosamente o ar!

– Parece que estão sufocando! – disse Joe. – Ah, que maneira encantadora de viajar, a salvo dessa bicharada perversa! Senhor Samuel, senhor Kennedy, estão vendo aqueles bandos que marcham em fileiras cerradas? Uns duzentos, pelo menos. São lobos.

– Lobos não, Joe, cães selvagens. Uma raça famosa, que não teme atacar os leões. O encontro mais terrível que um viajante possa ter. Seria imediatamente feito em pedaços.

– Pois não serei eu quem vai pôr neles uma focinheira – retrucou o amável Joe. – Mas, se essa é sua natureza, não podemos recriminá-los.

O silêncio aumentava sob a influência da tempestade. Era como se o ar espesso não conseguisse mais transmitir os sons. A atmosfera parecia acolchoada e, como uma sala revestida de tapeçarias, perdia toda a sonoridade. O pássaro-remador, o grou-coroado, as gralhas vermelhas e azuis, o rouxinol e os papa-moscas desapareciam entre as folhas das grandes árvores. A natureza inteira dava sinais de um cataclisma iminente.

Às nove horas da noite, o *Vitória* permanecia imóvel sobre Msené, vasto agregado de aldeias que mal se distinguiam na escuridão. Por vezes, o reflexo de um raio extraviado na água parada indicava fossos distribuídos regularmente e, por um último clarão do relâmpago, desenhou-se o perfil calmo e sombrio das palmeiras, tamarindos, sicômoros e eufórbias gigantescas.

105

– Parece que vou sufocar! – reclamou o escocês, inspirando com força a maior quantidade possível de ar rarefeito. – Não nos movemos! Vamos descer?

– E a tempestade? – objetou o doutor, bastante inquieto.

– Se teme ser arrastado pelo vento, acredito que não há outra alternativa para nós.

– Talvez a tempestade não desabe esta noite – aventou Joe. – As nuvens estão bem altas.

– Por isso mesmo, hesito em ultrapassá-las. Seria necessário subir muito, perder a terra de vista e não saber, durante toda a noite, se avançamos e para onde estamos indo.

– Decida logo, Samuel. É urgente.

– É lamentável que o vento tenha cessado – observou Joe. – Ele nos levaria para longe da tempestade.

– É de fato ruim, meus amigos, pois as nuvens representam um perigo para nós. Elas contêm correntes contrárias, que podem nos abraçar em seus turbilhões, e raios capazes de nos incendiar. Além disso, a força da rajada nos lançará por terra caso enganchemos a âncora no alto de uma árvore.

– Que fazer, então?

– Precisamos manter o *Vitória* em uma zona média, entre os perigos da terra e os do céu. Temos água suficiente para o maçarico e nossos 90 quilos de lastro estão intactos. Se for preciso, posso usá-los.

– Vamos ficar de guarda com você – disse o caçador.

– Não, meus amigos. Coloquem as provisões em lugar protegido e deitem-se. Eu os acordarei em caso de necessidade.

– Mas, patrão, não seria bom se o senhor também descansasse, já que nada nos ameaça por enquanto?

– Agradeço, amigos, mas prefiro ficar acordado. Estamos imóveis e, se as circunstâncias não mudarem, amanhã nos encontraremos exatamente no mesmo lugar.

– Então, boa noite, patrão.

– Boa noite, se isso for possível.

Kennedy e Joe se estiraram sob as cobertas e o doutor ficou sozinho naquela imensidão.

Enquanto isso, a cúpula das nuvens ia baixando insensivelmente e a escuridão aumentava. A abóbada negra se arredondava em volta do globo terrestre como se fosse esmagá-lo.

De repente, um raio violento, rápido e incisivo, cortou as trevas, logo seguido por um trovão que parecia ter sacudido as profundezas do céu.

– Alerta! – bradou Fergusson.

Os dois companheiros do doutor, despertados por aquele estrondo horrível, puseram-se às suas ordens.

– Vamos descer? – perguntou Kennedy.

– Não, o balão não resistiria. Subamos, antes que as nuvens se dissolvam em água e o vento comece a soprar com violência.

E atiçou a chama do maçarico para dentro das espirais da serpentina.

Nos trópicos, as tempestades se desencadeiam com rapidez comparável à sua violência. Outro raio dilacerou a nuvem, e mais vinte se seguiram. O céu ficou recortado de faíscas elétricas que ziguezagueavam sob as pesadas gotas de chuva.

– Demoramos demais – lamentou o doutor. – Agora teremos de atravessar uma zona de fogo com nosso balão cheio de ar inflamável!

– A terra! Desçamos para a terra! – insistia Kennedy.

– Um raio poderia nos atingir da mesma forma e ainda correríamos o risco de ver nosso balão rasgado pelos galhos das árvores!

– Estamos subindo, senhor Samuel!

– Não tão rápido quanto eu desejava.

Nessa parte da África, durante as tempestades equatoriais, não é raro contar de trinta a trinta e cinco raios por minuto. O céu fica literalmente em fogo, e as descargas se sucedem sem intervalo.

O vento foi desencadeado com violência assustadora neste ambiente abrasador: retorcia as nuvens, parecia o sopro de um ventilador imenso atiçando um incêndio.

O doutor mantinha a chama de seu maçarico no ponto máximo. O balão se dilatava e subia. De joelhos no centro do cesto Kennedy segurava as cortinas da tenda. O cesto rodopiava a ponto de dar vertigem, e as oscilações inquietavam os viajantes. Produziam-se grandes cavidades no revestimento do aeróstato, contra as quais o vento colidia com força, fazendo o tecido ranger sob sua pressão. Uma espécie de granizo, precedido por um barulho tumultuoso, sulcava a atmosfera e crepitava sobre o *Vitória*. Este, no entanto, prosseguia em sua marcha ascensional, enquanto os raios desenhavam linhas tangentes inflamadas em sua circunferência, fazendo com que ela parecesse envolta em chamas.

– Deus nos proteja! – bradou o doutor Fergusson. – Estamos em Suas mãos. Só Ele pode nos salvar. Qualquer coisa pode acontecer, até um incêndio. E nossa queda pode não ser rápida.

A voz do doutor mal chegava aos ouvidos de seus companheiros. Ele, no entanto, permanecia calmo em meio ao faiscar dos raios, observando os fenômenos de fosforescência produzidos pelo fogo de Santelmo que ondulava em volta da rede do aeróstato.

Este girava, rodopiava, mas subia sempre. Ao fim de um quarto de hora, ultrapassou a zona das nuvens tempestuosas; as descargas elétricas continuavam ziguezagueando embaixo dele, como uma vasta coroa de fogos de artifício suspensa ao cesto.

Esse é um dos mais belos espetáculos que a natureza pode oferecer ao homem. Embaixo, a tempestade; em cima, o céu estrelado, sereno, mudo, impassível, com a lua projetando seus raios pacíficos sobre as nuvens irritadas.

O doutor Fergusson consultou o barômetro: estavam a 3.600 metros. Eram onze horas da noite.

– Graças a Deus, o perigo passou – disse ele. – Agora, basta nos mantermos nesta altitude.

– Foi assustador! – disse Kennedy.

– Bem, isso animou a viagem e não achei ruim ver uma tempestade do alto. É um belo espetáculo!

17

*As montanhas da lua – Um oceano de verdura – A âncora é descida
– O elefante rebocador – Fogo cerrado – Morte do paquiderme
– O forno de campanha – Refeição sobre a relva – Uma noite em terra*

Por volta das seis horas da manhã, na segunda-feira, o sol se ergueu no horizonte. As nuvens se dissiparam e um bom vento refrescou as primeiras horas matinais.

A terra, toda perfumada, reapareceu aos olhos dos viajantes. O balão, girando em torno de si mesmo em meio a correntes contrárias, mal desviara de seu curso. O doutor, deixando que o gás se contraísse, desceu a fim de tomar uma direção mais ao norte. Durante muito tempo, sua procura foi inútil. O vento os impeliu para oeste, até avistarem as célebres montanhas da lua, que se arredondam em semicírculo à volta da extremidade do lago Tanganica. A cadeia, pouco acidentada, destacava-se no horizonte azulado como uma fortificação natural, impenetrável aos exploradores do África Central. Alguns cones isolados conservavam traços de neve eterna.

– Agora estamos em um país inexplorado – disse o doutor. – O capitão Burton avançou bem para oeste, mas não conseguiu alcançar estas famosas montanhas. Chegou a negar a existência delas, ao contrário de Speke, seu companheiro. Afirmou que eram fruto da imaginação deste último. Para nós, meus amigos, não há dúvida possível.

– Vamos ultrapassá-las? – perguntou Kennedy.

– Se Deus quiser, não. Espero encontrar um vento favorável que me leve ao Equador. Estou disposto até a esperá-lo, se for preciso, e usarei o *Vitória* como um navio que lança âncora quando encontra-se na presença de ventos contrários.

Mas as previsões do doutor não demorariam a se cumprir. Depois de tentar diferentes alturas, o *Vitória* foi impelido para nordeste a uma velocidade média.

– Estamos no rumo certo – disse ele, consultando a bússola – e a apenas 60 metros da terra, o que é uma feliz circunstância para reconhecer estas regiões novas. O capitão Speke, em busca do lago Ukereué, subiu mais a leste, em linha reta abaixo de Kazé.

– Avançaremos assim por muito tempo? – quis saber Kennedy.

– Talvez. Nosso objetivo é ir na direção das nascentes do Nilo, e temos ainda 965 quilômetros a percorrer até o limite extremo alcançado pelos exploradores vindos do norte.

– E não desceremos à terra? – perguntou Joe – Nem para esticar um pouco as pernas?

– Desceremos, sim. Precisamos, aliás, economizar víveres e, no caminho, meu bravo Dick e você nos presentearão com carne fresca.

– Com muito prazer, amigo Samuel.

– Precisamos também renovar nossa reserva de água. Quem sabe se não seremos arrastados na direção de terras áridas? Todo cuidado é pouco.

Ao meio-dia, o *Vitória* se encontrava a 29° 15' na longitude e 3° 15' na latitude. Ultrapassou a aldeia de Uyofu, limite extremo ao sul do Unyamwezi, do outro lado do lago Ukereué, que ainda não estava à vista.

Cinco semanas em um balão

As populações mais próximas do Equador parecem ser um pouco mais civilizadas. Quem as governa são monarcas absolutos, de despotismo desenfreado, e sua aglomeração mais compacta constitui a província de Karagwah.

Os três viajantes combinaram que desceriam assim que avistassem o primeiro local favorável. Era necessário inspecionar cuidadosamente o aeróstato, e, por isso, precisavam parar por algum tempo. A chama do maçarico foi diminuída; as âncoras, lançadas para fora do cesto, logo roçaram o mato alto de um prado imenso, que de cima parecia coberto por uma erva rasteira, a qual, no entanto, tinha de 2 a 2,5 metros de espessura.

O *Vitória* tocou de leve essa erva sem curvá-la, como se fosse uma gigantesca borboleta. Nenhum obstáculo à vista. Aquilo era como um oceano de verdura sem ondas.

– Acho que vamos deslizar assim por horas – disse Kennedy. – Não estou vendo nenhuma árvore onde possamos nos amarrar. A caçada talvez esteja comprometida.

– Espere um pouco mais, amigo Dick. Não conseguiria caçar afundado nessa erva mais alta que você. Logo acharemos um local favorável.

O passeio era, sem dúvida, encantador, uma verdadeira navegação sobre um mar verde, quase transparente, com suaves ondulações formadas pelo vento. O cesto parecia um barco cortando aquelas ondas, levantando bandos de aves de cores esplêndidas que escapavam da erva com mil gritos alegres. As âncoras mergulhadas no lago de flores, traçando sulcos que se fechavam atrás delas como o rastro de um navio.

De repente, o balão se sacudiu todo: a âncora decerto se enganchara em alguma fissura de rocha oculta sob aquele gigantesco tapete de relva.

– Estamos presos – disse Joe.

– Muito bem, então jogue a escada – replicou o caçador.

Mal pronunciara essas palavras e um grito agudo ecoou no ar. As frases seguintes que escaparam da boca dos três viajantes estavam entrecortadas de exclamações.

JÚLIO VERNE

– Que foi isso?

– Que grito estranho!

– Vejam, estamos nos movendo!

– A âncora escapou!

– Não, não! Continua presa – disse Joe, tentando puxar a corda.

– A rocha está sendo arrastada!

A erva se agitou e logo uma forma alongada, sinuosa, ergueu-se acima dela.

– Uma cobra! – exclamou Joe.

– Uma cobra! – repetiu Dick, engatilhando sua carabina.

– Nada disso – interveio o doutor. – É uma tromba de elefante.

– De um elefante, Samuel? – perguntou Dick e, dizendo isso, levou a arma ao ombro.

– Espere, Dick, espere!

– Mas o animal está nos rebocando!

– E para o lado certo, Joe, para o lado certo.

O elefante caminhava com certa rapidez, que não tardou a chegar a uma clareira, onde se mostrou por inteiro. Pelo seu tamanho enorme, o doutor reconheceu um macho de espécie magnífica. Exibia duas presas esbranquiçadas, de curvatura admirável, com uns 2,5 metros de comprimento, e as garras da âncora estavam firmemente presas entre elas.

O animal tentava, em vão, livrar-se com a tromba da corda que o prendia ao cesto.

– Para a frente, grandalhão! – exultou Joe no auge da alegria, excitando o melhor que podia aquele estranho rebocador. – Aí está outra maneira de viajar! Não me deem um cavalo, deem-me um elefante, por favor!

– Mas aonde está nos levando? – perguntou Kennedy, agitando a carabina, que parecia queimar suas mãos.

– Aonde queremos ir, meu caro Dick! Um pouco de paciência!

– *Wig a more, wig a more!*, como dizem os camponeses da Escócia. Para a frente, para a frente! – gritou o entusiasmado Joe.

Cinco semanas em um balão

O animal começou a galopar velozmente. Lançava a tromba à direita e à esquerda e, com seus movimentos bruscos, causava violentos trancos ao cesto. O doutor, de machado na mão, esperava para cortar a corda se fosse preciso.

– Mas só nos separaremos de nossa âncora se não tivermos outra alternativa – disse ele.

A corrida atrás do elefante durou uma hora e meia. O animal não parecia se cansar nunca; esses gigantescos paquidermes podem trotar por muito tempo e, de um dia para outro, às vezes são encontrados a enormes distâncias, como baleias, das quais possuem a massa e a rapidez.

– Na verdade – disse Joe –, é uma baleia mesmo que arpoamos. E não fazemos mais do que imitar a manobra dos baleeiros em suas pescarias.

Mas uma mudança na natureza do terreno obrigou o doutor a renunciar a seu meio de locomoção.

Um bosque espesso se destacava ao norte da imensa pradaria, a cerca de 5 quilômetros, e por isso era necessário que o balão fosse separado de seu condutor.

Kennedy foi então encarregado de deter o elefante em sua corrida. Levou ao ombro a carabina, mas não estava em boa posição para atingir com sucesso o animal. A primeira bala, disparada contra o crânio, achatou-se como se tivesse batido contra uma placa de ferro, sem parecer sequer perturbar o elefante. Ao estampido da descarga, seu passo se acelerou como o de um cavalo lançado a galope.

– Diabos! – praguejou Kennedy.

– Que cabeça dura! – exclamou Joe.

– Vamos experimentar algumas balas cônicas na articulação do ombro – disse Dick –, recarregando a arma com cuidado. Disparou.

O animal emitiu um grito lancinante, e continuou mais belo ainda.

– Vejamos – interveio Joe, pegando um dos fuzis. – Acho que devo ajudá-lo, senhor Dick, senão isso não acabará nunca.

E duas balas foram se alojar nos flancos do animal.

O elefante parou, ergueu a tromba e retomou, a toda velocidade, sua corrida para o bosque. Sacudia a imensa cabeça e o sangue começava a correr em borbotões de suas feridas.

– Continuemos a fazer fogo, senhor Dick.

– E fogo cerrado – acrescentou o doutor –, pois estamos a menos de 20 metros do bosque!

Após dez tiros, o elefante deu um salto assustador, o cesto e o balão estalaram, como se tudo houvesse se quebrado. O baque fez cair no chão o machado que o doutor segurava.

A situação ia ficando terrível; a corda da âncora, fortemente presa, não podia ser desatada nem cortada pelas facas dos viajantes. O balão se aproximava rapidamente do bosque quando o elefante recebeu uma bala no olho, no momento em que erguia a cabeça. Parou. Hesitou. Seus joelhos se dobraram e ele apresentou o flanco ao caçador.

– Uma bala no coração – avisou este, descarregando pela última vez a carabina.

O elefante lançou um rugido de dor e agonia; firmou-se por um instante, agitando a tromba, e, em seguida, desabou com todo o seu peso sobre uma das presas, que se partiu inteira. Estava morto.

– A sua defesa está quebrada! – exclamou Kennedy. – Na Inglaterra, 45 quilos de marfim valeriam trinta e cinco guinéus!

– Tanto assim? – espantou-se Joe, descendo pela corda da âncora até o chão.

– De que vale lamentar, meu caro Dick? – interveio o doutor Fergusson. – Somos acaso traficantes de marfim? Estamos aqui para fazer fortuna?

Joe examinou a âncora; estava solidamente enganchada na presa que permanecera intacta. Samuel e Dick saltaram do cesto, enquanto o aeróstato meio desinflado se balançava sobre o corpo do elefante.

– Magnífico animal! – disse Kennedy. – Que massa! Nunca vi, na Índia, um elefante desse porte!

CINCO SEMANAS EM UM BALÃO

– O que não é de espantar, meu caro Dick. Os elefantes da África Central são os mais belos. Os Anderson, os Cumming caçaram tantos nas proximidades do Cabo que eles emigraram para o Equador, onde frequentemente os encontramos em manadas numerosas.

– Enquanto aguardamos – propôs Joe –, que tal degustarmos uns bocados desse animal? Prometo oferecer-lhes uma refeição suculenta à custa dele. O senhor Kennedy vai caçar por uma hora ou duas, o senhor Samuel vai inspecionar o *Vitória* e, durante esse tempo, encarrego-me da cozinha.

– Bem pensado – respondeu o doutor. – Faça como quiser.

– Quanto a mim – disse o caçador –, aproveitarei as duas horas de liberdade que Joe se dignou conceder-me.

– Aproveite-as, meu amigo. Mas nada de imprudência. Não vá longe.

– Fique tranquilo.

E Dick, armado com seu fuzil, embrenhou-se no bosque.

Joe então se ocupou de suas funções. Escavou primeiro um buraco profundo, de cerca de 60 centímetros, e encheu-o com galhos secos que cobriam o solo, arrancados pelos elefantes, dos quais se viam por ali as pegadas. Enchido o buraco, colocou por cima uma pilha de lenha de 60 centímetros de altura e ateou-lhe fogo.

Em seguida, voltou para junto do cadáver do elefante, que caíra a uns 3 metros de distância do bosque. Cortou habilmente a tromba, que media quase 60 centímetros de largura na base. Escolheu a parte mais delicada e retirou uma das patas esponjosas do animal. Esses são, de fato, os melhores pedaços, tão bons quanto a bossa do bisão, a pata do urso ou a cabeça do javali.

Depois que a pilha de lenha se consumiu inteiramente, por dentro e por fora, o buraco, livre das cinzas e dos carvões, apresentava uma temperatura bem alta. Os pedaços do elefante, embrulhados em folhas aromáticas, foram depositados no fundo desse forno improvisado e recobertos de cinzas quentes. Depois, Joe acendeu outra fogueira por cima e, quando a madeira se consumiu toda, a carne estava no ponto.

JÚLIO VERNE

Joe retirou então o apetitoso jantar da fornalha, depositou-o sobre folhas verdes e dispôs o repasto em uma magnífica toalha de relva. Trouxe biscoitos, aguardente, café e água fresca, que foi buscar em um regato próximo.

O banquete assim apresentado dava gosto de ver; e Joe, sem excesso de vaidade, pensava que seria melhor ainda para saborear.

"Uma viagem sem cansaço e sem perigo!", pensava ele. "Uma refeição na hora certa! Uma rede para repousar o tempo todo! Que mais se pode pedir? E esse bom senhor Kennedy que não volta nunca..."

De seu lado, o doutor Fergusson se entregava a uma vistoria minuciosa do aeróstato, que não parecia ter sofrido nenhum dano com a tormenta. O tafetá e a guta-percha haviam resistido bravamente. Ele pegou a altura do solo e calculou a força ascensional do balão, então concluiu, satisfeito, que a quantidade de hidrogênio não mudara. O revestimento continuava totalmente impermeável.

Fazia apenas cinco dias que os viajantes tinham saído de Zanzibar. A provisão de *pemmican* não diminuíra; os biscoitos e a carne em conserva bastariam para uma longa viagem; e só seria necessário renovar a reserva de água.

Os tubos e a serpentina pareciam estar em perfeito estado; graças às suas articulações de borracha, acomodavam-se a todas as oscilações do aeróstato.

Terminada a vistoria, o doutor se ocupou de pôr suas anotações em dia. Fez um esboço bastante exato da zona circundante, com a longa pradaria a perder de vista, a floresta e o balão imóvel pairando acima do corpo do monstruoso elefante.

Ao fim de duas horas, Kennedy voltou com uma enfiada de perdizes gordas e uma perna de órix, uma variedade de *gemsbok* pertencente à espécie mais ágil dos antílopes. Joe se encarregou de preparar essas provisões extras.

– O jantar está servido – avisou ele com sua voz mais solene.

CINCO SEMANAS EM UM BALÃO

Os três viajantes só precisaram sentar-se na relva verde. A pata e a tromba do elefante foram consideradas excelentes. Beberam à saúde da Inglaterra, como sempre, e deliciosos charutos havanas perfumaram pela primeira vez aquele país encantador.

Kennedy comeu, bebeu e falou por quatro. Estava um pouco embriagado e propôs seriamente a seu amigo, o doutor, estabelecerem-se naquela floresta, construírem ali uma cabana de folhagem e fundarem a dinastia dos Robinsons africanos.

A ideia não foi longe, embora Joe se oferecesse para desempenhar o papel de Sexta-Feira[22].

A campina parecia tão tranquila, tão deserta que o doutor resolveu passar a noite em terra. Joe acendeu um círculo de fogo, barricada indispensável contra os animais selvagens; hienas, pumas e chacais, farejando a carne do elefante, rondavam por perto. Kennedy precisou disparar várias vezes sua carabina na direção desses visitantes audaciosos; mas, por fim, a noite transcorreu sem incidentes desagradáveis.

---

22 Referência ao personagem do livro *Robinson Crusoe*, de Daniel Defoe. (N. R.)

18

*O Karagwah – O lago Ukereué – Uma noite em uma ilha – O Equador
– Travessia do lago – As cascatas – Vista do país – As nascentes do Nilo
– A ilha Benga – A assinatura de Andrea Debono
– O pavilhão com as armas da Inglaterra*

No dia seguinte, às cinco horas, começaram os preparativos da partida. Joe, com o machado que felizmente encontrara, partiu as presas do elefante e o *Vitória*, enfim livre, levou os viajantes para nordeste a uma velocidade de 30 quilômetros por hora.

Na noite anterior, Fergusson havia calculado cuidadosamente sua posição pela altura das estrelas. Estava a 2º 40' na latitude abaixo do Equador, ou seja, a 260 quilômetros geográficos. Atravessou numerosas aldeias sem se preocupar com os gritos provocados por sua aparição. Tomou notas sumárias da conformação dos lugares, cruzou as encostas do Rubemhé, quase tão íngremes quanto as dos picos do Usagara, e avistou, depois, em Tenga, as primeiras elevações das cadeias de Karagwah, que a seu ver eram necessariamente um prolongamento das montanhas da lua. Ora, a lenda antiga que fazia dessas montanhas o berço do Nilo tinha sua porção de verdade, pois elas confinam com o lago Ukereué, provável reservatório das águas do grande rio.

CINCO SEMANAS EM UM BALÃO

De Kafuro, importante distrito de mercadores do país, ele percebeu enfim, no horizonte, esse lago tão procurado e que o capitão Speke havia avistado em 3 de agosto de 1858.

Samuel Fergusson estava comovido, bem perto de um dos pontos principais de sua exploração, e, de luneta assestada, não perdia um acidente sequer desse país misterioso que seu olhar percebia assim:

Abaixo dele, um solo geralmente estéril; aqui e ali, uma ravina cultivada; o terreno, semeado de cones de altura média, ia se tornando plano nas vizinhanças do lago; plantações de cevada substituíam os arrozais; ali, cresciam a tanchagem de onde se tira o vinho local e o *mwani*, planta selvagem utilizada como café. O agrupamento de cerca de cinquenta cabanas circulares, recobertas de colmo florido, era a capital do Karagwah.

Percebiam-se facilmente os rostos surpreendidos de uma raça muito bonita, de cor moreno-amarelada. As mulheres, inacreditavelmente corpulentas, percorriam as plantações; e o doutor espantou seus companheiros informando-os de que aquela obesidade, muito apreciada, era conseguida com um regime obrigatório de leite coalhado.

Ao meio-dia, o *Vitória* se encontrava a 1º 45' na latitude sul; à uma hora, o vento impeliu-o para o lago.

Esse lago foi chamado de Nyanza ("Lago") Vitória pelo capitão Speke. Ele mediu ali 150 quilômetros de largura e encontrou, na extremidade sul, um grupo de ilhas a que deu o nome de arquipélago de Bengala. Continuou o reconhecimento até Muanza, na costa leste, onde foi bem recebido pelo sultão. Triangulou essa parte do lago, mas não conseguiu uma barca nem para atravessá-lo nem para visitar a grande ilha de Ukereué, bastante populosa, é governada por três sultões e forma uma península na maré baixa.

O *Vitória* aproximou-se do lago mais ao norte, para grande aborrecimento do doutor, que gostaria de determinar seus contornos inferiores. As margens, eriçadas com arbustos espinhentos e mata emaranhados, literalmente desapareciam sob uma nuvem de mosquitos de cor castanha-clara. O país devia ser desabitado e inabitável; viam-se manadas de hipopótamos chafurdando no lamaçal entremeado de juncos ou afundando nas águas esbranquiçadas do lago.

Este, visto de cima, apresentava a oeste um horizonte tão amplo que parecia um mar; a distância é muito grande entre as margens, dificultando as comunicações. Não bastasse isso, as tempestades são aí violentas e frequentes, pois os ventos correm à solta nessa bacia elevada e descoberta.

O doutor estava com dificuldade para dirigir o balão, e temia ser arrastado para leste; mas, felizmente, uma corrente o levou direto para o norte e, às seis horas da tarde, o *Vitória* pairou sobre uma ilhota deserta, a 0º 30' na latitude e 32º 2' na longitude, a 30 quilômetros da costa.

Os viajantes conseguiram prender o balão em uma árvore e, à medida que o vento se acalmava à noite, permaneceram tranquilos, confiantes na âncora. Não era possível descer à terra, pois legiões de mosquitos, como nas margens do Nyanza, escureciam o solo com uma nuvem espessa. O próprio Joe voltou da árvore coberto de picadas; mas pouco se importou, pois achava isso natural da parte dos insetos.

No entanto, o doutor, menos otimista, soltou o máximo de corda, a fim de escapar desses bichinhos impiedosos, que subiam com um murmúrio inquietante.

Calculou a altitude do lago acima do nível do mar, tal como fizera o capitão Speke, e obteve 1.150 metros.

– Cá estamos então em uma ilha! – exclamou Joe, que não parava de se coçar.

– Uma ilha que percorreríamos rapidamente – disse o caçador. – E, com exceção desses amáveis insetos, não se vê por aí nenhum ser vivo.

– As ilhas que pontilham o lago – explicou o doutor – não são, na verdade, nada mais que picos de colinas submersas. Entretanto, devemos nos dar por satisfeitos em encontrar aqui um abrigo, pois as margens do lago são habitadas por tribos ferozes. Durmam então, já que o céu nos prepara uma noite tranquila.

CINCO SEMANAS EM UM BALÃO

– Você não fará o mesmo, Samuel?

– Não. Não conseguiria pregar o olho. Meus pensamentos expulsariam o sono. Amanhã, meus amigos, se o vento for favorável, iremos direto para o norte e talvez descubramos as nascentes do Nilo, esse segredo até agora impenetrável. Tão perto das nascentes do grande rio, eu não poderia dormir.

Kennedy e Joe, a quem as preocupações científicas não perturbavam a esse ponto, não tardaram a adormecer profundamente, sob a guarda do doutor.

Na quarta-feira, 23 de abril, o *Vitória* partiu às quatro horas da manhã, sob um céu carregado. A noite tardava a abandonar as águas do lago, envolto em uma bruma espessa, mas logo um vento impetuoso a dissipou. O *Vitória* balançou por alguns minutos em várias direções e finalmente tomou o rumo do norte.

O doutor Fergusson bateu palmas com alegria.

– Estamos no bom caminho! – bradou ele. – Hoje ou nunca avistaremos o Nilo! Meus amigos, estamos atravessando o Equador! Entramos no nosso hemisfério!

– Oh! – exclamou Joe. – Acha então, senhor, que o Equador passa aqui?

– Aqui mesmo, meu bravo rapaz!

– Pois bem, senhor, com todo o respeito, parece-me conveniente comemorar isso com um trago generoso.

– Que venha a garrafa! – concordou o doutor, alegremente. – Você tem uma maneira inteligente de entender a cosmografia.

E assim foi comemorada a passagem da linha a bordo do *Vitória*.

Este avançava velozmente. Percebia-se, a oeste, a costa baixa e pouco acidentada; ao fundo, os planaltos muito elevados de Uganda e Usoga. A velocidade do vento ia se tornando excessiva: perto de 50 quilômetros por hora.

As águas do Nyanza, soerguidas com violência, espumavam como as ondas de um mar. Via-se ao fundo algumas ondas que continuavam agitadas muito tempo depois, o doutor deduziu que o lago devia ter uma grande profundidade. Apenas um ou dois barcos foram avistados durante essa rápida travessia.

– O lago – disse o doutor – é evidentemente, por sua posição elevada, o reservatório natural dos rios da parte oriental da África. O céu lhe devolve em chuva o que retira em vapores de seus efluentes. Parece-me certo que o Nilo tem aqui sua nascente.

– Veremos – replicou Kennedy.

Por volta das nove horas, aproximaram-se da costa oeste, que parecia deserta e arborizada. O vento se levantou um pouco na direção leste e os viajantes puderam entrever a outra margem do lago. Ela se encurvava de maneira a terminar, em ângulo bem aberto, a 2º 40' na latitude norte. Montanhas altas ostentavam seus picos áridos nessa extremidade do Nyanza; mas, entre elas, um desfiladeiro profundo e sinuoso dava passagem a um rio borbulhante.

Manobrando seu aeróstato, o doutor Fergusson examinava o país com um olhar ávido.

– Vejam! – gritou ele. – Vejam, meus amigos! As descrições dos árabes eram exatas! Eles falavam de um rio pelo qual o lago Ukereué se descarregava em direção ao norte. Esse rio existe e nós o desceremos! Ele corre a uma velocidade comparável à nossa! E essa gota de água que foge sob os nossos pés vai sem dúvida se fundem com as ondas do Mediterrâneo. É o Nilo!

– O Nilo! – repetiu Kennedy, contaminado pelo entusiasmo de Samuel Fergusson.

– Viva o Nilo! – festejou Joe, que comemorava qualquer coisa quando estava alegre.

Rochedos enormes embaraçavam aqui e ali o curso desse rio misterioso. A água espumava, formando corredeiras e cataratas, que confirmavam as previsões do doutor. Das montanhas próximas, desciam torrentes que borbulhavam na queda e podiam contar-se às centenas. Via-se brotar do solo um número incontável de filetes de água

CINCO SEMANAS EM UM BALÃO

que se cruzavam, fundindo-se, lutando pela velocidade e todos correndo para o riacho que nascia e se tornava rio após os ter absorvido.

– É mesmo o Nilo – repetiu o doutor, convicto. – A origem de seu nome tem intrigado os sábios tanto quanto a origem de suas águas. Fizeram-no provir do grego, do copta, do sânscrito[23]. Mas isso pouco importa, agora que ele revelou por fim o segredo de suas nascentes!

– Mas – objetou o caçador – como garantir que este rio é o mesmo identificado pelos viajantes do norte?

– Teremos provas certas, irrefutáveis, infalíveis – respondeu Fergusson – se o vento nos favorecer por mais uma hora.

As montanhas abriam espaço a numerosas aldeias e campos cultivados de gergelim, sorgo e cana-de-açúcar. As tribos locais, pressentindo estrangeiros e não deuses, mostravam-se agitadas, hostis, mais perto da cólera que da adoração. Era como se quem alcançasse as nascentes do Nilo fosse lhes tomar alguma coisa. O *Vitória* teve de manter-se longe do alcance de seus mosquetes.

– Aterrissar aqui seria difícil – observou o escocês.

– Pior para eles – replicou Joe. – Serão privados do encanto de nossa conversação.

– No entanto, preciso descer – avisou o doutor Fergusson –, nem que seja por um quarto de hora. Do contrário, não poderei confirmar os resultados de nossa exploração.

– Isso é mesmo necessário, Samuel?

– Indispensável. Desceremos, mesmo que tivermos de atirar!

– Para mim, tudo bem – disse Kennedy, acariciando sua carabina.

– Estou às ordens, senhor – declarou Joe, preparando-se para o combate.

– Não será a primeira vez – continuou o doutor – que se fará ciência com armas na mão. Isso já aconteceu a um cientista francês nas montanhas da Espanha, onde ele media o meridiano terrestre.

---

23 Um sábio bizantino via em *Neilos* um nome aritmético: N representava 50, E 5, I 10, L 30, O 70, S 200, o que perfazia o número de dias do ano. (N. O.)

JÚLIO VERNE

– Fique tranquilo, Samuel, e confie em seus dois guardas.

– Vamos descer agora, senhor?

– Ainda não. E até subiremos um pouco para obter a configuração exata do país.

O hidrogênio se expandiu e, em menos de dez minutos, o *Vitória* planava a 750 metros acima do solo.

Distinguia-se dali uma inextricável rede de arroios que o rio acolhia em seu leito; vinham principalmente do oeste, do meio de colinas numerosas espalhadas por campos férteis.

– Estamos a mais ou menos 150 quilômetros de Gondokoro – disse o doutor, apontando para o mapa. – E a menos de 8 quilômetros do ponto alcançado pelos exploradores vindos do norte. Vamos descer com precaução.

O *Vitória* abaixou mais de 600 metros.

– Agora, amigos, estejam prontos para tudo.

– Nós estamos – garantiram Dick e Joe.

– Ótimo!

A apenas 30 metros de altitude, o *Vitória* avançou seguindo o curso do rio. O Nilo media 100 metros de largura nesse ponto, e os nativos se agitavam tumultuosamente nas aldeias que bordejavam suas margens. No segundo grau, ele formava uma cascata a pique, de cerca de 3 metros de altura, consequentemente intransponível.

– Lá está a cascata mencionada por Debono – gritou o doutor.

A bacia do rio se alargava, semeada de numerosas ilhas que Samuel Fergusson devorava com o olhar. Parecia estar procurando um ponto de referência que ainda não tinha avistado.

Alguns nativos haviam se aproximado de barca e se colocado debaixo do balão. Kennedy saudou-os com um tiro de fuzil que, sem atingi-los, forçou-os a voltar para a margem o mais rápido possível.

– Boa viagem! – desejou-lhes Joe. – Se eu fosse esses sujeitos, não me atreveria a retornar, com medo de um monstro que despeja raios à vontade!

Cinco semanas em um balão

Mas eis que o doutor Fergusson apanha a luneta e aponta-a para uma ilha no meio do rio.

– Quatro árvores! – exclamou. – Olhem lá embaixo!

De fato, havia quatro árvores isoladas que se erguiam em uma de suas extremidades.

– É a ilha de Benga! É ela, sem dúvida! – acrescentou.

– E daí? – quis saber Dick.

– É nela que desceremos, se Deus quiser!

– Mas parece habitada, senhor Samuel!

– Joe tem razão. Se não me engano, aquilo é um grupo de uns vinte nativos.

– Nós os poremos em fuga, o que não será difícil – respondeu o doutor Fergusson.

– Seja como você diz – replicou o caçador.

O sol estava no zênite. O *Vitória* se aproximou da ilha.

Os habitantes da tribo de Makado lançaram gritos enérgicos. Um deles agitava no ar seu capacete de cortiça. Kennedy mirou-o, fez fogo e o capacete voou pelos ares, em pedaços.

Foi uma debandada geral. Os nativos se precipitaram para o rio e o atravessaram a nado. Das duas margens, veio uma saraivada de balas e uma chuva de flechas, mas sem perigo para o aeróstato, cuja âncora havia se encaixado em uma fissura de rocha. Joe deslizou para o chão.

– A escada! – gritou o doutor. – Siga-me, Kennedy.

– O que você pretende fazer?

– Vamos descer. Preciso de uma testemunha.

– Cá estou.

– Joe, fique bem atento.

– Não se preocupe, senhor, respondo por tudo.

– Venha, Dick – chamou o doutor, pondo o pé em terra.

Levou o companheiro para um grupo de rochedos que se erguiam na ponta da ilha; ali, ficou procurando alguma coisa, remexeu nos arbustos e acabou com as mãos em sangue.

JÚLIO VERNE

De repente, segurou com força o braço do caçador.

– Olhe – sussurrou.

– Letras! – espantou-se Kennedy.

Duas letras gravadas na rocha apareciam com toda a nitidez. Lia-se distintamente:

A. D.

– A. D.! – exclamou o doutor Fergusson. – Andrea Debono! A própria assinatura do viajante que subiu mais longe o curso do Nilo!

– Isso é indiscutível, amigo Samuel.

– Agora está convencido?

– É o Nilo. Não podemos duvidar.

O doutor observou pela última vez aquelas preciosas iniciais, de que copiou exatamente a forma e as dimensões.

– Agora, para o balão! – disse ele.

– E depressa, pois alguns nativos já se preparam para cruzar o rio.

– Isso não tem mais importância! Se o vento nos levar para o norte durante algumas horas, chegaremos a Gondokoro e apertaremos a mão de nossos compatriotas.

Dez minutos depois, o *Vitória* se alçava majestosamente nos ares, enquanto o doutor Fergusson, para comemorar o sucesso, desfraldava o pavilhão com as armas da Inglaterra.

19

*O Nilo – A montanha que tremia – Lembranças de casa
– As narrativas dos árabes – Os nyam-nyam – Reflexões sensatas de Joe
– O* Vitória *sacudido – As ascensões aerostáticas – Madame Blanchard*

– Qual é a nossa direção? – perguntou Kennedy, vendo o amigo consultar a bússola.

– Nor-noroeste.

– Diabos! Isso não é o norte!

– Não, Dick, não é. E com certeza encontraremos dificuldades para chegar a Gondokoro, o que é lamentável. Mas, pelo menos, ligamos as explorações do leste às do norte. Não podemos nos queixar.

O *Vitória* se afastava pouco a pouco do Nilo.

– Um último olhar – disse o doutor – a esta intransponível latitude que os mais intrépidos viajantes jamais ultrapassaram! Lá estão as tribos intratáveis mencionadas por Petherick, D'Arnaud, Miani e o jovem explorador Lejean, ao qual devemos as melhores descrições do alto Nilo.

– Então – perguntou Kennedy –, nossas descobertas estão de acordo com os pressentimentos da ciência?

JÚLIO VERNE

– Completamente de acordo. As nascentes do rio Branco, do Bahr-el-Abiad, estão imersas em um lago tão grande como o mar. É ali que ele nasce. A poesia sairá perdendo, sem dúvida, gostaríamos de assumir que o rei dos rios vem do céu. Os povos antigos chamavam-no de oceano, e não estávamos longe de acreditar que descesse diretamente do sol! Mas é preciso nos conformarmos e aceitar, de tempos em tempos, o que a ciência nos ensina. Nem sempre haverá cientistas; mas sempre haverá poetas.

– Ainda se veem as cataratas – disse Joe.

– São as cataratas de Makedo, a 3 graus na latitude. Nada é mais exato! Que lástima não termos podido seguir por algumas horas o curso do Nilo!

– E ali, à nossa frente, percebo o pico de uma montanha – disse o caçador.

– É o monte Logwek, a montanha que treme, segundo os árabes. Todo este território foi percorrido por Debono, que usou o nome de Latif Effendi. As tribos vizinhas do Nilo são inimigas e travam entre si uma guerra de extermínio. Vocês bem podem imaginar os perigos que ele correu.

O vento agora impelia o *Vitória* para noroeste. A fim de evitar o monte Logwek, era necessário encontrar uma corrente mais inclinada.

– Meus amigos – disse o doutor –, é agora que começamos de fato nossa travessia africana. Até o momento, seguimos as pegadas de nossos antecessores. Daqui para a frente, mergulharemos no desconhecido. Será que vai nos faltar coragem para isso?

– Nunca! – bradaram a uma só voz Dick e Joe.

– Então, a caminho! E que o céu nos ajude!

Às dez horas da noite, planando sobre ravinas, florestas e aldeias dispersas, os viajantes chegaram ao flanco da montanha que treme, passando ao largo de suas encostas suaves.

Nessa memorável jornada de 23 de abril, durante quinze horas, eles percorreram, impulsionados por um vento rápido, cerca de 500 quilômetros.

CINCO SEMANAS EM UM BALÃO

Mas a última parte da viagem os deixou um tanto melancólicos. O silêncio reinava no cesto. Estaria o doutor Fergusson absorvido em suas descobertas? Seus dois companheiros estariam pensando em atravessar por regiões desconhecidas? Havia tudo isso, sem dúvida, mas também as mais vivas lembranças da Inglaterra e dos amigos distantes. Apenas Joe mostrava uma filosofia despreocupada, achando bastante natural que a pátria não estivesse lá, pois não estava; mas respeitou o silêncio de Samuel Fergusson e Dick Kennedy.

Às dez horas da noite, o *Vitória* "ancorou" em um ponto da montanha que treme[24]. Os três ingeriram uma refeição suculenta e foram dormir, ficando sempre um de guarda.

No dia seguinte, ideias mais serenas surgiram ao despertar. Fazia bom tempo e o vento soprava do lado certo. Um desjejum bem temperado por Joe acabou de devolver o bom humor aos espíritos.

O país que agora percorriam era imenso. Limita-se com as montanhas da lua e as do Darfur, sendo quase tão grande quanto a Europa.

– Estamos atravessando – disse o doutor – o que talvez seja o reino de Usoga. Os geógrafos afirmaram que existe bem no meio da África uma vasta depressão, um imenso lago central. Veremos se essa teoria tem algo de verdade.

– Mas como se chegou a essa suposição? – perguntou Kennedy.

– Com base nos relatos dos árabes. Eles falam muito, até demais. Alguns viajantes, chegando a Kazeh ou aos Grandes Lagos, viram escravos oriundos dos países centrais, interrogaram-nos sobre esses países, reuniram grande número de informações e, a partir delas, elaboraram teorias. No fundo de tudo isso, há sempre alguma verdade e, como você viu, eles não se enganavam sobre a origem do Nilo.

– Nada mais verdadeiro – concordou Kennedy.

– Por meio dessas informações, é que se esboçaram mapas. Por isso, vou seguir um deles e, se necessário, corrigi-lo.

---

24 Reza a tradição que essa montanha treme assim que um muçulmano põe o pé nela. (N. O.)

JÚLIO VERNE

– Toda esta região é habitada? – perguntou Joe.

– Sem dúvida. E mal habitada.

– Eu já desconfiava disso.

– São tribos esparsas compreendidas sob a denominação geral de nyam-nyam, nome que não passa de uma onomatopeia. Reproduz o ruído da mastigação.

– É mesmo! – disse Joe. – Nyam, nyam!

– Meu bravo Joe, se você fosse a causa imediata dessa onomatopeia, não ficaria muito satisfeito.

– Por quê?

– Porque essas populações são consideradas antropófagas.

– E é verdade?

– É. Chegou-se a afirmar que tinham rabos, como simples quadrúpedes. Mas, logo se descobriu que esse apêndice pertence às peles de animal que vestem.

– Que pena! Um rabo seria muito bom para espantar mosquitos.

– Pode ser, Joe. Mas isso deve ser relegado à categoria das fábulas, tal como as cabeças de cão que o viajante Brun-Rollet atribuiu a certos povos.

– Cabeças de cão? Coisa bem útil para latir e uivar e até mesmo para ser antropófago!

– O que se sabe ao certo, infelizmente, é que essas populações são ferozes e ávidas por carne humana. Perseguem-na com paixão.

– Só peço – disse Joe – que não se apaixonem demais pela minha.

– Vejam só! – brincou o caçador.

– É verdade, senhor Dick. Se eu tiver de ser devorado em um momento de necessidade, quero que seja em proveito seu e de meu patrão! Mas nutrir aqueles malandros, ah, não! Eu morreria de vergonha.

– Entendido, meu caro Joe – disse Kennedy. – Recorreremos a você se precisarmos.

– Disponham, senhores.

CINCO SEMANAS EM UM BALÃO

– Joe fala assim – replicou o doutor – para que cuidemos bem dele e o engordemos.

– Quem sabe? – disse Joe. – O homem é um animal tão egoísta!

Ao meio-dia, o céu se cobriu de uma névoa quente que emanava do solo e permitia vislumbrar muito mal os acidentes do terreno. Assim, temendo bater contra algum pico imprevisto, o doutor deu às cinco horas sinal de parar.

A noite decorreu sem incidentes, mas foi preciso redobrar a vigilância por causa da escuridão profunda.

A monção soprou impetuosamente durante a manhã do outro dia; o vento penetrava nas cavidades inferiores do aeróstato, agitando com violência o apêndice pelo qual entravam os tubos de dilatação. Foi necessário conter esses tubos com cordas, manobra que Joe executou muito bem.

Ele constatou ao mesmo tempo que o orifício do aeróstato continuava hermeticamente fechado.

– Isso tem dupla importância para nós – disse o doutor Fergusson. – Em primeiro lugar, evitamos o desperdício de um gás precioso; em segundo, não deixamos à nossa volta um rastro inflamável, ao qual acabaríamos por colocar fogo.

– Eis aí um péssimo contratempo de viagem – reconheceu Joe.

– Seríamos precipitados ao chão? – perguntou Dick.

– Precipitados, não! O gás se queimaria tranquilamente e nós desceríamos devagar. Isso aconteceu com uma aeronauta francesa, madame Blanchard. Ela incendiou seu balão lançando fogos de artifício, mas não caiu; e certamente teria escapado com vida se seu cesto não se chocasse com uma chaminé, arremessando-a por terra.

– Esperemos que nada disso nos aconteça – disse o caçador. – Até agora, nossa travessia não me pareceu perigosa, e não vejo motivo para não alcançarmos nosso objetivo.

– Eu também não, meu caro Dick. De resto, os acidentes sempre foram causados pela imprudência dos aeronautas ou por defeitos em seus

JÚLIO VERNE

aparelhos. No entanto, entre vários milhares de ascensões aerostáticas, não se contam nem vinte acidentes fatais. Em geral, o risco maior está nas aterrissagens e nas subidas. Por isso, nunca devemos negligenciar as precauções.

– É hora do desjejum – avisou Joe. – Teremos de nos contentar com carne em conserva e café, até que o senhor Kennedy encontre meios de nos regalar com um bom pedaço de caça.

20

*A garrafa celeste – As figueiras-palmeiras – As árvores-mamute
– A árvore de guerra – A atrelagem aérea – Combates de dois povos
– Massacre – Intervenção divina*

O vento ia se tornando impetuoso e irregular. O *Vitória* era tremendamente sacudido nos ares. Arremessado ora para o norte, ora para o sul, não encontrava um sopro constante.

– Estamos indo muito depressa sem avançar quase nada – observou Kennedy, ao notar as frequentes oscilações da agulha imantada.

– O *Vitória* vai a uma velocidade de pelo menos 120 quilômetros por hora – disse Samuel Fergusson. – Debrucem-se e vejam como o campo desaparece rapidamente sob nossos pés. Olhem! Aquela floresta parece se precipitar contra nós!

– Ela já cedeu lugar a uma clareira – disse o caçador.

– E a clareira a uma aldeia – interveio Joe, segundos mais tarde. – Vejam as caras espantadas daqueles selvagens!

– Nada mais natural – ponderou o doutor. – Os camponeses da França, quando viram balões pela primeira vez, atiraram neles, achando que eram monstros aéreos. É, pois, permitido a um nativo do Sudão arregalar os olhos.

JÚLIO VERNE

– Por Deus! – disse Joe, enquanto o *Vitória* planava sobre uma aldeia a 30 metros do solo. – Vou lhes jogar uma garrafa vazia, com sua permissão, senhor. Se ela chegar sã e salva, eles a adorarão; se se partir, eles farão talismãs com os cacos!

E, dizendo isso, arremessou uma garrafa, que se quebrou em mil fragmentos, enquanto os nativos se precipitavam para suas cabanas, dando gritos ensurdecedores.

Um pouco mais adiante, Kennedy falou:

– Olhem só aquela árvore esquisita! Na parte superior, é de uma espécie; na inferior, de outra.

– Céus! – exclamou Joe. – Neste país, as árvores nascem umas em cima das outras.

– Trata-se somente de um tronco de figueira – explicou o doutor – sobre o qual se acumulou um pouco de terra vegetal. Um belo dia, o vento trouxe uma semente de palmeira e esta cresceu ali como em campo aberto.

– Boa coisa – disse Joe. – Vou levar essa moda para a Inglaterra. Seria um ótimo meio de multiplicar as árvores frutíferas. Teríamos jardins verticais, bem ao gosto dos pequenos proprietários.

Nesse momento, foi preciso elevar o *Vitória* para ultrapassar uma floresta de árvores de quase 100 metros de altura, uma espécie de figueiras seculares.

– Árvores magníficas, aquelas – gritou Kennedy. – Nunca vi nada tão bonito quanto essas veneráveis florestas. Olhe, Samuel.

– A altura daquelas figueiras é realmente espetacular, meu caro Dick. No entanto, não iriam surpreender nas matas do Novo Mundo.

– Como?! Existem árvores mais altas?

– Com certeza, as que chamamos de árvores-mamute. Na Califórnia, achou-se um cedro com 130 metros, altura que ultrapassa a torre do Parlamento e até a grande pirâmide do Egito. A base tinha 35 metros de circunferência e os anéis concêntricos do tronco lhe davam mais de quatro mil anos de idade.

CINCO SEMANAS EM UM BALÃO

– Mas, então, senhor, isso não tem nada de espantoso! Quando se vive quatro mil anos, não é natural ter uma bela estatura?

Contudo, durante a história do doutor e a resposta de Joe, a floresta dera lugar a uma grande reunião de cabanas dispostas circularmente em torno de uma praça. No centro, crescia uma árvore única, a cuja vista Joe não pôde se conter:

– Pois bem, se essa aí levou quatro mil anos para dar tais flores, não a acho digna de elogio.

E mostrou um sicômoro gigantesco, cujo tronco desaparecia inteiro sob uma camada de ossos humanos. As flores de que Joe falava eram cabeças recém-decepadas, suspensas por punhais cravados na cortiça.

– A árvore de guerra dos canibais! – disse o doutor. – Os índios arrancam o couro cabeludo, os africanos arrancam a cabeça inteira.

– É a moda deles – sentenciou Joe.

Mas a aldeia de cabeças sangrentas já desaparecia no horizonte. Outra, mais à frente, oferecia um espetáculo não menos repulsivo: cadáveres meio devorados, esqueletos desfazendo-se em pó, membros humanos espalhados que serviam de pasto às hienas e chacais.

– São, sem dúvida, corpos de criminosos. Tal como se faz na Abissínia, são expostos às feras, que os matam a dentadas e depois os devoram à vontade.

– Não é mais cruel que a forca – disse o escocês. – Apenas mais sujo.

– Nas regiões do sul da África – continuou o doutor –, contentam-se em encerrar o criminoso em sua própria cabana, acompanhado de seus animais domésticos e, às vezes, de sua família. Põem fogo na cabana e tudo queima ao mesmo tempo. Isso, sim, é crueldade; mas concordo com Kennedy em que, se a forca é menos cruel, nem por isso é menos bárbara.

Joe, com a vista excelente de que sabia fazer bom uso, avistou alguns bandos de pássaros predadores que pairavam no horizonte.

– São águias! – exclamou Kennedy, depois de reconhecê-las com a luneta. – Aves magníficas cujo voo é tão rápido quanto o nosso.

JÚLIO VERNE

– Que o céu nos livre de seu ataque! – disse o doutor. – Para nós, são mais temíveis que as feras e as tribos selvagens.

– Ora – replicou o caçador –, nós as espantaremos a tiros de fuzil.

– Eu preferiria, meu caro amigo Dick, não recorrer à sua habilidade. O tecido de nosso balão não resistiria a uma bicada dessas aves temíveis. Mas, felizmente, creio que elas estão mais assustadas que atraídas por nossa máquina.

– Tenho uma ideia – aparteou Joe. – Hoje, as ideias estão me ocorrendo às dezenas. Se conseguíssemos reunir uma atrelagem de águias vivas, poderíamos prendê-la ao cesto e ela nos levaria pelos ares!

– Esse método já foi proposto a sério – respondeu o doutor. – Mas acho-o pouco praticável com animais tão ariscos por natureza.

– Poderíamos adestrá-las – continuou Joe. – E, em lugar de freios, usaríamos vendas para bloquear a visão. Conforme o olho tapado, iriam para a direita ou para a esquerda; com os dois tapados, parariam.

– Permita-me, meu bravo Joe, preferir um vento favorável às suas águias atreladas. Ele nos sai mais barato e é mais seguro.

– Está certo, senhor. Mas vou conservar minha ideia.

Era meio-dia. O *Vitória*, há algum tempo, mantinha-se a uma velocidade moderada; o solo caminhava sob ele, não fugia mais.

De repente, gritos e assobios chegaram aos ouvidos dos viajantes, que se debruçaram e perceberam, em uma planície aberta, um espetáculo assombroso.

Duas tribos lutando ferozmente, escurecendo os ares com uma nuvem de flechas. Os combatentes, ávidos por se matar uns aos outros, nem perceberam a chegada do *Vitória*. Eram cerca de trezentas pessoas, que se misturavam em uma estranha confusão. Quase todos vermelhos do sangue dos feridos, no qual afundavam e, ofereciam um espetáculo horrível de se ver.

À aproximação do aeróstato, houve uma pausa. Os rugidos redobraram. Algumas flechas foram atiradas contra o cesto, e uma delas tão perto que Joe conseguiu apanhá-la com a mão.

CINCO SEMANAS EM UM BALÃO

– Vamos sair do alcance deles! – gritou o doutor Fergusson. – Todo cuidado é pouco! Não podemos nos permitir nenhuma imprudência.

O massacre continuava de parte a parte, a golpes de machado e azagaia. Quando um inimigo tombava, o adversário corria e lhe cortava a cabeça. Mulheres, no meio de todo aquele caos, recolhiam as cabeças sangrentas e empilhavam-nas a cada extremidade do campo de batalha. E elas mesmas, às vezes, batiam-se para conquistar alguns desses pavorosos troféus.

– Que cena horrível! – resmungou Kennedy, com asco.

– São nobres bandidos – ponderou Joe. – Se vestissem uniforme, não se distinguiriam de outros guerreiros do mundo.

– Sinto uma vontade tremenda de intervir no combate – prosseguiu o caçador, brandindo a carabina.

– Não – respondeu vivamente o doutor –, nada disso! Cuidemos do que nos interessa. Você acaso sabe quem está certo e quem está errado para fazer o papel da Providência? Fujamos o mais depressa possível desse espetáculo repulsivo. Se os grandes capitães pudessem contemplar assim a cena de suas façanhas, talvez acabassem por perder o gosto do sangue e das conquistas.

O chefe de um dos bandos selvagens se distinguia pela sua constituição atlética, unida a uma força hercúlea. Com uma das mãos, mergulhava a lança nas fileiras compactas dos inimigos e, com a outra, abria nelas grandes brechas a machadadas. Em certo momento, atirou para longe a azagaia embebida em sangue sobre um ferido a quem cortou o braço com um só golpe, agarrou esse membro e, levando-o à boca, começou a devorá-lo.

– Oh! – exclamou Kennedy. – Que fera abominável! Não suporto mais ver isso!

E o guerreiro, atingido por uma bala na testa, tombou de costas.

Um profundo espanto se apoderou de seus guerreiros ao vê-lo cair; temiam que essa morte sobrenatural reacendesse o ardor dos adversários, por sorte que em alguns segundos o campo de batalha foi abandonado por metade dos combatentes.

– Vamos subir para encontrar uma corrente que nos leve daqui – disse o doutor. – Já estou farto desse espetáculo.

Mas não partiram rápido o suficiente, e tiveram ainda de ver a tribo vitoriosa caindo sobre os mortos e feridos, disputando a carne ainda quente e devorando-a com avidez.

– Isso é nojento – disse Joe. – Repulsivo.

O *Vitória* subia, dilatando-se. Os rugidos da horda em delírio foi ouvido durante alguns instantes; mas, enfim, ele rumou para o sul, se afastou daquela cena de carnificina e canibalismo.

O terreno apresentava agora acidentes variados, com numerosos cursos de água que corriam para leste; desaguavam sem dúvida nos afluentes do lago Nu ou do rio das Gazelas, sobre o qual Guillaume Lejean dera curiosos detalhes.

Ao cair da noite, o *Vitória* lançou âncora a 27° na longitude e 4° 20' na latitude norte, após uma travessia de 240 quilômetros.

21

Ruídos estranhos – Um ataque noturno – Kennedy e Joe na árvore – Dois disparos – "À moi! À moi!" – Resposta em francês – A manhã – O missionário – O plano de salvamento

A noite ia ficando muito escura. O doutor não tinha conseguido reconhecer o país; prendera o balão em uma árvore muito alta, cuja massa indistinta mal se distinguia nas trevas.

Como de hábito, encarregou-se da vigília das nove horas e à meia-noite Dick veio substituí-lo.

– Fique bem atento, Dick. Tenha bastante cuidado.

– Alguma novidade?

– Não. Mas acho que ouvi alguns leves ruídos abaixo de nós. Não sei onde estamos. Um pouco de prudência não fará mal a ninguém.

– Você deve ter ouvido os gritos de alguns animais selvagens.

– Não me pareceram outra coisa. Enfim, ao menor sinal de alerta, não deixe de nos acordar.

– Fique tranquilo.

Depois de escutar atentamente pela última vez, o doutor, não ouvindo nada, envolveu-se nas cobertas e logo adormeceu.

JÚLIO VERNE

O céu estava carregado de nuvens espessas, mas nem um sopro agitava o ar. O *Vitória*, retido por uma única âncora, não apresentava nenhuma oscilação.

Kennedy, apoiado à borda do cesto de modo a acompanhar o maçarico aceso, observava aquela escuridão calma; interrogava o horizonte e, como costuma acontecer aos espíritos inquietos e prudentes, supunha distinguir às vezes vagos reflexos de luzes.

Em um momento, acreditou ver claramente um deles a duzentos passos de distância. Mas foi apenas um relâmpago, depois do qual não viu mais nada.

Fora sem dúvida uma dessas sensações luminosas que o olho capta nas trevas profundas.

Kennedy, tranquilo, já voltava à sua contemplação indecisa quando um assobio agudo cortou os ares.

Seria o grito de um animal, de um pássaro noturno? Ou saíra de lábios humanos?

O caçador, sabendo da gravidade da situação, esteve a ponto de acordar seus companheiros. Mas disse a si mesmo que, fosse o que fosse, homens ou feras estavam fora de alcance; examinou suas armas e, com a luneta noturna, mergulhou de novo o olhar no espaço.

Logo pensou ter visto, lá embaixo, formas vagas que deslizavam na direção da árvore; graças a um raio de lua que se filtrou como um relâmpago entre duas nuvens, reconheceu distintamente um grupo de indivíduos que se agitava na sombra.

A aventura dos cinocéfalos lhe voltou à memória e ele tocou o ombro do doutor, que despertou imediatamente.

– Silêncio – recomendou. – Falemos em voz baixa.

– Aconteceu alguma coisa?

– Sim. Vamos acordar Joe.

Depois que Joe se levantou, o caçador contou o que tinha visto.

– De novo os malditos macacos? – perguntou Joe.

– Talvez. Mas convém tomarmos cuidado.

– Joe e eu – propôs Kennedy – desceremos até a árvore pela escada.

– Enquanto isso – disse o doutor –, tomarei medidas para podermos subir rapidamente.

– Combinado.

– Vamos descer – disse Joe.

– Só usem as armas como último recurso – recomendou o doutor. – Será inútil revelar nossa presença nestas paragens.

Dick e Joe concordaram com um aceno de cabeça. Desceram sem ruído até a árvore e se postaram na forquilha de galhos grossos onde a âncora se prendera.

Ficaram durante alguns minutos ouvindo em meio à folhagem, em silêncio e imóveis. De repente, um leve roçar na casca do tronco fez com que Joe agarrasse a mão do escocês.

– Ouviu?

– Sim, bem perto.

– E se for uma cobra? Esse assobio que escutou...

– Não. Havia nele algo de humano.

– Prefiro mesmo os selvagens – disse Joe. – Os répteis me repugnam.

– O ruído está aumentando – continuou Kennedy, instantes depois.

– Alguém está se aproximando e subindo.

– Vigie deste lado, eu me encarrego do outro.

– Certo.

Estavam ambos no galho mais a prumo da árvore chamada baobá, que sozinha parece uma floresta; a escuridão, aumentada pela espessura da folhagem, era profunda, mas Joe, falando ao ouvido de Kennedy, apontou-lhe a parte inferior da árvore e sussurrou:

– Selvagens!

Algumas palavras trocadas em voz baixa acabaram chegando até os dois viajantes.

Joe levou seu fuzil ao ombro.

JÚLIO VERNE

– Espere – disse Kennedy.

Alguns selvagens haviam de fato escalado o baobá. Surgiam por todos os lados, arrastando-se sobre os galhos como répteis, subindo lentamente, mas com segurança; foram traídos pelas emanações de seus corpos friccionados com uma gordura malcheirosa.

Logo, duas cabeças apareceram diante de Kennedy e Joe, no próprio nível do galho que ocupavam.

– Cuidado! – disse Kennedy. – Fogo!

O duplo estampido ecoou como um trovão e se extinguiu em meio a gritos de dor. Em um segundo, a horda toda desapareceu.

Mas em meio aos urros, ouviu-se um grito estranho, inesperado, impossível! Uma voz humana havia proferido claramente estas palavras em francês:

– *À moi! À moi!* [25]

Kennedy e Joe, estupefatos com o que ouviram, voltaram para o cesto o mais rápido possível.

– Ouviram aquilo? – perguntou o doutor.

– Perfeitamente. Um grito sobrenatural: *À moi! À moi!*

– Um francês nas garras desses bárbaros!

– Um viajante!

– Um missionário, talvez!

– Estão assassinando, torturando o infeliz! – exclamou o caçador.

O doutor procurava, inutilmente, disfarçar sua emoção.

– Não há dúvida – disse por fim. – O coitado do francês caiu nas mãos desses selvagens. Mas não partiremos sem fazer tudo o que pudermos para salvá-lo. Ao ouvir nossos tiros de fuzil, ele terá reconhecido um socorro inesperado, uma intervenção providencial. Não o decepcionaremos em sua última esperança. É essa a opinião de vocês?

– É claro, Samuel, e estamos prontos a obedecer-lhe.

– Então vamos traçar um plano para, de manhã, tentarmos resgatá-lo.

---

25   A mim! A mim! (N. T.)

CINCO SEMANAS EM UM BALÃO

– Mas como nos livraremos desses miseráveis? – perguntou Kennedy.

– É evidente – replicou o doutor –, pelo modo como reagiram, que não conhecem armas de fogo. Portanto, vamos tirar partido do horror deles. Mas é preciso esperar o dia para agir e faremos nosso plano de salvamento conforme as condições do lugar.

– O infeliz não pode estar longe, já que... – começou Joe.

– *À moi! À moi!* – repetiu a voz, agora mais fraca.

– Os bárbaros! – rugiu Joe, tremendo de raiva. – Mas, e se o matarem esta noite?

– E então, Samuel? E se o matarem esta noite? – repetiu Kennedy, segurando a mão do doutor.

– Provavelmente não o farão, amigos. As populações selvagens matam seus prisioneiros em plena luz do dia. Precisam do sol!

– E se eu, protegido pela noite, me esgueirasse até onde está o coitado? – sugeriu o escocês.

– Eu o acompanho, senhor Dick.

– Calma, meus amigos, calma! Essa intenção faz honra ao seu coração e à sua coragem, mas assim vocês nos exporiam a todos e prejudicariam ainda mais o homem a quem pretendemos salvar.

– Por que isso? – estranhou Kennedy. – Aqueles selvagens estão assustados, dispersaram-se! Não voltarão.

– Por favor, Dick, obedeça-me. Estou pensando na salvação comum. Se, por azar, eles o surpreendessem, tudo estaria perdido!

– Então que o pobre-diabo espere, seja paciente! Ninguém responde a seus apelos! Ninguém vai em seu socorro! Talvez acredite que seus sentidos o enganaram, que não ouviu nada!...

– Podemos tranquilizá-lo – garantiu o doutor Fergusson.

E de pé, em plena escuridão, pôs as mãos em concha junto à boca e gritou bem alto, na língua do estrangeiro:

– Quem quer que seja você, confie! Três amigos velam por sua segurança!

Um terrível grito respondeu-lhe, sem dúvida para abafar a resposta do prisioneiro.

– Estão degolando-o! Vão degolá-lo! – bradou Kennedy. – Nossa intervenção terá servido apenas para apressar a hora de seu suplício! É preciso agir!

– Agir como, Dick? Que pretende fazer nesta escuridão?

– Ah, se fosse dia! – lamentou Joe.

– Bem, e se fosse dia? – perguntou o doutor, em um tom estranho.

– Nada mais simples, Samuel – disse o caçador. – Eu desceria à terra e dispersaria aquele patife a tiros de fuzil.

– E você, Joe? – perguntou Fergusson.

– Eu, patrão, com certeza teria mais prudência e o aconselharia a fugir na direção certa.

– E como faria esse conselho chegar até ele?

– Por meio desta flecha que apanhei em pleno voo e à qual amarraria um bilhete. Ou então, lhe falaria em voz alta, pois esses selvagens não compreendem nossa língua.

– Tais planos são impraticáveis, meus amigos. O infeliz teria enorme dificuldade em fugir, admitindo-se que conseguisse enganar a vigilância de seus carrascos. Quanto a você, Dick, com muita audácia e aproveitando-se do espanto causado por nossas armas de fogo, seu projeto talvez tivesse êxito. Mas, se fracassasse, você estaria perdido e precisaríamos salvar duas pessoas em vez de uma. Não, precisamos pôr todas as chances do nosso lado e agir de outra forma.

– Mas age agora – insistiu o caçador.

– Talvez! – replicou Samuel, enfatizando essa palavra.

– Patrão, o senhor então é capaz de dissipar estas trevas?

– Quem sabe, Joe?

– Ah, se você fizer tal coisa, vou proclamá-lo o primeiro cientista do mundo!

O doutor se calou por alguns instantes; refletia. Seus dois companheiros o observavam, comovidos e superexcitados por aquela situação extraordinária. Logo, Fergusson retomou a palavra:

CINCO SEMANAS EM UM BALÃO

– Eis meu plano. Restam-nos 90 quilos de lastro, pois os sacos que trouxemos ainda estão intactos. Calculo que o prisioneiro, um homem evidentemente esgotado pelos sofrimentos, não pesará mais que qualquer um de nós. Teríamos, assim, de atirar fora uns 30 quilos para o balão subir rapidamente.

– E como irá manobrar? – quis saber Kennedy.

– Da seguinte forma, Dick: você, sem dúvida, admite que, se eu conseguir chegar até o prisioneiro e me livrar de uma quantidade de lastro igual ao peso dele, não alterarei em nada o equilíbrio do balão. Mas, nesse caso, se quiser subir rapidamente para escapar àquela tribo, precisarei empregar meios mais enérgicos que o maçarico. No entanto, jogando fora o excedente de lastro no momento desejado, estou certo que subiremos com grande velocidade.

– Isso é óbvio.

– Sim, mas há um inconveniente. Para descer mais tarde, terei de perder uma quantidade de gás proporcional ao excesso de lastro que joguei. Mas esse gás é coisa preciosa, embora não devamos lamentar sua perda quando se trata de salvar um homem.

– Tem razão, Samuel, precisamos fazer tudo para resgatá-lo.

– Mãos à obra, então. Coloquem os sacos na borda do cesto para serem empurrados com um só golpe.

– Mas, e esta escuridão?

– Ela esconde nossos preparativos e só se dissipará quando tivermos terminado. Fiquem sempre com as armas ao alcance da mão. Pode ser que precisemos atirar. Dispomos de um tiro para a carabina, quatro para os dois fuzis e doze para os dois revólveres, ao todo dezessete, que podem ser disparados em um quarto de minuto. Mas talvez não haja necessidade de recorrer a esse barulhão todo. Estão prontos?

– Sim – respondeu Joe.

Os sacos estavam no lugar, as armas prontas.

– Ótimo – disse o doutor. – Fiquem de olho em tudo. Joe se encarrega de jogar o lastro e Dick de pegar o prisioneiro. Mas não façam nada sem minhas ordens. Joe, vá primeiro desprender a âncora e volte depressa para o cesto.

Joe deslizou pela corda e reapareceu ao fim de alguns instantes. O *Vitória*, agora livre, flutuou no ar, quase imóvel.

Enquanto isso, o doutor se assegurava de que havia quantidade suficiente de gás na caixa de mistura para alimentar o maçarico sem necessidade de recorrer por algum tempo à ação da pilha de Bunsen. Retirou os dois fios condutores perfeitamente isolados que serviam para a decomposição da água; depois, vasculhando na mala de viagem, pegou dois pedaços de carvão afunilados, que os fixou na extremidade de cada fio.

Seus dois amigos o observavam sem entender nada, mas em silêncio. Quando o doutor terminou seu trabalho, pôs-se de pé no meio do cesto, segurando um pedaço de carvão em cada mão, aproximou as duas pontas dos fios.

De repente, um clarão intenso e ofuscante se produziu entre os dois polos do carvão, insuportável para os olhos; um feixe imenso de luz elétrica literalmente afugentava a escuridão da noite.

– Oh, meu patrão! – balbuciou Joe.

– Nem mais uma palavra – recomendou o doutor.

22

*O feixe de luz – O missionário – Rapto em um raio de luz
– O padre lazarista – Pouca esperança – Cuidados do doutor
– Uma vida de abnegação – Ultrapassagem de um vulcão*

Fergusson projetou seu raio de luz em várias direções e deteve-o em um ponto onde gritos de espanto se fizeram ouvir. Seus dois companheiros lançaram para lá um olhar ansioso.

O baobá acima do qual o *Vitória* pairava quase imóvel havia crescido no centro de uma clareira. Entre dois campos de gergelim e cana-de-açúcar, distinguiam-se umas cinquenta cabanas baixas e cônicas, em volta das quais formigava uma tribo numerosa.

Trinta metros abaixo do balão, via-se um poste. Junto dele, jazia uma criatura humana, um jovem de no máximo trinta anos, com longos cabelos negros, seminu, magro, ensanguentado, coberto de feridas e a cabeça inclinada para o peito como o Cristo na cruz. Alguns cabelos mais ralos no alto da cabeça revelavam uma tonsura quase desaparecida.

– Um missionário! Um padre! – gritou Joe.

– Pobre homem! – replicou o caçador.

– Nós o salvaremos, Dick! – garantiu Fergusson. – Nós o salvaremos!

A multidão de nativos, avistando o balão semelhante a um cometa enorme, com sua cauda de luz faiscante, foi tomada por um espanto fácil de imaginar. Ao ouvir os gritos, o prisioneiro levantou a cabeça. Seus olhos brilhavam um lampejo de esperança e, sem compreender muito bem o que se passava, estendeu as mãos em direção aqueles salvadores inesperados.

– Está vivo! está vivo! – bradou Fergusson. – Deus seja louvado! Esses selvagens ficaram aterrorizados. Nós o resgataremos! Prontos, meus amigos?

– Estamos prontos, Samuel.

– Joe, apague a tocha.

A ordem do doutor foi executada. Uma brisa apenas perceptível colocou o *Vitória* bem acima do prisioneiro, enquanto a contração do gás o abaixava insensivelmente. Por quase dez minutos, ele permaneceu flutuando em meio às ondas luminosas. Fergusson projetava contra a turba seu facho brilhante, que desenhava aqui e ali placas vivas e fugazes de luz. A tribo, avassalada por um medo indescritível, foi se refugiando nas cabanas; e a solidão se fez em volta do poste. O doutor acertara em cheio ao contar com a aparição fantástica do *Vitória*, que lançava raios de sol no meio das trevas.

O cesto se aproximou do solo. No entanto, alguns selvagens mais audaciosos, percebendo que sua vítima iria escapar-lhes, voltaram, dando gritos estrondosos.. Kennedy pegou seu fuzil, mas o doutor ordenou-lhe que não atirasse.

O padre, ajoelhado e sem forças para se manter de pé, nem sequer tinha sido amarrado ao poste, pois sua fraqueza era tanta que tornava essa precaução inútil. No momento em que o cesto tocou o solo, o caçador, desvencilhando-se da arma, agarrou o missionário nos braços, colocou-o para dentro, no mesmo instante em que Joe se livrava dos 90 quilos de lastro.

O doutor pretendia subir rapidamente; mas, contrariando suas previsões, o balão, após se erguer 1 metro ou 1,5 metro acima do solo, imobilizou-se!

– O que estará nos retendo? – gritou ele, com um tom de terror na voz.

Alguns selvagens se aproximaram, lançando gritos ferozes.

– Oh! – exclamou Joe, debruçando-se sobre a borda. – Um dos malditos se agarrou ao fundo do cesto!

– Dick! Dick! – gritou o doutor. – A caixa de água!

Dick compreendeu a intenção do amigo e, erguendo uma das caixas de água que pesava quase 50 quilos, atirou-a por cima da borda.

O *Vitória*, subitamente aliviado, deu um salto de 90 metros nos ares, acompanhado pelos rugidos da tribo, à qual o prisioneiro escapava envolto em um raio de luz ofuscante.

– Hurra! – gritaram os dois companheiros do doutor.

Subitamente, o balão deu outro salto, que o levou a mais de 30 metros de altitude.

– Que foi isso? – perguntou Kennedy, quase perdendo o equilíbrio.

– Nada. Aquele patife acaba de nos deixar – respondeu tranquilamente Samuel Fergusson.

Joe, debruçando-se rapidamente, ainda pôde ver o selvagem, de mãos estendidas, rodopiando no espaço e logo se estatelando no solo. O doutor afastou então os dois fios elétricos e a escuridão voltou a ser profunda. Era uma hora da manhã.

O francês, que tinha desmaiado, abriu enfim os olhos.

– Está salvo – comunicou-lhe o doutor.

– Salvo – respondeu ele em inglês, com um sorriso triste –, salvo de uma morte cruel! Meus irmãos, eu lhes agradeço. Mas meus dias estão contados, na verdade minhas horas. Não tenho muito tempo de vida!

E o missionário, exausto, mergulhou de novo na inconsciência.

– Está morrendo – murmurou Dick.

– Não, não – disse Fergusson, inclinando-se sobre ele. – Mas está muito fraco. Vamos colocá-lo na tenda.

Estenderam delicadamente sobre o colchão aquele pobre corpo consumido, coberto de cicatrizes e feridas ainda sangrentas, onde o ferro e o fogo haviam deixado por toda parte traços dolorosos. O doutor fez uma compressa com um lenço e aplicou-a sobre as chagas depois de lavá-las, e prestou esses cuidados com a habilidade de um médico. Em seguida, retirando um tônico de sua farmácia de viagem, pingou algumas gotas na boca do padre.

Este comprimiu debilmente os lábios ressequidos, e mal teve forças para murmurar:

– Obrigado! Obrigado!

O doutor compreendeu que era preciso deixá-lo em repouso absoluto. Correu as cortinas da tenda e retomou a direção do aeróstato.

O balão, levando-se em conta o peso de seu novo hóspede, perdera cerca de 80 quilos de lastro e, assim, mantinha-se sem a ajuda do maçarico. Aos primeiros raios do dia, uma corrente começou a impeli-lo suavemente na direção oeste-norte-oeste. Fergusson foi ver, por alguns instantes, como estava o padre adormecido.

– Tomara que conservemos este companheiro que o céu nos enviou! – disse o caçador. – Você tem alguma esperança?

– Sim, Dick. Com os cuidados necessários, neste ar tão puro.

– Como sofreu este homem! – suspirou Joe, comovido. – Ele foi mais corajoso que nós, aparecendo sozinho no meio daquela gente!

– Quanto a isso, não há dúvida – concordou o caçador.

Durante toda a jornada, o doutor não permitiu que o sono do infeliz fosse interrompido. Um sono que era mais um torpor profundo, entrecortado de gemidos de dor que não deixavam de inquietar Fergusson.

À noite, o *Vitória* permanecia parado em plena escuridão, enquanto Joe e Kennedy se revezavam ao lado do doente e Fergusson velava pela segurança de todos.

Na manhã seguinte, o *Vitória* avançara muito pouco para oeste. O dia se anunciava límpido e magnífico. O doente conseguiu chamar seus novos amigos com voz mais forte. As cortinas da tenda foram abertas e ele aspirou alegremente o ar puro da manhã.

– Como se sente? – perguntou-lhe Fergusson.

Cinco semanas em um balão

– Acho que um pouco melhor – respondeu ele. – Mas, meus amigos, parece que só os vi em sonhos! Mal me dou conta do que aconteceu! Quem são vocês, para que seus nomes não sejam esquecidos em minha última prece?

– Somos viajantes ingleses – respondeu Samuel. – Nosso objetivo é atravessar a África de balão e, no caminho, tivemos a sorte de salvá-lo.

– A ciência tem seus heróis – disse o missionário.

– E a religião tem seus mártires – completou o escocês.

– Você é missionário? – perguntou o doutor.

– Sou um padre da missão dos lazaristas. O céu os enviou até mim, o céu seja louvado! O sacrifício de minha vida foi feito. Mas vocês vêm da Europa. Falem-me dela, da França! Estou sem notícias de lá há cinco anos.

– Cinco anos sozinho entre selvagens! – espantou-se Kennedy.

– São almas a serem redimidas – disse o jovem padre –, irmãos ignorantes e bárbaros que só a religião pode instruir e civilizar.

Samuel Fergusson, atendendo ao desejo do missionário, falou-lhe longamente da França.

O homem ouvia, atento, com lágrimas nos olhos. Apertava alternadamente as mãos de Kennedy e Joe entre as suas, que ardiam de febre. O doutor lhe preparou uma xícara de chá, que ele sorveu deliciado. Teve então forças para se soerguer e abrir um sorriso ao notar que estava sendo levado pelo céu muito claro.

– Vocês são viajantes de coragem – disse ele – e, sem dúvida, terão êxito em seu audacioso empreendimento. Conseguirão rever seus parentes, seus amigos, sua pátria. Vocês...

A fraqueza do jovem padre se tornou tão grande que foi necessário deitá-lo novamente. Uma prostração de várias horas manteve-o como morto nas mãos de Fergusson. Este não conseguia conter a emoção, pressentindo que aquela vida se esvaía. Perderiam tão depressa aquele que haviam arrancado ao suplício? Tratou de novo das horríveis feridas do mártir e sacrificou boa parte da provisão de água para refrescar seus membros, que queimavam de febre. Cercou-o dos cuidados mais ternos, mais habilidosos. O doente renascia pouco a pouco entre seus braços e recobrava a consciência, se não a vida.

O doutor conseguiu captar a história do jovem, apesar de suas palavras entrecortadas.

– Fale em sua língua materna – havia dito a ele. – Eu a entendo, e isso o cansará menos.

O missionário era um pobre moço da aldeia de Aradon, na Bretanha, em pleno Morbihan. Seus primeiros instintos o levaram para a carreira eclesiástica e, a essa vida de abnegação, ele quis também juntar a vida de perigo: ingressou na Ordem dos Padres da Missão, cujo fundador foi o glorioso São Vicente de Paula. Aos vinte anos, deixou seu país pelas praias nada hospitaleiras da África. Dali, aos poucos, ultrapassando obstáculos, sofrendo privações, caminhando e rezando, chegou até as tribos que habitam as margens dos afluentes do Nilo superior. Durante dois anos, sua religião foi rejeitada, seu zelo ignorado, sua caridade mal recebida. Caiu prisioneiro de uma das mais cruéis populações do Nyambarra, padecendo os piores abusos. Mas estava sempre ensinando, instruindo, orando. Quando a tribo se dispersou, e ele foi dado por morto após um desses combates tão frequentes entre as populações, em vez de regressar ele prosseguiu em sua peregrinação evangelizadora. Seu período de maior calma foi aquele em que o tomaram por louco e ele se familiarizou com os idiomas locais. Catequisava. Finalmente, após mais dois anos, percorreu aquelas regiões bárbaras, arrebatado pela força sobre-humana que vem de Deus; decorrido outro ano, passou a morar com a tribo dos nyam-nyam, chamada barafri, uma das mais selvagens. O chefe morreu e atribuíram a ele essa desgraça inesperada. Resolveram imolá-lo. Sua tortura já durava quarenta horas e, como havia suposto o doutor, ele deveria ser sacrificado ao sol do meio-dia. Quando ouviu estampidos de armas de fogo, a natureza prevaleceu: "*À moi! À moi!*", pôs-se a gritar e pensou estar sonhando quando uma voz vinda do céu lhe comunicou palavras de consolo.

– Não me arrependo – acrescentou ele – desta existência que se vai. Minha vida pertence a Deus.

– Tenha esperança – consolou-o o doutor. – Estamos aqui com você, e o salvaremos da morte da mesma maneira que o resgatamos do tormento.

– Não peço tanto ao céu – respondeu o padre, resignado. – Bendito seja Deus por me ter dado, antes de morrer, a alegria de apertar mãos amigas e ouvir a língua de meu país!

O missionário se sentiu fraco novamente. O dia passou assim, entre a esperança e o temor; Kennedy estava muito comovido, e Joe enxugava os olhos disfarçadamente.

O *Vitória* avançava pouco e o vento parecia querer poupar sua preciosa carga.

Joe sinalizou, à noite, um clarão imenso a oeste. Em altitudes mais elevadas, aquilo poderia ser tomado por uma enorme aurora boreal. O céu parecia em fogo. O doutor começou a examinar atentamente esse fenômeno.

– Só pode ser um vulcão em atividade – disse ele.

– E o vento nos leva para cima dele – replicou Kennedy.

– Pois então o ultrapassaremos a uma altitude segura.

Três horas depois, o *Vitória* planava sobre as montanhas. Sua posição exata era 24º 15' na longitude e 4º 42' na latitude. À frente, uma cratera em chamas vomitava torrentes de lava e projetava pedaços de rocha a uma altura considerável. Riachos de fogo líquido desciam em cascatas borbulhantes. Espetáculo magnífico e perigoso, pois o vento, em velocidade constante, impelia o aeróstato na direção daquela atmosfera incendiada.

Não seria possível contornar o obstáculo: era preciso ultrapassá-lo. O maçarico foi aberto ao máximo e o *Vitória* subiu a 1.800 metros, deixando entre ele e o vulcão um espaço de mais de 600 metros.

De seu leito de dor, o padre moribundo pôde contemplar a cratera em chamas, de onde escapavam ruidosamente mil golfadas de fogo.

– Que maravilha! – disse ele. – O poder de Deus é infinito até em suas manifestações mais terríveis!

Esse transbordamento de lava incandescente revestia os flancos da montanha com um verdadeiro tapete de labaredas. O hemisfério inferior do balão brilhava na noite; um calor insuportável subia até o cesto e o doutor Fergusson apressou-se a fugir daquela situação perigosa.

Por volta das dez horas da noite, a montanha não era mais que um ponto vermelho no horizonte e o *Vitória* prosseguia tranquilamente sua viagem por uma zona mais baixa.

23

*Cólera de Joe – A morte de um justo – Velório do corpo – Aridez
– O sepultamento – Os blocos de quartzo – Alucinação de Joe
– Um lastro precioso – Localização das montanhas auríferas
– Início do desespero de Joe*

Uma noite esplendorosa se estendia sobre a terra. O padre dormia em uma prostração serena.

– Não despertará – murmurou Joe. – Pobre rapaz! Com apenas trinta anos!

– Vai se extinguir em nossos braços – disse o doutor, em desespero. – Sua respiração está ficando cada vez mais fraca, e não posso fazer mais nada para salvá-lo!

– Aqueles miseráveis! – rugiu Joe, que, às vezes, era tomado por uma cólera súbita. – E pensar que este digno padre ainda teve palavras para lamentá-los, desculpá-los, perdoá-los!

– O céu lhe preparou uma noite muito bonita, Joe, sua última noite talvez. De agora em diante, não sofrerá e sua morte será apenas um sono tranquilo.

O moribundo pronunciou algumas palavras indistintas. O doutor se aproximou. A respiração do doente ia ficando difícil e ele pediu ar;

Júlio Verne

as cortinas foram inteiramente abertas e o pobre homem inspirou com delícia os leves sopros daquela noite transparente. As estrelas lhe enviavam sua luz trêmula, e a lua o envolvia em um branco sudário de raios.

– Amigos – sussurrou ele –, eu me vou! Que o Deus das recompensas os conduza ao porto seguro! Que pague por mim minha dívida de gratidão!

– Espere um pouco mais – disse Kennedy. – Isso é apenas um desfalecimento passageiro. Você não morrerá! Acaso se pode morrer em uma noite de verão tão bela?

– A morte está aqui – disse o missionário. – Eu a sinto. Deixem-me olhá-la face a face! A morte, começo da eternidade, é apenas o fim dos cuidados terrenos. Ponham-me de joelhos, meus irmãos, por favor!

Kennedy soergueu-o. Dava pena ver aqueles membros sem forças dobrando-se ao próprio peso.

– Deus, ó Deus – clamou o apóstolo moribundo –, tenha piedade de mim!

Seu rosto resplandecia. Longe desta terra da qual jamais conhecera as alegrias, cercado pela noite que lhe enviava sua mais doce claridade, no caminho do céu para onde se elevava como em uma ascensão miraculosa, parecia já reviver para uma nova existência.

Seu último gesto foi uma bênção suprema para seus amigos recentes. Tombou então nos braços de Kennedy, cujo rosto se banhava em lágrimas abundantes.

– Morto! – disse o doutor, inclinando-se sobre ele. – Morto!

E, de comum acordo, os três amigos se ajoelharam para rezar em silêncio.

– Amanhã cedo – disse Fergusson quando terminaram –, nós o sepultaremos nesta terra da África regada com seu sangue.

Pelo resto da noite, o doutor, Kennedy e Joe velaram alternadamente o corpo, sem que uma só palavra perturbasse esse religioso silêncio. Todos choravam.

Cinco semanas em um balão

No dia seguinte, com vento sul, o *Vitória* avançava lentamente sobre um vasto planalto montanhoso. Ali, crateras extintas; aqui, ravinas não cultivadas.. Nem uma gota de água nessas cristas ressequidas; rochas amontoadas, blocos dispersos, placas calcárias esbranquiçadas, tudo denotava uma esterilidade absoluta.

Perto do meio-dia, o doutor, para proceder ao sepultamento do corpo, resolveu descer em uma ravina em meio a rochas plutônicas de formação primitiva. As montanhas circundantes serviriam de abrigo e lhe permitiriam baixar o cesto até o chão, pois ali não havia nenhuma árvore onde a âncora pudesse se prender.

Entretanto, conforme explicara a Kennedy, depois da perda de lastro por ocasião do salvamento do padre, não poderia descer senão liberando uma quantidade proporcional de gás. Abriu, pois, a válvula do balão externo. O hidrogênio escapou e o *Vitória* foi descendo tranquilamente em direção à ravina.

Quando o cesto tocou o solo, o doutor fechou a válvula. Joe saltou e, agarrado com uma das mãos à borda externa, recolheu com a outra algumas pedras que logo compensaram seu próprio peso. Pôde, então, usar as duas mãos, e logo empilhou no cesto mais de 230 quilos de pedras. Então, o doutor e Kennedy puderam descer. O *Vitória* estava equilibrado e sua força ascensional não conseguiria alçá-lo.

Além disso, não foi necessário recolher grande quantidade daquelas pedras, que eram extremamente pesadas, o que despertou logo a atenção de Fergusson. O solo era semeado de placas de quartzo e pórfiro.

"Eis aí uma descoberta singular", pensou o doutor.

Kennedy e Joe, enquanto isso, afastavam-se para escolher o local da cova. Fazia um calor tremendo naquela ravina, que mais parecia uma fornalha. O sol do meio-dia dardejava a prumo seus raios escaldantes.

Foi necessário, primeiro, limpar o terreno dos fragmentos de rocha que cobriam o solo; em seguida, cavou-se um fosso suficientemente

JÚLIO VERNE

profundo para que os animais selvagens da região não pudessem desenterrar o cadáver.

O corpo do mártir foi aí depositado com respeito.

A terra recobriu esses despojos mortais, sobre os quais foram colocados pedaços de rochas à maneira de túmulo.

Enquanto isso, o doutor permanecia imóvel e perdido em suas reflexões. Não ouviu o chamado dos companheiros e não procurou, como eles, um abrigo contra o calor do dia.

– Em que está pensando, Samuel? – perguntou-lhe Kennedy.

– Em um estranho contraste da natureza, em um singular efeito do acaso. Sabe em que terra este homem altruísta, pobre por vocação, acabou sendo sepultado?

– Que quer dizer, Samuel? – estranhou o escocês.

– Este padre, que fez votos de pobreza, repousa agora em uma mina de ouro!

– Uma mina de ouro! – gritaram ao mesmo tempo Kennedy e Joe.

– Sim, uma mina de ouro – continuou tranquilamente o doutor. – Os blocos em que vocês estão pisando, como se fossem pedras sem valor, são um minério de grande pureza.

– Impossível! Impossível! – repetia Joe.

– Se remexerem por algum tempo nessas fissuras de xisto argiloso, vão encontrar pepitas de grande tamanho.

Joe se precipitou como um louco sobre aqueles fragmentos esparsos. Kennedy fez menção de imitá-lo.

– Acalme-se, meu bravo Joe – recomendou Fergusson.

– Falar é fácil, senhor.

– Como? Um filósofo de seu nível...

– Senhor, não há filosofia em uma hora destas.

– Vejamos. Reflita um pouco. De que nos servirá toda essa riqueza? Não podemos levá-la.

– Não podemos levá-la! Por exemplo!

– Seria pesada demais para nosso cesto. Eu nem queria lhe comunicar essa descoberta, com receio de atiçar sua ambição.

– Como! – exclamou Joe. – Abandonar esses tesouros! Uma fortuna para nós! Só para nós! Deixá-la aqui...

– Tome cuidado, meu amigo. Você acaso contraiu a febre do ouro? O homem que acaba de sepultar não lhe demonstrou a futilidade das coisas humanas?

– Tudo isso é verdadeiro – respondeu Joe. – Mas ouro é ouro. Senhor Kennedy, não me ajudaria a recolher um pouco desses milhões?

– E o que faríamos com ele, meu pobre Joe? – respondeu o caçador, sem conter um sorriso. – Não viemos aqui atrás de fortuna e não devemos voltar com ela.

– Os milhões são pesados – ponderou o doutor – e não se consegue pô-los facilmente no bolso.

– Mas, enfim – insistiu Joe, como último recurso –, não poderíamos, em lugar de areia, levar esse minério como lastro?

– Está bem, concordo – disse Fergusson. – Mas não faça caretas quando tivermos de arremessar milhões pela borda do cesto.

– Milhares de libra! – exclamou Joe. – Então tudo isso aqui talvez seja ouro?

– Sim, meu amigo. Estamos em um reservatório onde a natureza acumulou seus tesouros ao longo de séculos. Há o suficiente para enriquecer países inteiros! Uma Austrália e uma Califórnia reunidas nos confins de um deserto!

– E nada será aproveitado!

– Quem sabe? Em todo caso, farei algo para consolá-lo.

– Isso será bem difícil – gemeu Joe, com ar de desânimo.

– Escute. Registrarei a localização exata deste lugar e lhe darei o mapa. Quando você voltar para a Inglaterra, contará tudo a seus concidadãos, se acredita mesmo que tanto ouro os fará felizes.

– Sim, patrão, acho que está certo. Devo me resignar, pois não há outro jeito. Enchamos o cesto com esse precioso minério. O que restar no fim da viagem será lucro.

JÚLIO VERNE

E Joe pôs mãos à obra, com tanto entusiasmo que logo reuniu perto de 500 quilos de fragmentos de quartzo, dentro do qual o ouro fica encerrado como em uma ganga de enorme dureza.

O doutor sorria vendo Joe trabalhar e, enquanto isso, tomava suas medidas. Determinou, para a tumba do missionário, 22° 23' na longitude e 4° 55' na latitude sul.

Em seguida, lançando um último olhar ao montículo sob o qual repousava o corpo do pobre francês, regressou ao cesto.

Ele gostaria de ter erguido uma cruz, ainda que modesta e grosseira, sobre aquele túmulo abandonado no meio dos desertos da África; mas nenhuma árvore crescia nas imediações.

– Deus sabe sua localização – disse ele.

Um grave problema atormentava o espírito de Fergusson. Ele daria boa parte daquele ouro para encontrar um pouco de água. Queria substituir a que tinha jogado fora na caixa, quando o selvagem se agarrara ao cesto, mas isso era impossível naquele terreno árido. Tal o motivo de sua inquietação. Obrigado a alimentar o tempo todo o maçarico, começava a temer que não lhe restasse água suficiente para matar a sede. Prometeu então a si mesmo não perder nenhuma oportunidade de renovar sua reserva.

De volta ao cesto, encontrou-o atulhado com as pedras de seu insaciável criado. Subiu sem nada dizer; Kennedy assumiu seu posto habitual, e Joe os seguiu, não sem lançar um olhar de cobiça para os tesouros da ravina.

O doutor acendeu o maçarico. A serpentina esquentou, o hidrogênio começou a fluir depois de alguns minutos, o gás se dilatou, mas o balão não se mexeu.

Joe observava-o inquieto, sem dizer uma palavra.

– Joe – chamou o doutor.

Joe não respondeu.

– Joe, está me ouvindo?

Joe fez sinal de que ouvia, mas não entendia.

Cinco semanas em um balão

– Você vai me fazer o obséquio – continuou Fergusson – de jogar fora uma certa quantidade desse minério.

– Mas o senhor me permitiu...

– Eu lhe permiti substituir o lastro, só isso.

– No entanto...

– Quer então que fiquemos eternamente neste deserto?

Joe lançou um olhar desesperado a Kennedy; mas o caçador respondeu com um ar de quem não pode fazer nada.

– E então, Joe?

– O maçarico por acaso não está funcionando? – insistiu o teimoso.

– Está aceso, como pode bem ver. Mas o balão só subirá quando você o aliviar de parte de sua carga.

Joe coçou a orelha, apanhou um fragmento de quartzo, o menor de todos, avaliou-o uma vez, duas vezes, fê-lo saltar entre as mãos; não tinha mais que 1 ou 2 quilos. Jogou-o fora.

O *Vitória* continuou imóvel.

– Como? – disse ele. – Ainda não subimos?

– Ainda não – respondeu o doutor. – Continue.

Kennedy ria. Joe se desfez de mais uns 10 quilos. O balão não se movia. Joe empalideceu.

– Meu pobre rapaz – disse Fergusson –, Dick, você e eu pesamos, se não me engano, perto de 185 quilos. Por isso, terá de se livrar de um peso pelo menos igual ao nosso, pois o que colocou aqui nos substituiu.

– Jogar fora 185 quilos! – lamentou Joe, aterrorizado.

– E mais alguma coisa, para conseguirmos subir. Vamos, rapaz, tenha coragem!

O digno criado, dando longos suspiros, pôs-se a aliviar o balão. De tempos em tempos, parava:

– Estamos subindo! – dizia.

– Não, não estamos – era a resposta invariável.

– Já se move!

– Continue – repetia Fergusson.

JÚLIO VERNE

– Começa a subir! Tenho certeza!

– Não pare – replicava Kennedy.

Então Joe, em desespero, agarrou mais um bloco e atirou-o para fora do cesto.

O *Vitória* subiu uns 30 metros e, com a ajuda do maçarico, logo ultrapassou os os cumes das montanhas circundantes.

– Agora, Joe – disse o doutor –, ainda lhe resta uma bela fortuna, se conseguirmos guardar essa provisão até o fim da viagem, e você será rico pelo resto da vida.

Joe não disse nada e estirou-se sobre seu leito de minério.

– Veja, meu caro Dick – prosseguiu o doutor –, o que o poder do ouro faz com a melhor pessoa do mundo. Quantas paixões, quanta cobiça, quantos crimes a descoberta dessa mina provocaria! É triste.

À noite, o *Vitória* já havia percorrido 150 quilômetros para oeste, encontrando-se então, em linha reta, a 2.300 quilômetros de Zanzibar.

24

O vento cessa – As vizinhanças do deserto – O inventário da provisão de água – As noites do equador – Inquietações de Samuel Fergusson – A situação real – Respostas enérgicas de Kennedy e Joe – Mais uma noite

O *Vitória*, preso a uma árvore solitária e quase seca, passou a noite em uma tranquilidade perfeita. Os viajantes puderam gozar um pouco o sono de que tanto necessitavam. As emoções dos dias anteriores tinham despertado neles lembranças tristes.

De manhã, o céu recuperou sua limpidez brilhante e seu calor. O balão se elevou nos ares e, após algumas tentativas infrutíferas, encontrou uma corrente, de resto pouco rápida, que o levou para noroeste.

– Não estamos mais avançando – disse o doutor. – Se não me engano, fizemos metade de nossa viagem em cerca de dez dias. Mas, neste ritmo, precisaremos de meses para terminá-la. E o pior é que podemos ficar sem água.

– Nós a acharemos – retrucou Dick. – É impossível que não exista algum rio, algum riacho, alguma lagoa neste país tão grande.

– É o que espero.

– Não será a carga de Joe que está retardando nossa marcha?

JÚLIO VERNE

Kennedy falava assim para se divertir à custa do bravo rapaz; tanto mais que, há pouco, havia ele próprio tido as mesmas alucinações de Joe. Mas soubera ocultá-las, ostentando fortaleza de espírito. Tudo isso rindo, é claro.

Joe lhe lançou um olhar de súplica. O doutor não disse nada. Pensava, não sem um terror secreto, nas vastas solidões do Saara, onde se passam semanas sem que as caravanas encontrem um poço para matar a sede. Por isso, examinava atentamente as menores depressões do terreno.

Essas preocupações e os últimos incidentes haviam modificado sensivelmente o estado de espírito dos três viajantes. Falavam menos e se absorviam nos próprios pensamentos.

O digno Joe já não era o mesmo depois que vira aquele oceano de ouro. Calava-se, observando com avidez as pedras amontoadas no cesto, sem valor hoje, inestimáveis amanhã.

O aspecto daquela parte da África era, além do mais, inquietante. O deserto ia surgindo pouco a pouco. Nenhuma aldeia, nem sequer um pequeno conjunto de cabanas. A vegetação se retirava. Viam-se apenas algumas plantas mirradas, como nas charnecas da Escócia, um começo de areal branco e pedras calcinadas, algumas aroeiras e arbustos espinhosos. No meio de toda essa esterilidade, a carcaça rudimentar do globo se eriçava em arestas de rochas vivas e afiladas. Esses sintomas de aridez inquietavam o doutor Fergusson.

Tinha-se a impressão de que jamais uma caravana houvesse percorrido aquele território deserto, pois teria deixado traços visíveis de acampamentos e ossadas esbranquiçadas de homens ou animais. Nada disso se via. E tudo indicava que, logo, uma imensidão de areia tomaria conta daquela região desolada.

Mas não era possível recuar. O que o doutor mais desejava era que o balão fosse em frente: acolheria aliviado até uma tempestade, desde que o levasse para bem longe dali. Mas não havia nem uma nuvem no céu! Ao fim do dia, o *Vitória* ainda não havia feito 50 quilômetros.

Cinco semanas em um balão

Se pelo menos não faltasse água! Infelizmente, restavam apenas mais ou menos 15 litros. Fergusson reservou 5 para matarem a sede ardente que um calor de 50°C tornaria insuportável. Dez litros seriam então para alimentar o maçarico. Não poderiam produzir mais que 14 metros cúbicos de gás; e como o maçarico gastava cerca de 0,2 metro cúbico por hora, o balão só poderia permanecer em movimento durante 54 horas. Um cálculo rigorosamente matemático.

– Serão 54 horas – disse ele aos companheiros. – Agora, como não pretendo viajar à noite para não perder um riacho, uma nascente, um lago, restam-nos três dias e meio de viagem, durante os quais é preciso encontrar água a qualquer custo. Achei que deveria prevenir vocês da gravidade da situação, meus amigos, porque reservei apenas 5 litros para a nossa sede e temos de adotar um racionamento severo.

– Pois seja – respondeu o caçador. – Mas ainda não é hora de nos desesperarmos. Temos ainda três dias, você disse?

– Sim, meu caro Dick.

– Certo. E como nossas queixas seriam inúteis por enquanto, daqui a três dias, tomaremos uma decisão. Até lá, redobremos a vigilância.

Assim, ao jantar, a água foi rigorosamente medida. A quantidade de aguardente aumentou nos grogues, mas era preciso cuidado com esse licor mais propenso a embriagar que a refrescar.

O cesto repousou à noite em um imenso planalto que apresentava uma forte depressão. Sua altitude mal chegava a 250 metros acima do nível do mar. Essa circunstância deu alguma esperança ao doutor Fergusson, lembrando-lhe das suposições dos geólogos sobre a existência de uma vasta extensão de água na África Central. Mas, se esse lago existia, era preciso chegar até ele e não se notava mudança alguma no ar imóvel.

À noite serena, à sua magnificência estrelada, sucederam o dia imutável e os raios ardentes do sol. Desde seus primeiros clarões, a temperatura se tornou abrasadora. Às cinco horas da manhã, o doutor deu

JÚLIO VERNE

o sinal de partida e, durante muito tempo, o *Vitória* permaneceu imóvel em uma atmosfera de chumbo.

Fergusson poderia escapar a esse calor intenso subindo para zonas superiores, mas isso exigiria o dispêndio de uma quantidade maior de água, o que, no momento, era impossível. Ele se contentou, pois, em manter seu aeróstato a 30 metros do solo, altitude em que uma corrente fraca o impelia para o horizonte ocidental.

O desjejum incluiu um pouco de carne seca e *pemmican*. Por volta do meio-dia, o *Vitória* mal tinha percorrido alguns quilômetros.

– Não conseguimos ir mais depressa – disse o doutor. – Não mandamos, obedecemos.

– Ah, meu caro Samuel – retrucou o escocês –, eis uma das ocasiões em que um motor viria a calhar.

– Sem dúvida, Dick, mas desde que não consumisse água para funcionar; do contrário, a situação seria exatamente a mesma. De resto, até hoje, não se inventou nada assim que fosse praticável. Os balões estão ainda no ponto em que estavam os navios antes da invenção do vapor. Levamos seis mil anos para inventar as pás e as hélices. Podemos então esperar um pouco mais.

– Maldito calor! – esbravejou Joe, enxugando o suor da testa.

– Caso não nos faltasse água, este calor nos prestaria algum serviço, pois ele dilataria o hidrogênio do aeróstato, exigindo uma chama menos forte na serpentina. É verdade que, se tivéssemos bastante líquido, não precisaríamos economizá-lo. Ah, maldito selvagem que nos custou aquela preciosa caixa!

– Está arrependido do que fez, Samuel?

– Não, Dick, pois conseguimos salvar aquele infeliz de uma morte horrível. Mas os 45 quilos de água que jogamos fora nos seriam agora bem úteis. Garantiriam doze ou treze dias de percurso, e com eles, certamente deixaríamos este deserto para trás.

– Fizemos pelo menos metade da viagem? – perguntou Joe.

CINCO SEMANAS EM UM BALÃO

– Como distância, sim; como duração, não, caso o vento nos abandone. E ele tende a cessar completamente.

– Vamos, patrão – continuou Joe –, não nos queixemos. Tudo deu certo até agora e, por mais que me esforce, não consigo me sentir desesperado. Acharemos água, é o que digo.

No entanto, o solo ia ficando cada vez mais plano; as ondulações das montanhas auríferas morriam na planície e eram as derradeiras proeminências de uma natureza esgotada. Um mato esparso substituía as belas árvores do leste; tufos de erva raquítica lutavam inutilmente contra a invasão das areias; e as grandes rochas caídas dos picos distantes, esmagadas na queda, fragmentavam-se em seixos agudos, que logo se dissolveriam em areia grossa e depois em poeira impalpável.

– Eis a África tal qual você a imaginava, Joe. Eu estava certo ao dizer-lhe: "Espere só para ver!".

– Bem, senhor – replicou Joe –, isso pelo menos é natural. Calor e areia! Seria absurdo procurar outra coisa em um país como este. Saiba – acrescentou, rindo – que eu não acreditava muito em suas florestas e pradarias: era um contrassenso! Não valeria a pena vir tão longe para admirar os campos da Inglaterra. Esta é a primeira vez que me sinto realmente na África e não lamento a experiência.

À noite, o doutor constatou que o *Vitória* não havia feito nem sequer 30 quilômetros durante aquele dia escaldante. Uma pesada escuridão envolveu-o tão logo o sol mergulhou em um horizonte traçado com a nitidez de uma linha reta.

O dia seguinte era 1.º de maio, uma quinta-feira. Os dias se sucediam com uma monotonia desesperadora: a manhã de hoje não diferia em nada da manhã de ontem. O meio-dia arremessava em profusão os mesmos raios inesgotáveis e a noite condensava, em suas trevas, o calor esparso que no dia seguinte deixaria a próxima noite sufocante. O vento, apenas perceptível, era antes uma exalação que um sopro, e já se adivinhava o momento em que até ela se extinguiria.

JÚLIO VERNE

O doutor procurou reagir contra a tristeza que a situação causava, conservando a calma e o sangue-frio de um ânimo aguerrido. De luneta em punho, observava todos os pontos do horizonte. Via as últimas colinas e a última vegetação desaparecendo insensivelmente. Diante dele, desdobrava-se a imensidão do deserto.

A responsabilidade que pesava sobre seus ombros o afetava muito, embora ele a dissimulasse. Arrastara aqueles dois homens, aqueles dois amigos, Dick e Joe, para longe, sob pretexto da amizade ou do dever. Agira bem? Não havia se arriscado por caminhos proibidos? Não tentara, nessa viagem, atravessar os limites do impossível? Deus não poderia ter reservado para séculos futuros o conhecimento daquele continente ingrato?

Esses pensamentos, como sempre acontece nas horas de desânimo, multiplicavam-se em seu cérebro e, por uma irresistível associação de ideias, faziam-no esquecer a lógica e a razão. Após constatar o que não devia ter feito, perguntava-se o que agora devia fazer. Haveria alguma possibilidade de voltar? Correntes mais altas não poderiam conduzi-lo a lugares menos áridos? Conhecia o território percorrido, mas não o território a percorrer; por isso, sua consciência o convenceu a ser franco com os dois companheiros. Expôs-lhes com clareza a situação; mostrou-lhes o que havia sido feito e o que tinham pela frente. Poderiam retroceder ou pelo menos tentá-lo. Qual era a opinião deles?

– A minha é a do meu patrão – respondeu Joe. – O que ele suportar eu suportarei, e melhor ainda. Aonde ele for, irei também.

– E você, Kennedy?

– Eu, meu caro Samuel, não sou homem que perca fácil a coragem. Ninguém ignorava menos os perigos do empreendimento, mas preferi ignorá-los ao ver que você os enfrentaria. Então, fico a seu lado, de corpo e alma. Na atual situação, penso que devemos perseverar, ir até o fim. Aliás, os perigos da volta me parecem igualmente grandes. Portanto, avante e conte conosco!

CINCO SEMANAS EM UM BALÃO

– Obrigado, meus dignos amigos – respondeu o doutor, visivelmente emocionado. – Eu contava com essa dedicação de sua parte, mas precisava de umas palavras encorajadoras. Mais uma vez, obrigado.

E os três homens se apertaram as mãos, efusivamente.

– Agora escutem – continuou Fergusson. – Pelos meus cálculos, estamos a menos de 500 quilômetros do golfo da Guiné. O deserto não pode, portanto, estender-se indefinidamente, pois a costa é habitada e conhecida até certa profundidade. Se for preciso, vamos para lá, e é impossível que não encontremos algum oásis, algum poço para renovar nossa provisão de água. No entanto, o que nos falta é o vento. Sem ele, permaneceremos imóveis no ar.

– Esperemos com resignação – ponderou o caçador.

Mas cada um, por seu turno, interrogava inutilmente o espaço durante esse dia interminável. Nada surgiu que alimentasse uma esperança. O chão deixou de desfilar por baixo deles ao sol poente, cujos raios horizontais se projetavam em longas riscas de fogo sobre aquela monótona imensidão. Era o deserto.

Os viajantes só tinham percorrido uma distância de 25 quilômetros e gastaram, como no dia anterior, 3,5 metros cúbicos de gás para alimentar o maçarico. Além disso, 1 litro de água, dos 4 que lhes restavam, precisou ser sacrificado para saciar uma sede ardente.

A noite decorreu tranquila, demasiadamente tranquila! Mas o doutor não dormiu.

25

Um pouco de filosofia – Uma nuvem no horizonte – No meio da neblina – O balão inesperado – Os sinais – Reprodução exata do Vitória *– As palmeiras – Vestígios de uma caravana – O poço em pleno deserto*

No dia seguinte, o mesmo céu límpido, a mesma atmosfera imóvel. O Vitória se elevou a uma altura de quinhentos metros; mas mal se moveu, deslocou sensivelmente em direção ao oeste.

– Estamos no meio do deserto –, disse o doutor. – Uma imensidão de areia! Que estranho espetáculo! Que singular disposição da natureza! Por que, ao longe, uma vegetação excessiva e, aqui, uma aridez extrema, tudo na mesma latitude, sob os mesmos raios do sol?

– O motivo, meu caro Samuel – disse Kennedy –, não me deixa nem um pouco inquieto. Acho a razão menos importante que o fato. As coisas são assim e pronto!

– Convém mesmo filosofar um pouco, meu caro Dick. Isso não faz mal a ninguém.

– Então, filosofemos. Tempo não nos falta, pois mal nos movimentamos. O vento está com medo de soprar. Ainda não despertou.

– Isso não vai durar – interveio Joe. – Acho que estou vendo algumas faixas de nuvens no leste.

CINCO SEMANAS EM UM BALÃO

– Joe tem razão – concordou o doutor.

– Ótimo – disse Kennedy –, teremos então nossa nuvem, com uma boa chuva e um bom vento no rosto?

– Veremos, Dick, veremos.

– No entanto, patrão, hoje é sexta-feira. E tenho muita desconfiança das sextas-feiras.

– Pois acho que hoje você esquecerá seus preconceitos.

– É o que desejo. Ufa! – desabafou ele, enxugando o rosto. – Boa coisa é o calor, principalmente no inverno. Mas, no verão, é melhor não abusar.

– Você teme os efeitos do sol sobre o balão? – perguntou Kennedy ao doutor.

– Não. A guta-percha que reveste o tafetá suporta temperaturas bem mais altas. Cheguei a submetê-la por dentro, usando a serpentina, a 70°C e o tecido parece não ter sofrido nada.

– Uma nuvem! Uma nuvem de verdade! – gritou Joe, cuja vista aguçada desafiava qualquer luneta.

Com efeito, uma faixa espessa e agora bem distinta se elevava lentamente no horizonte. Parecia densa e entumecida, formada por um agregado de nuvenzinhas que conservavam, invariavelmente, sua forma original, levando o doutor a concluir que nenhuma corrente de ar soprava contra a aglomeração.

Essa massa compacta surgira por volta das oito horas da manhã e somente às onze alcançou o disco solar, que desapareceu por completo atrás da espessa cortina. Não tardou e a orla inferior da nuvem desprendeu-se da linha do horizonte, deixando-o inundado de luz.

– É uma nuvem isolada – disse o doutor. – Não convém esperar muito dela. Olhe, Dick, conserva a mesma forma que tinha pela manhã.

– De fato, Samuel. Não há lá nem vento nem chuva, ao menos para nós.

– É o que temo, pois ela se mantém muito alta.

– Samuel, e se tentássemos ir atrás dessa nuvem, que não quer nada conosco?

– Acho que não adiantaria muito – respondeu o doutor. – Seria uma despesa considerável de gás e, portanto, de água. Contudo, em nossa situação, convém não negligenciar nada. Vamos lá pra cima.

O doutor intensificou a chama do maçarico nas espirais da serpentina. Um violento calor se desprendeu dali e logo o balão se elevou sob a ação do hidrogênio dilatado.

A 450 metros do solo, ele encontrou a massa opaca da nuvem e mergulhou em uma neblina densa, mantendo-se na mesma altitude. Entretanto, não achou o menor sopro de vento; a neblina parecia até desprovida de umidade, tanto que quase não molhou os objetos a ela expostos. O *Vitória*, envolvido em vapor, ganhou um pouco mais de velocidade, e foi tudo.

O doutor constatava, decepcionado, o efeito insignificante de sua manobra quando ouviu Joe gritar em um tom da mais viva surpresa:

– Céus!

– Que foi, Joe?

– Patrão, senhor Kennedy! Que coisa estranha!

– Como assim?

– Não estamos sozinhos aqui! Há alguns intrometidos! Roubaram nossa invenção!

– Ficou louco? – recriminou Kennedy.

Joe era a própria estátua da perplexidade. Não se mexia.

– Terá o sol desarranjado os miolos desse pobre rapaz? – disse o doutor, virando-se para ele. – Está me dizendo...

– Mas veja, senhor – continuou Joe, indicando um ponto no espaço.

– Por são Patrício! – balbuciou Kennedy. – Não posso acreditar! Samuel, Samuel, veja!

– Estou vendo – respondeu tranquilamente o doutor.

– Outro balão! Outros viajantes como nós!

Com efeito, a 60 metros de distância, um aeróstato flutuava no ar com seu cesto e seus viajantes, seguindo exatamente a mesma rota que o *Vitória*.

Cinco semanas em um balão

– Pois bem – disse o doutor –, só nos resta fazer-lhe sinais. Pegue a bandeira, Kennedy, e mostremos nossas cores.

Parece que os viajantes do segundo aeróstato tiveram a mesma ideia no mesmo instante, pois a mesma bandeira repetiu a mesma saudação na mão de alguém que a agitava da mesma maneira.

– Que significa isso? – indagou o caçador.

– Macacos! – gritou Joe. – Zombam de nós!

– Significa – prosseguiu Fergusson, rindo – que é você quem está fazendo esse sinal para você mesmo, meu caro amigo Dick. Significa que nós estamos no segundo cesto e que aquele balão é, pura e simplesmente, o *Vitória*.

– Com todo o respeito, patrão – disse Joe –, nisso o senhor não vai me fazer acreditar jamais.

– Suba na borda, Joe, e agite os braços. Então, verá.

Joe obedeceu – para ver seus gestos exatamente, instantaneamente reproduzidos.

– É apenas um efeito de miragem – explicou o doutor –, nada mais. Um simples fenômeno ótico por causa da refração desigual das camadas de ar. Só isso.

– Maravilhoso! – exclamou Joe, que não cessava de agitar os braços para se convencer de uma vez por todas.

– Curioso espetáculo! – prosseguiu Kennedy. – Como é bom ver nosso bravo *Vitória*! Que silhueta bela e majestosa!

– Não importa como se explique – insistiu Joe –, o efeito continua sendo estranho do mesmo modo.

Mas, aos poucos, aquela imagem foi se desvanecendo. As nuvens ganharam altitude, abandonando o *Vitória*, que não tentou mais segui-las, e ao fim de uma hora desapareceram do céu.

O vento, apenas perceptível, pareceu diminuir ainda mais. O doutor, desesperado, aproximou-se do solo.

Os viajantes, que aquele incidente havia desviado de suas preocupações, entregaram-se de novo a pensamentos sombrios, esmagados por um calor insuportável.

Perto das quatro horas, Joe avistou um objeto que se destacava da imensa planura de areia e logo pôde afirmar que eram duas palmeiras, a pouca distância.

– Palmeiras! – exclamou Fergusson. – Haverá ali então uma fonte, um poço?

Com a luneta confirmou que os olhos de Joe não se enganaram.

– Enfim, água! – desabafou. – Água! Estamos salvos porque, embora avancemos lentamente, avançamos sempre e acabaremos por chegar!

– Senhor – perguntou Joe –, e se bebermos enquanto esperamos? O ar está sufocante.

– Bebamos, meu rapaz.

Ninguém se fez de rogado. Meio litro de água foi consumido, o que reduzia a provisão a apenas a metade.

– Ah, que delícia! – exclamou Joe. – Que delícia! Nunca a cerveja de Perkins me deu tanto prazer!

– Eis as vantagens da privação – sentenciou Fergusson.

– São poucas, essas vantagens – disse o caçador. – Eu concordaria de bom grado em não sentir o prazer de beber água... desde que ela nunca me faltasse.

Às seis horas, o *Vitória* planava sobre as palmeiras.

Eram duas árvores mirradas, ressequidas, dois espectros de árvores sem folhas, mais mortas que vivas. Fergusson as examinou, assustado.

Junto delas, viam-se as pedras meio desgastadas de um poço; mas essas pedras, quase desfeitas pelo calor do sol, pareciam mais uma poeira impalpável. Não se percebia ali nenhuma umidade. Samuel sentiu um aperto no coração e já ia comunicar seus receios aos companheiros quando ouviu suas exclamações.

A perder de vista, na direção oeste, estendia-se uma longa fileira de ossos esbranquiçados. Fragmentos de esqueletos rodeavam a fonte. Uma caravana chegara até ali, deixando esse ossuário como marca de sua passagem. Os mais fracos tinham tombado na areia, um atrás do

Cinco semanas em um balão

outro; e os mais fortes, conseguindo chegar àquela fonte tão desejada, encontraram junto dela uma morte horrível.

Os viajantes se entreolharam, empalidecendo.

– Não desçamos – aconselhou Kennedy. – É melhor fugir desse horrível espetáculo. Não há aí uma gota de água sequer a recolher.

– Quem sabe, Dick? Pensemos com lucidez. Tanto vale passar a noite aqui como em qualquer outro lugar. Exploraremos esse poço até o fundo, pois ele já teve água. Talvez reste alguma.

O *Vitória* baixou. Joe e Kennedy puseram no cesto uma quantidade de areia equivalente ao peso deles e desceram. Chegados ao poço, penetraram em seu interior por uma escada que se desfazia em pó. A fonte parecia seca há anos. Escavaram na areia ressequida e sem vestígios de umidade, a mais árida que se pudesse imaginar.

O doutor os viu voltar à superfície do deserto banhados de suor, cansados, cobertos de um pó fino, abatidos, desencorajados, desesperados.

Compreendeu a inutilidade daquelas tentativas. Já imaginava isso e não disse nada. Sentia que, a partir daquele momento, precisaria ter coragem e energia por três.

Joe trazia nas mãos os fragmentos de um odre ressequido, que atirou com raiva no meio dos ossos dispersos pelo chão.

Durante o jantar, não se ouviu uma palavra dos viajantes; comiam com repugnância.

Contudo, ainda não tinham verdadeiramente sofrido os tormentos da sede e só se inquietavam com o futuro.

26

*Quarenta e cinco graus centígrados – Reflexões do doutor
– Busca desesperada – O maçarico se extingue
– Sessenta graus centígrados – A contemplação do deserto
– Uma caminhada noturna – Solidão – Desfalecimento
– Projetos de Joe – Um dia de prazo*

O percurso do *Vitória* no dia anterior tinha sido de, no máximo, 15 quilômetros e, para se manter, ele gastara 4,6 metros cúbicos de gás.

No sábado de manhã, o doutor deu sinal de partida.

– O maçarico só funcionará por mais seis horas – avisou ele. – Se, depois disso, não encontrarmos um poço ou uma nascente, sabe Deus o que será de nós.

– Nada de vento nesta manhã, patrão! – disse Joe. – Mas talvez ele apareça – apressou-se a completar, vendo a tristeza mal dissimulada do doutor Fergusson.

Vã esperança! Pairava no ar uma calmaria dessas que, nos mares tropicais, paralisam obstinadamente os navios. O calor ia se tornando intolerável, e o termômetro marcava 45°C à sombra.

Joe e Kennedy, estendidos um ao lado do outro, procuravam, se não o sono, ao menos o torpor, o esquecimento da situação. Uma inatividade

Cinco semanas em um balão

forçada os condenava a um lazer penoso. O homem é digno de lástima quando não pode se desligar de seus pensamentos por meio de um trabalho ou uma ocupação material. Mas agora os viajantes não tinham nada para vigiar nem nada para fazer; deviam aceitar a situação sem poder melhorá-la.

Os tormentos da sede não tardaram a surgir. A aguardente, longe de aplacar essa necessidade imperiosa, agravava-a, fazendo jus ao nome de "leite de tigre" que lhe dão os habitantes da África. Restava apenas um litro de uma água quente. Cada qual lançava olhares cobiçosos para essas gotas tão preciosas, mas nenhum ousava molhar os lábios com elas. Um litro de água no meio do deserto!

Então, o doutor Fergusson, abismado em suas reflexões, concluiu que talvez não tivesse agido com prudência. Não teria sido melhor conservar a água que decompusera à toa, só para se manter na atmosfera? Percorrera algum caminho, sem dúvida, mas avançara significativamente? Pouco importava que estivesse 100 quilômetros atrás, pois lá a água lhe faltaria do mesmo jeito! O vento, se finalmente aparecesse, sopraria tanto lá quanto aqui, aqui talvez até mais forte, se viesse do leste! A esperança, porém, impelia Samuel para diante. No entanto, os 10 litros de água desperdiçados bastariam para nove dias de parada naquele deserto! E quanta coisa podia mudar em nove dias! Talvez também, conservando a água, ele pudesse subir diminuindo o lastro, ainda que depois precisasse perder gás para descer! Mas o gás de seu balão era sangue, era vida!

Essas mil reflexões se entrecruzavam em sua cabeça, que ele mantinha entre as mãos há horas.

"Temos de fazer um último esforço!", disse para si mesmo por volta das dez horas da manhã. "E tentar pela última vez descobrir uma corrente atmosférica que nos leve daqui! Precisamos arriscar nossos últimos recursos."

E, enquanto seus amigos cochilavam, aumentou a temperatura do hidrogênio do aeróstato, que se arredondou pelo efeito da dilatação do gás e subiu direto, cortando os raios perpendiculares do sol. O doutor procurou inutilmente um sopro de vento durante um percurso de 3 metros a 8 quilômetros. Seu ponto de partida permanecia obstinadamente abaixo dele; uma calma absoluta parecia reinar até os derradeiros limites do ar respirável.

Por fim, a água que alimentava o maçarico foi consumida e ele se extinguiu por falta de gás. A pilha de Bunsen deixou de funcionar, e o *Vitória*, contraindo-se, pousou suavemente na areia, no mesmo lugar em que o cesto havia deixado sua marca.

Era meio-dia. O cálculo forneceu 19º 35' na longitude e 6º 51' na latitude, a cerca de 800 quilômetros do lago Chade e 650 quilômetros das costas ocidentais da África.

Quando o balão tocou o solo, Dick e Joe saíram de seu pesado torpor.

– Paramos? – perguntou o escocês.

– Foi preciso – respondeu Samuel em tom grave.

Seus companheiros compreenderam. O solo estava agora ao mesmo nível do mar, por causa da sua constante depressão, de modo que o aeróstato se mantinha em equilíbrio perfeito e totalmente imóvel.

O peso dos viajantes foi substituído por uma carga equivalente de areia e eles desembarcaram. Cada um remoía seus pensamentos e, durante horas, não se trocou nenhuma palavra. Joe preparou o jantar, composto de biscoitos e *pemmican*, jantar que mal foi tocado. Um gole de água quente completou essa triste refeição.

Durante a noite, ninguém ficou de vigia – e ninguém dormiu. O calor era sufocante. No dia seguinte, só restava um quarto de litro de água. O doutor deixou-o de reserva e combinou-se que não o tocariam, a não ser em última instância.

– Mal consigo respirar – queixou-se Joe. – O calor aumenta! E não é de se espantar – acrescentou, após consultar o termômetro. – Sessenta graus centígrados!

– A areia nos queima como se saísse de um forno – disse o caçador.

– E nem uma nuvem nesse céu de fogo! É de enlouquecer!

CINCO SEMANAS EM UM BALÃO

– Nada de desespero – incentivou o doutor. – Aos grandes calores nesta latitude, sucedem inevitavelmente tempestades; e elas chegam com a rapidez do raio. Apesar da angustiante serenidade do céu, podem ocorrer grandes mudanças em menos de uma hora.

– Mas devia haver algum sinal! – continuou Kennedy.

– Parece – disse o doutor – que o barômetro apresenta uma leve tendência a baixar.

– Que os céus o ouçam, Samuel. Pois estamos aqui presos ao chão como pássaros de asas quebradas.

– Com uma diferença, meu caro Dick: nossas asas estão intactas e espero me servir delas de novo.

– Ah, vento, vento! – exclamou Joe. – Vento que nos leve a um riacho, a um poço, para então nada nos faltar. Nossos víveres são suficientes e, com água, ficaremos um mês sem sofrer. Mas a sede é uma sensação muitíssimo cruel.

A sede, assim como a contemplação incessante do deserto, fatigavam o espírito. Não se via um acidente no terreno, nem um montículo de areia, nem um calhau para deter o olhar. Aquela planura desencorajava e produzia o mal-estar chamado doença do deserto. A impassibilidade do azul árido do céu e a imensidade amarela do areal acabavam por assustar. Nessa atmosfera ardente, o calor parecia vibrar como se estivesse sobre um fogão aceso. O ânimo descaía diante de uma tão vasta serenidade e não lograva esperar que esse estado de coisas cessasse, pois a imensidão é uma espécie de eternidade.

Assim, os infelizes, privados de água naquela temperatura tórrida, começaram a sentir os sintomas da alucinação; seus olhos se dilatavam, seu olhar se turvava.

À noite, o doutor resolveu combater essa disposição com uma marcha rápida pela planície, durante algumas horas, não para procurar alguma coisa, mas para simplesmente andar.

– Venham – disse aos companheiros. – Isso lhes fará bem, podem acreditar.

– Impossível, Samuel – retrucou Kennedy. – Eu não conseguiria dar um passo.

– E eu preferiria dormir – acrescentou Joe.

– O sono ou o repouso seriam funestos para vocês, meus amigos. Reajam contra o torpor. Vamos, vamos.

O doutor nada conseguiu deles e partiu sozinho, sob a transparência estrelada da noite. Seus primeiros passos foram penosos, passos de um homem enfraquecido e desacostumado de andar. Entretanto, logo percebeu que o exercício lhe faria bem e avançou vários quilômetros para oeste. Seu espírito já se reconfortava quando, de repente, foi tomado de vertigem, acreditando-se estar à beira de um abismo; seus joelhos se dobraram; a vasta extensão o assustou; ele era o ponto matemático, o centro de uma circunferência infinita, ou seja, nada! O *Vitória* desaparecia por completo na treva, e o doutor se sentiu dominado por um medo incontrolável – ele, o viajante impassível, audacioso! Quis voltar, mas não conseguiu. Gritou. Nem o eco lhe respondeu e sua voz caiu no espaço como uma pedra em um precipício. Ele vacilava sobre a areia, meio desfalecido, solitário, envolvido pelos enormes silêncios do deserto.

À meia-noite, recuperou a consciência nos braços de seu fiel Joe; este, inquieto com a ausência prolongada do patrão, seguira suas pegadas nitidamente impressas na areia e o encontrara desmaiado.

– Que aconteceu, senhor? – perguntou ele.

– Não há de ser nada, meu bravo Joe. Um momento de fraqueza, apenas isso.

– Sim, não há de ser nada. Mas fique de pé e apoie-se em mim. Vamos voltar para o *Vitória*.

O doutor, apoiado pelo braço de Joe, retomou o caminho que havia percorrido.

– Foi imprudência, senhor, não convém que se aventure assim. Poderia ter sido roubado – Joe acrescentou rindo. – Mas falemos seriamente, senhor.

CINCO SEMANAS EM UM BALÃO

– Fale, estou ouvindo.

– É absolutamente necessário fazer alguma coisa. Nossa situação não pode durar mais que alguns dias e, se o vento não chegar, estaremos perdidos.

O doutor não respondeu.

– Pois bem, é preciso que um de nós se sacrifique pelos outros e nada mais natural que seja eu!

– Que quer dizer? Qual é o seu plano?

– Um plano bem simples. Com alguns víveres, caminharei sempre em frente até chegar a algum lugar, o que fatalmente acontecerá. Enquanto isso, se o céu lhes enviar um vento favorável, não me esperem, partam. Eu, encontrando alguma aldeia, me comunicarei com algumas palavras em árabe que o senhor me dará por escrito e trarei recursos ou deixarei minha pele lá. Que acha dessa ideia?

– Insensata, mas digna de sua alma corajosa, Joe. É impossível, você não nos deixará.

– Mas é preciso tentar alguma coisa, senhor! Isso não os prejudicará em nada porque, repito, vocês não me esperarão e, a rigor, posso me sair bem.

– Não, Joe, não! Não nos separaremos. Seria uma dor a mais. Está escrito que será assim, e provavelmente está escrito que será diferente mais tarde. Portanto, esperemos com resignação.

– Que seja, senhor. Mas previno-o de uma coisa: dou-lhe só mais um dia, só um. Hoje é domingo, ou antes, segunda-feira, pois já é uma hora da manhã. Se não partirmos na terça-feira, tentarei a aventura. Isso está irrevogavelmente decidido.

O doutor não respondeu. Logo chegou ao cesto, onde tomou lugar ao lado de Kennedy. Este estava mergulhado em um silêncio profundo, que não devia ser efeito do sono.

27

*Calor espantoso – Alucinações – As últimas gotas de água
– Noite de desespero – Tentativa de suicídio – O simum
– O oásis – Leão e leoa*

O primeiro cuidado do doutor foi, no dia seguinte, consultar o barômetro. A coluna de mercúrio praticamente não baixara.

– Nada – disse ele. – Nada!

Saiu do cesto e examinou o tempo: o mesmo calor, a mesma dureza, a mesma implacabilidade.

– É o caso então de nos desesperarmos? – gritou.

Joe não dizia uma palavra, absorvido em seus pensamentos e refletindo sobre o seu projeto de exploração.

Kennedy acordou se sentindo muito mal e tomado por uma excitação inquietante. Padecia horrivelmente de sede. Sua língua e seus lábios ressequidos mal conseguiam articular um som.

Ainda havia algumas gotas de água; todos sabiam disso, todos pensavam nelas, todos se sentiam atraídos por elas, mas ninguém ousava dar um passo em sua direção.

Esses três companheiros, esses três amigos se entreolhavam com as pupilas dilatadas, com um sentimento de avidez bestial que se detectava sobretudo no rosto de Kennedy. Sua vigorosa constituição sucumbia mais rápido às privações intoleráveis e, durante todo o dia, ele delirou. Ia e vinha, emitindo sons roucos, mordendo os punhos e pronto a abrir as veias para beber o sangue.

– Ah – gritou –, país da sede! Deveria chamar-se, isso sim, país do desespero!

Em seguida, caiu em uma prostração profunda; só se ouvia o silvo de sua respiração entre os lábios ressequidos.

À noite, Joe também foi tomado por um princípio de loucura. O vasto oásis de areia lhe parecia uma lagoa imensa, de águas claras e límpidas; mais de uma vez se precipitou sobre aquele solo inflamado para beber e se levantou com a boca cheia de pó.

– Maldição! – praguejava, furioso. – É água salgada!

Logo, enquanto Fergusson e Kennedy permaneciam deitados, imóveis, sentiu uma vontade incontrolável de beber as últimas gotas de água mantidas de reserva. Foi mais forte que ele; arrastou-se de joelhos para o cesto, contemplou sofregamente a garrafa onde o líquido se agitava, lançou-lhe um olhar esgazeado e levou-a aos lábios.

Nesse momento, as palavras: "Beber! Beber!" foram pronunciadas em um tom dilacerante.

Era Kennedy, que se arrastava atrás dele. O infeliz inspirava compaixão, implorava de joelhos, chorava.

Joe, chorando também, estendeu-lhe a garrafa e Kennedy a esgotou até a última gota.

– Obrigado – balbuciou ele.

Mas Joe não o ouviu; estendeu-se como o amigo sobre a areia.

O que aconteceu durante a tempestuosa noite não se sabe. Mas quando acordaram na manhã de terça-feira, os infortunados sentiram seus membros ressecar-se pouco a pouco. Quando Joe quis levantar-se, não conseguiu; não poderia pôr seu plano em execução.

Olhou em volta, no cesto, o doutor, de braços cruzados ao peito, sem forças, procurava no espaço um ponto imaginário, com uma fixação tola. Kennedy estava assustador; balançava a cabeça da direita para a esquerda como um animal feroz na jaula.

De repente, os olhos do caçador deram com sua carabina, cuja culatra ultrapassava a borda do cesto.

–Ah! – exclamou ele, levantando-se com um esforço sobre-humano.

Agarrou a arma, desnorteado, ensandecido e apontou o cano para a boca dele.

– Senhor, senhor! – gritou Joe, precipitando-se sobre ele.

– Deixe-me! Afaste-se! – esbravejou Kennedy.

Os dois lutaram arduamente.

– Afaste-se ou eu o mato! – repetia o escocês.

Mas Joe se agarrava a ele com força; debateram-se assim por quase um minuto, sem que o doutor parecesse ver o que acontecia. No meio da luta, a carabina disparou e, ao estampido da detonação, o doutor se pôs de pé, hirto como um espectro. Olhou à sua volta.

Mas logo seu olhar se animou, sua mão se estendeu para o horizonte e, com uma voz que já nada tinha de humano, bradou:

– Lá, lá! Lá longe!

Havia tanta energia em seu rosto que Joe e Kennedy se separaram e olharam.

A planície se agitava como um mar furioso em dia de tempestade. Colunas de areia rolavam umas sobre as outras no meio de um turbilhão de poeira; uma gigantesca onda de poeira girando com extrema velocidade vinha do sudeste. O sol ia desaparecendo atrás de uma nuvem opaca, cuja sombra desordenada se alongava até o *Vitória*. Grãos de areia finíssimos deslizavam com a facilidade de moléculas líquidas e essa maré montante subia pouco a pouco.

Uma chama viva de esperança brilhou nos olhos de Fergusson.

– O simum! – gritou ele.

– O simum! – repetiu Joe, sem saber bem o que dizia.

– Tanto melhor! – replicou Kennedy, com uma raiva incontida. – Tanto melhor! Vamos morrer!

CINCO SEMANAS EM UM BALÃO

– Sim, tanto melhor! – concordou o doutor. – Pelo contrário, vamos viver!

E se pôs a tirar rapidamente a areia que servia de lastro no cesto.

Seus companheiros finalmente compreenderam e se juntaram a ele, dos dois lados.

– E agora, Joe – prosseguiu o doutor –, jogue fora uns vinte quilos de seu minério!

Joe não hesitou, apenas sentiu algo como um desgosto passageiro. O balão se ergueu.

– Já não era sem tempo – bradou Fergusson.

Com efeito, o simum chegava com a velocidade do raio. Um pouco mais e o *Vitória* seria esmagado, feito em pedaços, destruído. O imenso redemoinho atingiu-o em cheio, cobrindo-o com uma chuva de areia.

– Mais lastro! – ordenou o doutor.

– Lá vai! – disse Joe, atirando para longe um enorme fragmento de quartzo.

O *Vitória* subiu rapidamente acima do turbilhão; mas, envolvido no imenso deslocamento de ar, foi arrastado a uma velocidade incalculável por cima daquele mar espumante.

Samuel, Dick e Joe não diziam nada; olhavam e esperavam, um pouco refrescados pelo sopro do redemoinho.

Às três horas, a tormenta cessou; a areia, caindo, formava uma inumerável quantidade de montículos no solo; o céu clareava de novo.

O *Vitória*, agora imóvel, planava sobre um oásis, uma ilha coberta de árvores viçosas estendida sobre a superfície do oceano de areia.

– Água! Ali há água! – exultou o doutor.

E sem demora, abrindo a válvula superior, deu passagem ao hidrogênio. O balão desceu suavemente a duzentos passos do oásis.

Em quatro horas, os viajantes haviam feito um percurso de quase 400 quilômetros.

O cesto foi logo equilibrado e Kennedy, seguido por Joe, saltou para o chão.

– Seus fuzis! – advertiu o doutor. – E tomem cuidado.

Dick agarrou a carabina e Joe pegou um dos fuzis. Correram para as árvores e penetraram sob aquela cobertura verde que prometia fontes abundantes. Nem repararam nas grandes pegadas, traços recentes que marcavam aqui e ali o solo úmido.

Súbito, um rugido ecoou a vinte passos deles.

– O rugido de um leão! – exclamou Joe.

– Melhor assim! – replicou o caçador, irritado. – Lutaremos! Se é para lutar, não nos faltarão forças!

– Prudência, senhor Dick, prudência! Da vida de um depende a vida de todos.

Mas Kennedy não o ouvia; avançava, olhos faiscantes, carabina engatilhada, terrível em sua audácia. Sob uma palmeira, um leão enorme, de juba negra, mantinha-se em posição de ataque. Ao avistar o caçador, saltou; mas, antes que pudesse tocar o solo, uma bala atravessou seu coração. Caiu morto.

– Hurra! Hurra! – festejou Joe.

Kennedy se precipitou para os poços, escorregou pelos degraus lamacentos e estirou-se de bruços sobre uma fonte fresca, na qual mergulhou avidamente os lábios. Joe imitou-o e logo só se ouviam os estalidos de língua que fazem os animais quando bebem.

– Vamos com calma, senhor Dick – recomendou Joe, respirando fundo. – Não convém abusar!

Mas Dick, sem responder, mergulhou a cabeça e as mãos naquela água benéfica. Embriagava-se.

– E o senhor Fergusson? – perguntou Joe.

Tanto bastou para que Kennedy voltasse a si. Encheu a garrafa que havia trazido e subiu correndo os degraus do poço.

Mas qual não foi sua estupefação! Um corpo opaco, enorme, bloqueava a abertura. Joe, que seguia Dick, teve de recuar como ele.

– Estamos presos!

– Impossível! O que significa...

Cinco semanas em um balão

Um rugido terrível interrompeu-o. Teria de se haver com um novo inimigo!

– Outro leão! – gritou Joe.

– Não, uma leoa! Espere só, maldita fera! – disse o caçador, pegando rapidamente a carabina.

Um minuto depois ele disparou, mas o animal havia desaparecido.

– Vamos! – gritou.

– Não, senhor Dick, o tiro não a matou, do contrário seu corpo teria rolado até aqui. A fera vai saltar sobre o primeiro que puser a cabeça para fora e que estará perdido.

– Mas então o que faremos? Temos de sair! Samuel nos espera!

– Atrairemos o animal. Pegue meu fuzil e passe-me sua carabina.

– Qual é o seu plano?

– Vai ver.

Joe tirou a camisa e amarrou-a no cano da arma, agitando-a como chamariz acima da borda do poço. O animal, furioso, precipitou-se contra aquele objeto; Kennedy esperou que ela aparecesse na abertura e uma bala atravessou o ombro da fera. A leoa, rugindo, rolou pela escada, derrubando Joe, que já podia sentir as enormes patas abatendo-se sobre ele quando ouviu uma segunda detonação, e o doutor Fergusson apareceu na abertura, empunhando o fuzil ainda fumegante.

Joe se levantou rapidamente, afastou o corpo do animal e passou a seu patrão a garrafa cheia de água.

Levá-la aos lábios, esvaziá-la pela metade, isso foi para o doutor Fergusson obra de um instante. Em seguida, os três companheiros agradeceram do fundo do coração à Providência que os havia milagrosamente salvado.

28

*Noite deliciosa – A cozinha de Joe – Dissertação sobre a carne crua
– História de James Bruce – O acampamento – Os sonhos de Joe
– O barômetro desce – O barômetro sobe
– Preparativos de partida – O furacão*

A noite foi encantadora sob as sombras frescas de mimosas, após um jantar reconfortante. Não houve economia de chá nem de aguardente.

Kennedy havia percorrido o pequeno oásis em todos os sentidos e vasculhado todos os seus arbustos. Os viajantes eram as únicas criaturas vivas naquele paraíso terrestre. Estenderam-se sobre seus colchões e tiveram uma noite agradável, que lhes trouxe o esquecimento das dores passadas.

No dia seguinte, 7 de maio, o sol brilhava em todo o seu esplendor, mas seus raios não podiam atravessar a espessa cortina de sombra. Como havia víveres em quantidade suficiente, o doutor resolveu esperar ali mesmo por um vento favorável.

Joe trouxera sua cozinha portátil e entregava-se a uma série de combinações culinárias, gastando água com uma prodigalidade descuidada.

– Estranha sucessão de dores e prazeres! – filosofou Kennedy. – A abundância após a provação! O luxo sucedendo à miséria! Ah, estive bem perto de enlouquecer!

– Meu caro Dick – disse-lhe o doutor –, se não fosse Joe, você não estaria aqui discorrendo sobre a instabilidade das coisas humanas.

– Grande amigo! – reconheceu Dick, estendendo a mão a Joe.

– Não foi nada. O senhor fica me devendo esta, embora eu prefira que não surja nenhuma oportunidade de pagar-me.

– Pobre natureza, a nossa! – suspirou Fergusson. – Deixar-se abater por tão pouco!

– Deixar-se abater por um pouco de água, o senhor quer dizer, patrão! Um elemento muitíssimo necessário à vida.

– Sem dúvida, Joe. As pessoas resistem mais tempo sem comer do que sem beber.

– Acredito. De resto, em caso de necessidade, comemos o que encontramos, até nosso semelhante, embora essa seja uma refeição para não esquecer nunca!

– Os selvagens, porém, não a rejeitam – disse Kennedy.

– Sim, mas são selvagens e, além do mais, habituados a comer carne crua. Eis um costume que me repugnaria!

– É, de fato, um costume repugnante – reconheceu o doutor –, e a tal ponto que muita gente não acreditou nos relatos dos primeiros exploradores da África. Estes afirmaram que vários povos se nutriam de carne crua, mas, em geral, ninguém os levou a sério. Foi nessas circunstâncias que ocorreu uma curiosa aventura a James Bruce.

– Conte-a, senhor. Tempo para ouvir é o que não nos falta – disse Joe, estendendo-se voluptuosamente sobre a relva fresca.

– Com muito gosto. James Bruce foi um escocês do condado de Stirling que, de 1768 a 1772, percorreu toda a Abissínia até o lago Tiana, em busca das nascentes do Nilo. Depois, voltou à Inglaterra, onde apenas em 1790 resolveu publicar o relato de suas viagens. Suas narrativas foram recebidas com extrema incredulidade, a mesma que, sem dúvida, acolherá as nossas. Os hábitos dos abissínios pareciam tão diferentes dos usos e costumes dos ingleses que ninguém quis acreditar neles. Entre outras coisas, James Bruce afirmava que os povos da África Oriental comiam carne crua. Isso deixou todos indignados. Bruce podia dizer o que quisesse, pois ninguém iria lá para confirmar! Ele era um homem muito corajoso, de um gênio terrível. Essas desconfianças o irritavam tremendamente. Certa vez, em um salão de Edimburgo, um escocês começou a irritá-lo e, a propósito da carne crua, afirmou que aquilo não era nem possível nem verdadeiro. Bruce não disse nada; saiu e voltou instantes depois com um pedaço de carne crua, polvilhada de sal e pimenta à moda africana. "Senhor", disse ao escocês, "ao duvidar de uma coisa que afirmei, você me fez uma ofensa grave. E declarando que ela é impraticável, enganou-se redondamente. Agora, para todos saberem que não é, você irá comer esse bife cru ou terá de me dar satisfações". O escocês, apavorado, obedeceu, não sem fazer fortes caretas. Então, James Bruce, com o maior sangue-frio, acrescentou: "Mesmo achando que a coisa não é verdadeira, o senhor pelo menos não sustentará mais que é impossível".

– Bem feito – disse Joe. – Se o escocês teve uma indigestão, foi merecida. E se, ao voltarmos para a Inglaterra, puserem nossa viagem em dúvida...

– O que você fará, Joe?

– Obrigarei os incrédulos a comer pedaços do *Vitória*, sem sal nem pimenta!

Os outros dois riram dos expedientes de Joe. O dia se passou assim, em conversas agradáveis. Com a força, voltava a esperança; e, com a esperança, voltava a audácia. O passado se desvaneceu diante do futuro com uma rapidez providencial.

Joe gostaria de nunca deixar aquele asilo encantador, aquele reino de sonhos. Sentia-se em casa. Pediu que seu patrão lhe desse a localização exata do lugar e, com grande seriedade, escreveu em seu caderno de viagem: 15° 43' na longitude e 8° 32' na latitude.

Cinco semanas em um balão

Kennedy só lamentava uma coisa: não poder caçar naquela floresta em miniatura. A seu ver, faltava ali um pouco de animais selvagens.

– Meu caro amigo, você se esquece com muita facilidade – disse o doutor. – E o leão? E a leoa?

– Ora, aquilo! – replicou Dick com o desdém do verdadeiro caçador pela presa abatida. – Entretanto, a presença deles neste oásis leva a supor que não estejamos muito longe de territórios mais férteis.

– Prova de pouco peso, Dick. Esses animais, pressionados pela fome ou pela sede, percorrem frequentemente distâncias consideráveis. À noite, faremos bem em vigiar com bastante atenção e acender fogueiras.

– Com uma temperatura destas! – estranhou Joe. – Mas, enfim, se for necessário, que seja. Eu, porém, lamentaria muito se incendiasse um bosque tão bonito, que nos foi tão útil.

– Teremos cuidado para não pôr fogo nele – respondeu o doutor –, a fim de que outros possam, futuramente, encontrar um refúgio no meio do deserto.

– Ficaremos de vigia, senhor. Mas acredita que este oásis seja conhecido?

– Sem dúvida. É um ponto de parada das caravanas que frequentam a África Central e cuja visita talvez não lhe agradasse, Joe.

– Será que ainda há por aqui aqueles terríveis nyam-nyam?

– Certamente, é o nome genérico de todas as populações da região. E, sob o mesmo clima, as mesmas raças devem ter hábitos parecidos.

– Bem – disse Joe –, afinal de contas, isso é muito natural. Se selvagens tivessem os mesmos gostos dos cavalheiros, onde estaria a diferença? Por exemplo, eles não se fariam de rogados para devorar o bife do escocês e o próprio escocês, se fosse o caso.

Depois dessa reflexão das mais sensatas, Joe foi acender as fogueiras para a noite, usando a menor quantidade de lenha possível. Precaução inútil, felizmente, pois cada um dormiu profundamente quando chegou sua vez.

No dia seguinte, o tempo continuava o mesmo, obstinadamente limpo. O balão permanecia imóvel, sem que nenhuma oscilação denunciasse o menor sopro de vento.

JÚLIO VERNE

O doutor voltou a se inquietar: se a viagem se prolongasse dessa forma, os víveres não seriam suficientes. Depois de quase sucumbir à falta de água, ficariam reduzidos a morrer de fome?

Mas recuperou a confiança ao ver a coluna de mercúrio baixar sensivelmente no barômetro, sinal evidente de uma próxima mudança na atmosfera. Resolveu então fazer seus preparativos de partida a fim de aproveitar a primeira oportunidade. Tanto a caixa de alimentos quanto a de água foram enchidas completamente.

Fergusson precisou em seguida restabelecer o equilíbrio do aeróstato, e Joe teve de sacrificar boa parte de seu precioso minério. Com a saúde, voltara a cobiça; fez mais de uma careta antes de obedecer ao patrão. Este, porém, mostrou-lhe que não poderia levar um peso tão considerável, e lhe deu a escolha entre a água e o ouro: Joe não hesitou mais, e atirou na areia grande quantidade de seus valiosos calhaus.

– Isto é para os que vierem depois de nós – disse ele. – Ficarão espantados ao descobrir uma fortuna em um lugar assim.

– E se algum cientista viajante encontrar essas pedras? – perguntou Kennedy.

– Não duvide, meu caro Dick, de que será grande a surpresa dele e que a publicará em numerosos artigos! Um belo dia, ouviremos falar de uma maravilhosa jazida de quartzo aurífero bem no meio das areias da África Central.

– E o responsável por isso será Joe.

A ideia de que talvez pudesse influenciar algum sábio consolou o bravo rapaz e o fez sorrir.

Pelo resto do dia, o doutor aguardou em vão a mudança atmosférica. A temperatura subiu e, sem as sombras do oásis, teria sido insuportável. O termômetro marcou, ao sol, 69 graus centígrados. Uma verdadeira chuva de fogo atravessava o ar. Foi a temperatura mais alta que já haviam observado.

Joe montou, como na véspera, o acampamento da noite e, durante os quartos de vigia do doutor e de Kennedy, nenhum incidente novo se produziu.

CINCO SEMANAS EM UM BALÃO

Mas, perto das três horas da manhã, enquanto Joe velava, a temperatura baixou subitamente, o céu se cobriu de nuvens e a escuridão aumentou.

– Alerta! – gritou ele, acordando os dois companheiros. – Alerta! É o vento!

– Enfim! – desabafou o doutor, examinando o céu. – Uma tempestade! Ao *Vitória*! Ao *Vitória*!

Já era tempo. O balão se curvava ao sopro do furacão e arrastava o cesto pela areia. Se, por infelicidade, mais lastro tivesse sido retirado, ele partiria e toda esperança de reencontrá-lo iria se perder para sempre.

Mas o rápido Joe correu a toda velocidade e segurou o cesto, enquanto o aeróstato se inclinava para o chão com risco de despedaçar-se. O doutor ocupou seu posto habitual, acendeu o maçarico e livrou-se do excesso de peso.

Os viajantes contemplaram pela última vez as árvores do oásis, que se dobravam ao ímpeto da tempestade; e logo, impelidos pelo vento leste a 60 metros do solo, desapareceram na noite.

29

*Indícios de vegetação – Ideia fantasiosa de um autor francês
– País magnífico – Reino de Adamova
– As explorações de Speke
e Burton associadas às de Barth – Os montes Atlantika
– O rio Benué – A cidade de Yola
– O Bagelé – O monte Mendif*

Desde o momento da partida, os viajantes avançaram a grande velocidade. Queriam deixar logo para trás aquele deserto que quase lhes custara a vida.

Por volta de nove e quinze da manhã, alguns indícios de vegetação foram observados; ervas flutuando sobre o mar de areia e anunciando-lhes, como a Cristóvão Colombo, a proximidade da terra. Rebentos verdes apontavam timidamente entre os seixos, que iriam logo, eles próprios, tornar-se os escolhos daquele oceano.

Colinas ainda pouco elevadas ondulavam no horizonte, com seu perfil delineado vagamente em consequência da bruma. A monotonia cessava. O doutor saudou com alegria aquele território novo e, como um marinheiro de vigia, esteve a ponto de gritar:

CINCO SEMANAS EM UM BALÃO

– Terra à vista! Terra à vista!

Uma hora depois, o continente se desdobrou a seus olhos, ainda selvagem, mas menos plano, menos nu, com algumas árvores recortadas contra o céu cinzento.

– Estaremos acaso em um país civilizado? – perguntou o caçador.

– Civilizado, senhor Dick, talvez seja uma maneira de falar. Ainda não vimos habitantes.

– Isso não vai demorar – disse Fergusson – na velocidade em que estamos.

– Aqui ainda é o país dos selvagens, senhor Samuel?

– Ainda, Joel, por enquanto não chegamos ao dos árabes.

– Dos árabes, senhor, dos verdadeiros árabes com seus camelos?

– Não, sem camelos. Esses animais são raros, quando não desconhecidos por aqui. Será preciso subir alguns graus para o norte a fim de encontrá-los.

– Isso é mau.

– Por que, Joe?

– Porque, se o vento soprasse ao contrário, eles poderiam nos servir.

– Como?

– Uma ideia que me ocorreu, senhor: nós os atrelaríamos ao cesto e seríamos rebocados por eles. Que me diz?

– Meu pobre Joe, alguém já teve essa ideia antes de você. Um autor francês muito espiritualizado, o senhor Méry... em um romance, é verdade. Viajantes são arrastados no balão por camelos; um leão vem e devora os camelos, coloque-se no lugar deles e passe a rebocar o balão; e por aí vai. Já vê que tudo isso é fantasia desenfreada e pouco tem em comum com nosso gênero de locomoção.

Joe, um tanto humilhado por sua ideia já ter sido adotada, procurou um animal capaz de devorar o leão; mas não o achou e pôs-se a examinar o território.

Um lago de extensão média se estendia diante de seus olhos, rodeado por colinas que ainda não tinham o direito de chamar-se montanhas.

JÚLIO VERNE

Ali, serpenteavam vales numerosos e fecundos, com densas selvas formadas por árvores de espécies variadas. A palmeira dominava aquela massa, projetando do caule eriçado de espinhos agudos suas folhas de 4 metros de comprimento; o bômbax soltava ao vento a fina penugem de suas sementes; os perfumes intensos do pândano, o *kenda* dos árabes, embalsamavam os ares até a zona que o *Vitória* atravessava; o mamoeiro de folhas largas, a estercúlia que produz as nozes do Sudão, o baobá e as bananeiras completavam essa flora exuberante das regiões intertropicais.

– Este país é soberbo – admirou-se o doutor.

– Já vejo os animais – disse Joe. – Os homens não devem estar longe.

– Que elefantes magníficos! – Kennedy falou num tom de voz bastante alto. – Não haverá um modo de caçarmos um pouco?

– Mas como pararíamos, meu caro Dick, com uma corrente tão violenta? Não, sofra por algum tempo o suplício de Tântalo. Será recompensado mais tarde.

Havia, com efeito, muito para excitar a imaginação de um caçador. O coração de Dick saltava em seu peito e seus dedos se crispavam em torno da Purdey.

A fauna do país valia bem a flora. O boi selvagem chafurdava no mato espesso, onde desaparecia inteiro; elefantes cinzentos, pretos ou amarelos, de talhe enorme, irrompiam como uma tormenta pelo meio dos bosques, quebrando, destroçando, destruindo, devastando tudo à sua passagem. Das encostas verdejantes das colinas, cascatas e regatos fluíam para o norte; ali, os hipopótamos se banhavam com grande alarido e as morsas de 4 metros de comprimento e corpo pisciforme erravam pelas margens, erguendo ao céu suas mamas redondas, túrgidas de leite.

Era todo um zoológico raro naquela estufa maravilhosa, onde pássaros incontáveis e de mil cores exibiam seus reflexos luminosos em meio às plantas arborescentes.

Por essa prodigalidade da natureza, o doutor reconheceu o magnífico reino de Adamova.

Cinco semanas em um balão

– Seguimos as pegadas das descobertas modernas – disse ele. – Retomei a pista interrompida dos viajantes. É uma ditosa fatalidade, meus amigos. Vamos associar os trabalhos dos capitães Burton e Speke às explorações do doutor Barth: deixamos os ingleses e encontramos um hamburguês. Logo alcançaremos o ponto extremo ao qual chegou esse cientista audacioso.

– A meu ver – replicou Kennedy –, entre essas duas explorações existe uma vasta extensão de terras, a julgar pelo caminho que percorremos.

– Será fácil calcular. Pegue o mapa e determine a longitude da extremidade meridional do lago Ukereué alcançada por Speke.

– Ela está mais ou menos a 37 graus.

– E a cidade de Yola, cuja localização reconheceremos esta noite e aonde Barth conseguiu chegar, a quantos graus se encontra?

– A cerca de 12 graus de longitude.

– Temos então 25 graus. Calculando-se 90 quilômetros para cada um, são cerca de 2.250 quilômetros.

– Um belo passeio – disse Joe – para quem fosse a pé...

– No entanto, isso será feito. Livingstone e Moffat avançam mais e mais para o interior. O Niassa, que eles descobriram, não é muito longe do lago Tanganica, reconhecido por Burton. Antes do final do século, esses territórios imensos serão certamente explorados. Mas – acrescentou, consultando a bússola –, infelizmente, o vento nos leva muito para oeste; eu preferiria ir para o norte.

Após doze horas de navegação, o *Vitória* sobrevoou os confins da Nigrícia, onde seus primeiros habitantes, os árabes chouas, apascentavam rebanhos nômades. Os picos majestosos dos montes Atlantika se erguem no horizonte, montanhas que nenhum europeu jamais pisou e cuja altitude é estimada em 2.500 metros. A vertente ocidental determina o curso de todas as águas dessa parte da África até o oceano; são as Montanhas da lua dessa região.

Enfim, um verdadeiro rio surgiu aos olhos dos viajantes e, pelos imensos formigueiros que o bordejavam, o doutor reconheceu o Benué, um dos grandes afluentes do Níger, chamado pelos nativos de a "Fonte das Águas".

– Este rio – explicou o doutor a seus companheiros – irá se tornar no futuro a via natural de comunicação com o interior da Nigrícia. Sob o comando de um de nossos bravos capitães, o vapor *La Pléiade* já o subiu até a cidade de Yola. Portanto, estamos em um país conhecido.

Numerosos escravos ocupavam-se dos campos, cultivando o sorgo, uma espécie de milho que constitui a base de sua alimentação. As mais tolas demonstrações de espanto se sucediam à passagem do *Vitória*, que voava como um meteoro. À noite, deteve-se a 60 quilômetros de Yola, tendo à frente, mas bem longe, os dois cones afilados do monte Mendif.

O doutor mandou baixar as âncoras, que foram presas em uma árvore alta. Contudo, um vento muito forte balançava o *Vitória*, a ponto de curvá-lo horizontalmente, tornando, às vezes, bastante perigosa a posição do cesto. Fergusson não pregou o olho durante a noite e repetidamente esteve prestes a cortar a corda para fugir da tempestade. Esta por fim se acalmou, e as oscilações do aeróstato não o inquietaram mais.

No dia seguinte, o vento soprava com menos força, mas afastava os viajantes da cidade de Yola, que, recém-reconstruída pelos fulas, excitava a curiosidade de Fergusson. Não obstante, era preciso resignar-se a ir para o norte e mesmo um pouco para leste.

Kennedy propôs uma parada naquele território de caça, e Joe alegou que já faltava carne fresca. Mas os costumes selvagens do país, a atitude da população e alguns tiros de fuzil na direção do *Vitória* convenceram o doutor a prosseguir viagem. Cruzavam agora uma terra que era palco de massacres e incêndios, onde as lutas guerreiras são incessantes, e os sultões governam seu reino em meio às mais atrozes carnificinas.

Aldeias numerosas, populosas, de choças compridas, estendiam-se entre as vastas pastagens cuja erva espessa era semeada de violetas. As choças, verdadeiras cabanas espaçosas, abrigavam-se atrás de paliçadas feitas de troncos pontiagudos. Kennedy observou várias vezes que

CINCO SEMANAS EM UM BALÃO

as encostas selvagens das colinas lembravam os *glen* das terras altas da Escócia.

A despeito dos esforços do doutor, o balão avançava diretamente para nordeste, rumo ao monte Mendif, que desaparecia no meio das nuvens. Os picos elevados dessas montanhas separam a bacia do Níger do lago Chade.

Logo surgiu o Begelé. Dezoito aldeias se agarravam a seus flancos como crianças ao seio da mãe, magnífico espetáculo para os olhares que dominavam e agarravam àquele conjunto. As ravinas estavam cobertas de plantações de arroz e amendoim.

Às três horas, o *Vitória* se viu diante do monte Mendif. Não tinha sido possível evitá-lo: era preciso ultrapassá-lo. O doutor, com uma temperatura de 100 graus centígrados, deu ao gás do balão uma nova força ascensional de cerca de 300 quilos e colocou-o a uma altitude de 2.500 metros. Foi a maior obtida durante toda a viagem, e começou a fazer tanto frio que o doutor Fergusson e seus companheiros tiverem de recorrer aos cobertores.

Fergusson tinha pressa em descer, pois o invólucro do aeróstato ameaçava romper-se. Mas ainda assim teve tempo de constatar a origem vulcânica da montanha, cujas crateras extintas hoje não são mais que abismos profundos. Aglomerados de excrementos de pássaros davam aos flancos do Mendif a aparência de rochas calcárias, em tamanha quantidade que bastariam para adubar todo o Reino Unido.

Às cinco horas, o *Vitória*, abrigado dos ventos sul, passava suavemente pelas vertentes da montanha e se detinha em uma vasta clareira, longe de qualquer habitação. Desde que tocou o solo, foram tomadas precauções para prendê-lo firmemente; e Kennedy, de fuzil em punho, lançou-se pela planura inclinada. Não tardou a voltar com meia dúzia de patos e uma espécie de narceja que Joe preparou da melhor maneira possível. A refeição foi agradável, e a noite de profundo descanso.

30

*Mosfeia – O xeque – Denham, Clapperton, Oudney – Vogel
– A capital do Logum – Toole – Calma sobre Kernak
– O governador e sua corte – O ataque – Os pombos incendiários*

No dia seguinte, 11 de maio, o *Vitória* retomou seu curso aventureiro; os viajantes confiavam nele como os marinheiros confiam em seu navio.

Furacões terríveis, calores tropicais, subidas perigosas, descidas mais perigosas ainda, mas ele sempre e por toda parte se saíra bem. Pode-se dizer que Fergusson o dirigia com um simples gesto; assim, sem conhecer o ponto de chegada, o doutor não tinha receios quanto ao êxito da viagem. Apenas, nesse país de bárbaros e fanáticos, a prudência o obrigava a tomar as mais severas precauções, de modo que recomendou aos companheiros ficarem atentos a tudo e o tempo todo.

O vento os levou um pouco mais para o norte e, perto das nove horas, entreviram a grande cidade de Mosfeia, construída sobre uma eminência encaixada, ela própria, entre duas altas montanhas. Sua posição era inexpugnável; e um caminho estreito, entre pântanos e bosques, era o único acesso.

Cinco semanas em um balão

Nesse momento, um xeque, acompanhado por uma escolta a cavalo, trajando roupas de cores vivas, precedido de tocadores de trombeta e batedores que lhe abriam caminho, entrava na cidade.

O doutor desceu para examinar esses nativos de mais perto; mas, à medida que o balão crescia aos olhos deles, deram sinais de um profundo terror e não tardaram a se valer de toda a velocidade de suas pernas e das patas de seus cavalos.

Só o xeque não se moveu. Pegou seu longo mosquete, engatilhou-o e esperou corajosamente. O doutor se aproximou a 50 metros e, com seu mais belo tom de voz, saudou-o em árabe.

Ao ouvir essas palavras caídas do céu, o xeque desmontou e se ajoelhou na poeira do caminho. O doutor não conseguia arrancá-lo de sua adoração.

– É impossível – disse ele – que essa gente não nos tome por seres sobrenaturais, pois, quando da chegada dos primeiros europeus aqui, acharam que eram uma raça sobre-humana. Assim, ao relatar este encontro, o xeque não deixará de exagerar o acontecimento com todos os recursos da imaginação árabe. Tentem então prever o que a lenda fará de nós no futuro.

– Isso talvez não seja bom – ponderou o caçador. – Do ponto de vista da civilização, se passássemos por simples mortais, daríamos a estes selvagens uma ideia diferente do poderio europeu.

– De acordo, meu caro Dick. Mas que podemos fazer? Você explicaria detalhadamente aos sábios do país o mecanismo de um aeróstato, eles não entenderiam nada e continuariam vendo aí uma intervenção sobrenatural.

– Patrão – interveio Joe –, o senhor falou dos primeiros europeus que exploraram este país. Pode nos dizer quem foram?

– Meu rapaz, estamos justamente na rota do major Denham, recebido na própria Mosfeia pelo sultão do Mandara. Havia saído do Bornu, acompanhando o xeque em uma expedição contra os fulas. Presenciou o ataque à cidade, que resistiu bravamente com suas flechas às balas árabes e pôs em fuga as tropas do xeque. Isso tudo não era mais que

JÚLIO VERNE

pretexto para morticínios, pilhagens, devastações. O major, despoja-
do de seus pertences e suas roupas, esgueirou-se para debaixo de um
cavalo, sem o qual não teria escapado aos vencedores em um galope
desenfreado e jamais voltaria para Kuka, a capital do Bornu.

– Mas quem era esse major Denham?

– Um valente inglês que, de 1822 a 1824, comandou uma expedição
ao Bornu em companhia do capitão Clapperton e do doutor Oudney.
Partiram de Trípoli no mês de março, passaram por Murzuk, capital
do Fezã, e, tomando o caminho que mais tarde o doutor Barth seguiria
para voltar à Europa, chegaram em 16 de fevereiro de 1823 a Kuka,
perto do lago Chade. Denham empreendeu diversas explorações no
Bornu, no Mandara e nas margens orientais do lago. Enquanto isso, em
15 de dezembro de 1823, o capitão Clapperton e o doutor Oudney, após
atravessar o Sudão, chegaram a Sackatu e Oudney morreu de fadiga e
esgotamento na cidade de Murmur.

– Então – perguntou Kennedy –, esta parte da África pagou um pesado tributo de vítimas à ciência?

– Sim, é um lugar fatal! Estamos indo diretamente para o reino de
Barghimi, que Vogel atravessou em 1856 para penetrar no Wadai, onde
desapareceu. Esse jovem de vinte e três anos tinha sido enviado para
ajudar o doutor Barth. Encontraram-se no dia 1.º de dezembro de 1854
e, em seguida, Vogel iniciou as explorações do país. Em 1856, anunciou em suas últimas cartas a intenção de reconhecer o reino do Wadai,
onde nenhum europeu jamais havia penetrado. Parece que chegou até
Wara, a capital, e ali foi aprisionado, segundo uns, ou morto, segundo
outros, por ter tentado escalar uma montanha sagrada das redondezas.
Mas não convém admitir precipitadamente a morte de viajantes, pois
isso nos dispensa de irmos à sua procura. Quantas vezes a morte do
doutor Barth não foi oficialmente comunicada, o que sempre o deixava
furioso? É então bem possível que Vogel esteja como prisioneiro do sultão do Wadai, o qual talvez espere receber um resgate por ele. O barão
de Neimans partiria para o Wadai quando morreu no Cairo, em 1855.
Sabemos hoje que De Heuglin, na expedição enviada de Leipzig, seguiu

CINCO SEMANAS EM UM BALÃO

as pegadas de Vogel. Pode ser então que logo saibamos o que aconteceu com esse jovem e interessante explorador[26].

Mosfeia já desaparecera no horizonte havia muito tempo. O Mandara desdobrava aos olhos dos viajantes sua assombrosa fertilidade, com florestas de acácias, canteiros de flores vermelhas e plantas herbáceas dos campos de algodão e índigo. O Shari, que vai se lançar no Chade a 120 quilômetros dali, rolava suas águas impetuosas.

O doutor mostrou a seus companheiros o curso do rio nos mapas de Barth.

– Como podem ver – disse ele –, os trabalhos desse cientista são extremamente precisos. Estamos indo em linha reta para o distrito de Loggum e talvez mesmo para Kernak, sua capital. Foi lá que morreu o pobre Toole, com apenas vinte e dois anos. Era um jovem inglês, alferes do 80º Regimento, que havia se juntado ao major Denham na África poucas semanas antes e logo encontrou a morte. Ah, bem podemos chamar este imenso país de cemitério de europeus!

Algumas canoas de 15 metros de comprimento desciam o curso do Shari. O *Vitória*, a 300 metros do solo, quase não chamava a atenção dos nativos; mas o vento, que até então havia soprado com certa força, tendia a diminuir.

– Será que vamos ser de novo apanhados pela calmaria? – inquietou--se o doutor.

– E daí, patrão! Agora não precisamos temer a falta nem de água nem de comida!

– É verdade. Mas precisamos temer populações ainda mais ameaçadoras.

– Vejam – disse Joe. – Algo que se parece com uma cidade.

– É Kernak. Os últimos sopros do vento nos levam para lá e, se quisermos, poderemos traçar uma planta exata do local.

– Vamos nos aproximar? – perguntou Kennedy.

---

26 Após a partida do doutor, cartas enviadas de El'Obeid por Munzinger, o novo chefe da expedição, infelizmente não deixam dúvidas sobre a morte de Vogel. (N. O.)

Júlio Verne

– Nada mais fácil, Dick. Estamos bem em cima da cidade. Diminuirei um pouco a chama do maçarico e logo desceremos.

Meia hora depois, o *Vitória* se mantinha imóvel a 60 metros do chão.

– Estamos mais perto de Kernak – disse o doutor – do que um homem encarapitado na cúpula da catedral de São Paulo estaria de Londres. Daqui, podemos observar tudo à vontade.

– Que barulho é este que vem de todos os lados e parece o som de martelos?

Joe olhou atentamente e descobriu que o ruído era provocado por numerosos tecelões que golpeavam ao ar livre seus panos estendidos sobre grandes troncos de árvores.

A capital do Loggum se deixava agora abarcar totalmente, como em um mapa. Era uma verdadeira cidade, com casas alinhadas e ruas bastante largas. No meio de uma ampla praça, via-se um mercado de escravos com grande afluência de compradores, pois os mandarenses, de pés e mãos bem pequenos, são muito apreciados e dão lucro.

À vista do *Vitória*, a reação de sempre se produziu: primeiro, gritos; depois, uma estupefação profunda. Os negócios foram abandonados; os trabalhos, suspensos; o alarido cessou. Os viajantes, em uma imobilidade perfeita, não perdiam um só detalhe daquela populosa cidade e chegaram a descer a 20 metros do solo.

Então, o governador de Loggum saiu de sua casa empunhando uma bandeira verde e acompanhado de seus músicos, que sopravam quase a ponto de romper tudo, exceto seus pulmões, em chifres de búfalo de timbre rouco. A multidão se apinhou em torno dele. O doutor Fergusson quis se fazer ouvir; não conseguiu.

Aquela população de testa alta, cabelos encaracolados e nariz quase aquilino parecia orgulhosa e inteligente. Mas a presença do *Vitória* a perturbava de maneira singular. Viam-se cavaleiros disparando para todos os lados e logo ficou claro que as tropas do governador se reuniam para combater um inimigo tão extraordinário. Joe agitou lenços de todas as cores, sem nenhum resultado.

Então, o xeque, no meio de sua corte, exigiu silêncio e pronunciou um discurso em árabe misturado com baguirmi, do qual o doutor não entendeu nada. Só reconheceu, pela língua universal dos gestos, um convite para ir embora. Ele não queria outra coisa, mas, na falta de vento, isso era impossível. Sua imobilidade exasperou o governador, e seus cortesãos começaram a gritar para que o monstro fugisse.

Curiosos personagens, aqueles cortesãos, com cinco ou seis camisas multicoloridas. Tinham ventres enormes, alguns até parecendo postiços. O doutor espantou seus companheiros ao explicar que aquela era a maneira de bajular o sultão. A proeminência do abdome indicava a ambição da pessoa. Gritavam e gesticulavam, principalmente um deles, que devia ser o primeiro-ministro caso seu tamanho houvesse encontrado a devida recompensa aqui na Terra. A multidão juntava seu alarido aos gritos da corte, repetindo os gestos dos cortesãos o que produzia um movimento único e instantâneo de dez mil braços.

A esses meios de intimidação, que foram julgados bastante insuficientes, juntaram-se outros mais temíveis. soldados munidos de arcos e flechas se dispuseram em ordem de batalha; mas o *Vitória*, inflado, já se punha tranquilamente fora de seu alcance. O governador empunhou então um mosquete e o apontou para o balão. Mas Kennedy acompanhava seus movimentos e, com um tiro de carabina, partiu a arma na mão do xeque.

A esse golpe inesperado, sucedeu uma debandada geral. Cada qual entrou às pressas em sua casa e, pelo resto do dia, a cidade ficou totalmente deserta.

Veio a noite. O vento parou de soprar e foi necessário permanecer imóvel a 90 metros do solo. Não se via uma chama brilhando na escuridão. Reinava um silêncio de morte. O doutor redobrou de cautela, pois aquela calma poderia esconder uma armadilha.

Fergusson tinha razão em velar. Por volta da meia-noite, a cidade inteira parecia estar em chamas; centenas de raios de fogo se entrecruzavam como foguetes, formando um intricado de linhas incandescentes.

– Que coisa estranha! – murmurou o doutor.

– Deus me perdoe – replicou Kennedy –, mas eu diria que o incêndio aumenta e se aproxima de nós!

Realmente, por entre gritos espantosos e descargas de mosquetes, aquela massa de fogo subia na direção do *Vitória*. Joe se preparou para atirar fora um pouco de lastro. E Fergusson não tardou a encontrar a explicação do fenômeno.

Milhares de pombos, com matéria combustível amarrada à cauda, tinham sido lançados contra o *Vitória*; espavoridos, eles subiam traçando na atmosfera seus ziguezagues de fogo. Kennedy começou a disparar com todas as suas armas contra os agressores; mas o que poderia fazer diante de um exército tão numeroso? Os pombos já rodeavam o cesto e o balão, cujas paredes, refletindo aquela luz, pareciam envoltas em uma rede de fogo.

O doutor não hesitou nem um instante e, atirando fora um pedaço de quartzo, colocou-se fora do alcance das perigosas aves. Durante duas horas, elas continuaram esvoaçando aqui e ali na noite; depois, aos poucos, seu número foi diminuindo e, por fim, desapareceram.

– Agora, podemos dormir tranquilos – disse o doutor.

– Um plano engenhoso, em se tratando de selvagens – observou Joe.

– Sim, eles costumam recorrer a esse expediente para incendiar as choças das aldeias. Hoje, porém, a aldeia voou mais alto que seus pombos incendiários!

– Pelo visto, um balão não tem inimigos a temer – disse Kennedy.

– Tem, sim – contestou o doutor.

– Quais?

– Os imprudentes que ele carrega no cesto. Portanto, amigos, atenção a tudo, vigilância sempre!

31

*Partida durante a noite – Os três – Os instintos de Kennedy
– Precauções – O curso do Shari – O lago Chade – A água do lago
– O hipopótamo – Uma bala perdida*

Por volta das três horas da manhã, Joe, que estava de vigia, viu enfim a cidade se deslocar sob seus pés. O *Vitória* retomava a marcha. Kennedy e o doutor despertaram.

Fergusson consultou a bússola e constatou, satisfeito, que o vento os impelia para nor-nordeste.

– Estamos com sorte – disse ele. – Tudo vai bem. Veremos o lago Chade hoje mesmo.

– É uma grande extensão de água? – perguntou Kennedy.

– Considerável, meu caro Dick. Em sua largura e comprimento máximos, esse lago pode medir quase 200 quilômetros.

– Passear sobre um tapete líquido vai dar um pouco de variedade à nossa viagem.

– Mas não creio que devamos nos queixar. A viagem tem sido muito variada e, sobretudo, ocorre nas melhores condições possíveis.

– Sem dúvida, Samuel. Com exceção das privações do deserto, não enfrentamos nenhum perigo sério.

JÚLIO VERNE

– Nosso bravo *Vitória* se comportou bem o tempo todo, temos de reconhecer. Hoje é 12 de maio; partimos em 18 de abril; são, portanto, vinte e cinco dias de marcha. Mais uns dez dias e chegaremos.

– Onde?

– Não sei. Mas isso importa?

– Tem razão, Samuel. Confiemos à Providência a tarefa de nos dirigir e nos manter em boa saúde, como agora! Nem parece que atravessamos as terras mais pestilentas do mundo!

– Podíamos subir e foi o que fizemos.

– Um "viva" às viagens aéreas! – gritou Joe. – Cá estamos, depois de vinte e cinco dias, saudáveis, bem nutridos e descansados. Talvez descansados até demais, pois minhas pernas começam a ficar dormentes e eu não me recusaria a esticá-las em uma caminhada de uns 50 quilômetros.

– Você terá esse prazer nas ruas de Londres, Joe. Mas, para concluir, fomos três ao partir, como Denham, Clapperton e Overweg, ou como Barth, Richardson e Vogel. Contudo, mais felizes que eles, estamos ainda aqui os três! O importante, porém, é que não nos separemos. Se um de nós estivesse em terra e o *Vitória* precisasse subir para evitar um perigo repentino, imprevisto, quem sabe se o voltaríamos a ver? Por isso, eu já disse francamente a Kennedy: não gosto que ele se afaste para caçar.

– No entanto, você me permitirá, amigo, que eu continue com essa fantasia. Não há nenhum mal em renovar nossas provisões. De resto, antes da partida, você me fez entrever uma série de caçadas soberbas e, até agora, consegui muito pouco em comparação com os Anderson e os Cumming.

– Ora, meu caro Dick, ou você está com a memória fraca, ou a modéstia o leva a esquecer suas proezas. Parece-me que, sem contar a caça miúda, você já tem na consciência um antílope, um elefante e dois leões.

– Mas o que é isso para um caçador africano que vê todos os animais da criação desfilando diante de sua mira? Olhe! Olhe! Girafas!

CINCO SEMANAS EM UM BALÃO

– Sim, girafas! – repetiu Joe. – E grandes como um punho.

– É porque estamos 300 metros acima delas. Mas, de perto, você verá que têm três vezes a sua altura.

– E que me diz daquele bando de gazelas? – continuou Kennedy. – E daquelas avestruzes que fogem com a rapidez do vento?

– Ora, avestruzes! – rebateu Joe. – São galinhas e das mais legítimas!

– Não poderíamos nos aproximar um pouco, Samuel?

– Poderíamos nos aproximar, Dick, mas não descer em terra. Aliás, para que machucar animais inutilmente? Se fosse o caso de liquidar um leão, um tigre, uma hiena, eu compreenderia. Seria um bicho muito perigoso ao menos. Mas um antílope, uma gazela, sem outro proveito que a vã satisfação de seus instintos de caçador, isso realmente não vale a pena. Mas vamos nos manter a 30 metros do solo, meu amigo, e, se você distinguir algum animal feroz, nos dará o prazer de meter uma bala bem em seu coração.

O *Vitória* desceu pouco a pouco, mas se manteve a uma altitude segura. Naquele país selvagem e quase despovoado, era preciso desconfiar de perigos imprevistos.

Agora, os viajantes seguiam diretamente o curso do Shari. As margens encantadoras desse rio desapareciam sob as sombras das árvores de matizes variados. Cipós e trepadeiras serpenteavam por toda parte, produzindo curiosas combinações de cores. Os crocodilos se espojavam ao sol ou mergulhavam nas águas com a vivacidade de lagartos e, brincando, acercavam-se das numerosas ilhas verdes que pontilhavam a corrente do rio.

Foi assim, em meio a uma natureza rica e verdejante, que passaram pelo distrito de Maffatay. Por volta das nove horas da manhã, o doutor Fergusson e seus amigos alcançaram enfim a margem meridional do lago Chade.

Lá estava, pois, o Cáspio da África, cuja existência foi por muito tempo relegada à esfera das fábulas, esse mar interior ao qual haviam chegado apenas as expedições de Denham e Barth.

O doutor tentou traçar sua configuração atual, já bem diferente da divulgada em 1847. Com efeito, é impossível desenhar o mapa desse lago, rodeado de pântanos movediços e quase intransponíveis, nos quais Barth receou perecer. De um ano para outro, esses pântanos, cobertos de juncos e papiros de 5 metros de altura, transformam-se eles próprios em lago. E, com frequência, as cidades situadas em suas margens ficam meio submersas, como aconteceu a Ngornu em 1856, de sorte que, hoje, os hipopótamos e os crocodilos mergulham onde antes se erguiam as habitações do Bornu.

O sol lançava seus raios deslumbrantes sobre aquela água tranquila e, no norte, os dois elementos se confundiam em um mesmo horizonte.

O doutor quis constatar a natureza da água, que muitos acreditavam ser salgada. Não havia perigo algum em se aproximar da superfície do lago, que o cesto quase roçou como um pássaro, a menos de 2 metros de distância.

Joe mergulhou uma garrafa e trouxe-a cheia pela metade. Provaram-na e não a acharam potável, pois tinha um certo gosto de natrão.

Enquanto o doutor registrava o resultado de sua experiência, um tiro de fuzil ecoou às suas costas. Kennedy não resistira ao desejo de alvejar um monstruoso hipopótamo. Este, respirando tranquilamente, desapareceu ao ouvir o disparo e a bala cônica do caçador não pareceu perturbá-lo nem um pouco.

– Teria sido melhor arpoá-lo – disse Joe.

– Mas como?

– Com uma de nossas âncoras. Seria um anzol conveniente para um animal desses.

– Hum... – murmurou Kennedy. – Não é que Joe teve uma boa ideia?

– Que lhes peço para não pôr em execução – advertiu o doutor. – O animal nos arrastaria velozmente para um lugar onde nada poderíamos fazer.

– Sobretudo agora que conhecemos a qualidade da água do Chade. Esse peixe é comestível, senhor Fergusson?

Cinco semanas em um balão

– Esse peixe, Joe, é pura e simplesmente um mamífero do gênero dos paquidermes. A carne é excelente, segundo dizem, e muito comercializada entre as tribos ribeirinhas do lago.

– Então, lamento que o tiro do senhor Kennedy tenha falhado.

– Esse animal só é vulnerável no ventre e entre as coxas. A bala de Dick nem o arranhou. Mas, se o terreno for propício, pararemos na extremidade setentrional do lago, onde Kennedy terá todo um zoológico para brincar à vontade.

– Tomara – disse Joe – que o senhor Kennedy se dedique um pouco à caça ao hipopótamo. Eu gostaria de degustar a carne desse anfíbio. Não é nada natural embrenhar até a África Central para viver aí de patos e perdizes, como na Inglaterra!

32

*A capital do Bornu – As ilhas dos bidiomás – Os gipaetos
– As inquietações do doutor – Suas precauções – Um ataque em pleno ar
– O invólucro rasgado – A queda – Sacrifício sublime
– A costa setentrional do lago*

Após sua chegada ao lago Chade, o *Vitória* encontrou uma corrente que o impelia mais a oeste. Algumas nuvens refrescavam agora o calor do dia e até se sentia um pouco de ar sobre aquela vasta extensão de água. Mas, à uma hora, o balão, depois de cruzar em diagonal essa parte do lago, avançou de novo para terra firme em um espaço de 11 ou 12 quilômetros.

O doutor, inicialmente aborrecido com essa direção, não pensou mais em queixar-se quando avistou a cidade de Kuka, a famosa capital do Bornu. Entreviu-a por um instante, cercada de muralhas de argila branca. Algumas mesquitas muito grosseiras se erguiam pesadamente acima das casas árabes, que mais parecem um tabuleiro de xadrez. Nos pátios e nas praças públicas, cresciam palmeiras e seringueiras, coroadas por uma abóbada de folhagem com mais de 30 metros de largura. Joe observou que esses imensos guarda-sóis estavam em consonância

CINCO SEMANAS EM UM BALÃO

com a intensidade dos raios solares e tirou daí conclusões muito lisonjeiras para a Providência.

Kuka se compõe, na verdade, de duas cidades distintas, separadas pelo *dendal*, uma grande avenida de 600 metros, agora apinhada de pedestres e cavaleiros. De um lado, está a cidade rica, com casas altas e arejadas; do outro, a cidade pobre, triste aglomerado de choças baixas e cônicas onde vegeta uma população indigente, pois Kuka não é nem comercial nem industrial.

Kennedy achou-a de certa forma parecida com uma Edimburgo que se estendesse por uma planície, com suas duas cidades perfeitamente delimitadas.

Mas os viajantes mal puderam lançar um olhar a Kuka, pois, com a mobilidade que caracteriza as correntes dessa região, um vento contrário apanhou-os bruscamente e impeliu-os por uns 60 quilômetros sobre o Chade.

A cena, agora, era diferente. Podiam contar as numerosas ilhas do lago, habitadas pelos bidiomás, piratas sanguinários cuja vizinhança é tão temida quanto a dos tuaregues do Saara. Esses selvagens se preparavam para receber corajosamente o *Vitória* com disparos de flechas e pedras, mas ele logo ultrapassou as ilhas, sobre as quais pairava como um escaravelho gigantesco.

Nesse momento, Joe fitou o horizonte e disse a Kennedy:

– Bem, senhor Dick, o senhor que vive pensando em caça, lá está a sua grande oportunidade.

– Como assim, Joe?

– E desta vez meu patrão não se oporá a seus tiros de fuzil.

– Mas o que há?

– Está vendo, lá longe, aquele bando de pássaros enormes que vêm em nossa direção?

– Pássaros! – exclamou o doutor, apontando a luneta.

– Agora estou vendo – replicou Kennedy. – São pelo menos uns doze pássaros.

JÚLIO VERNE

– Catorze, se olhar bem – corrigiu Joe.

– Queira o céu que sejam de uma espécie bastante daninha, pois assim Samuel não terá nada a me objetar!

– Não direi coisa alguma – respondeu Fergusson. – Mas gostaria muito de ver essas aves bem longe de nós!

– Está com medo de passarinhos? – desdenhou Joe.

– São gipaetos, Joe, e dos maiores. Se nos atacarem...

– Se nos atacarem, nós nos defenderemos, Samuel! Temos todo um arsenal para recebê-los! Não acho que esses bichos sejam tão temíveis assim.

– Quem sabe? – disse o doutor.

Dez minutos depois, o bando estava ao alcance de tiro. Os catorze pássaros faziam o ar vibrar com seus gritos roucos e irrompiam contra o *Vitória,* mais irritados que amedrontados por sua presença.

– Como gritam! – exclamou Joe. – Quanto escândalo! Talvez não achem bom que entremos em seus domínios e voemos como eles!

– Na verdade – reconheceu o caçador –, parecem terríveis e eu não os acharia mais ameaçadores se estivessem armados com carabinas Purdey Moore!

– Não precisam delas – disse Fergusson, que ficara muito sério.

Os gipaetos revoavam, traçando círculos imensos e estreitando cada vez mais suas órbitas em torno do *Vitória.* Cortavam o céu com uma velocidade impressionante, precipitando-se às vezes tão rápidos quanto projéteis e quebrando sua linha de visão em um ângulo brusco e ousado.

O doutor, inquieto, resolveu ir mais para cima a fim de escapar dessa perigosa vizinhança. Dilatou o hidrogênio do balão, que logo subiu.

Mas os gipaetos subiram com ele, pouco dispostos a abandoná-lo.

– Parecem estar com raiva de nós – observou o caçador, engatilhando sua carabina.

Com efeito, as aves se aproximavam e mais de uma, a apenas 15 metros de distância, desafiavam as armas de Kennedy.

CINCO SEMANAS EM UM BALÃO

– Estou com uma vontade louca de atirar nelas – disse o caçador.

– Não, Dick, nada disso! Não as irritemos sem motivo. Seria um incentivo para que elas nos atacasse.

– Mas eu as acertaria facilmente!

– Engano seu, Dick.

– Temos uma bala para cada uma.

– E se elas se lançassem contra a parte superior do balão, como você as atingiria? Imagine que você está diante de um bando de leões, em terra, ou de tubarões, em pleno oceano! Para aeronautas, a situação é igualmente perigosa.

– Fala sério, Samuel?

– Muito sério, Dick.

– Então, esperemos.

– Esperemos. Fique pronto para o caso de ataque, mas não atire sem minha ordem.

Os pássaros agora se reuniam a pouca distância. Percebia-se claramente sua goela aberta, distendida pelo esforço dos gritos, sua crista cartilaginosa, guarnecida de papilas violáceas e furiosamente eriçada. Eram enormes, com quase 1 metro de comprimento, e a parte inferior de suas asas brancas resplandecia ao sol. Pareciam tubarões alados.

– Estão nos seguindo – disse o doutor, vendo-os subir com ele. – E seria inútil subir mais, pois eles voariam mais alto ainda que nós!

– Que fazer, então? – perguntou Kennedy.

O doutor não respondeu.

– Escute, Samuel – prosseguiu o caçador –, eles são catorze. Temos dezessete tiros à nossa disposição, se dispararmos com todas as armas. Não haverá meio de destruí-los ou dispersá-los? Encarrego-me de um bom número deles.

– Não duvido de sua habilidade, Dick, e vejo como mortos os que passarem diante de sua carabina. Mas, repito, se atacarem o hemisfério superior do balão, você não conseguirá enxergá-los. Perfurarão o invólucro que nos sustenta e estamos a 900 metros de altura!

JÚLIO VERNE

Nesse instante, um dos atacantes mais ferozes voou direto para o *Vitória*, bico e garras abertos, pronto a morder, pronto a dilacerar.

– Fogo! Fogo! – gritou o doutor.

Mal acabara e o pássaro, ferido fatalmente, tombava girando no espaço.

Kennedy havia escolhido um dos fuzis de cano duplo. Joe empunhava o outro.

Assustados com a detonação, os gipaetos se afastaram por alguns momentos, mas quase imediatamente voltaram à carga com uma fúria extrema. Kennedy, ao primeiro tiro, decepou o pescoço do mais próximo. Joe despedaçou a asa de outro.

– Agora são onze – disse ele.

Mas as aves mudaram de tática e, de comum acordo, elevaram-se acima do *Vitória*. Kennedy olhou para Fergusson.

Apesar de toda sua energia e impassibilidade, este ficou pálido. Houve um silêncio muito assustador. Em seguida, ouviu-se um ruído de dilaceramento, como o da seda que se rasga, e o cesto saltou sob os pés dos três viajantes.

– Estamos perdidos – gritou Fergusson, olhando para o barômetro, que subia rapidamente. E acrescentou: – Fora com o lastro! Fora com o lastro!

Em segundos, todos os fragmentos de quartzo haviam desaparecido.

– Continuamos caindo! Esvaziem as caixas de água! Está ouvindo, Joe? Vamos cair no lago!

Joe obedeceu. O doutor se inclinou sobre a borda. O lago parecia subir até ele como uma maré crescente, os objetos cresciam a olhos vistos e o cesto não estava a mais de 60 metros da superfície do Chade.

– As provisões! As provisões! – gritou o doutor.

E a caixa que as continha foi atirada ao espaço.

A queda se tornou lenta, mas os infelizes continuavam caindo.

– Joguem! Joguem o resto! – ordenou pela última vez o doutor.

– Não há mais nada – replicou Kennedy.

Cinco semanas em um balão

– Há, sim – disse Joe, fazendo rapidamente o sinal da cruz.

E desapareceu pela borda do cesto.

– Joe! Joe! – bradou o doutor, aterrorizado.

Mas Joe já não podia ouvi-lo. O *Vitória*, mais leve, retomou sua marcha ascensional, subindo a 300 metros. O vento, precipitando-se pelo invólucro esvaziado, empurrava-o para as costas setentrionais do lago.

– Perdido! – lamentou o caçador, com um gesto de desespero.

– Perdido para nos salvar! – replicou Fergusson.

E esses dois homens tão intrépidos sentiram lágrimas escorrendo de seus olhos. Debruçaram-se, na tentativa de distinguir algum vestígio do infeliz Joe, mas já estavam longe.

– Que vamos fazer agora? – perguntou Kennedy.

– Descer à terra quando for possível e esperar, Dick.

Após um percurso de 100 quilômetros, o *Vitória* se abateu sobre uma costa deserta, ao norte do lago. Suas âncoras se engancharam em uma árvore pouco alta e o caçador firmou-as solidamente.

Veio a noite, mas nem Fergusson nem Kennedy conseguiram dormir um instante sequer.

33

Conjecturas – Restabelecimento do equilíbrio do Vitória
*– Novos cálculos do doutor Fergusson – Caçada de Kennedy
– Exploração completa do lago Chade – Tangalia – Volta – Lari*

No dia seguinte, 13 de maio, os viajantes começaram por reconhecer a parte da costa que ocupavam, uma espécie de ilhota no meio de um pântano imenso. Em volta desse pedaço de terra firme, erguiam-se juncos do tamanho das árvores da Europa, estendendo-se a perder de vista.

Esses lamaçais eram intransponíveis e tornavam segura a posição do *Vitória*. Bastava apenas vigiar o lado do lago. A vasta extensão se alargava, sobretudo para leste, e nada surgia no horizonte, nem continente nem ilhas.

Os dois amigos não haviam até então ousado falar de seu infeliz companheiro. Kennedy foi o primeiro a compartilhar suas conjecturas ao doutor.

– Talvez Joe não esteja perdido – sugeriu ele. – É um rapaz esperto, um nadador como poucos. Atravessaria facilmente o Firth of Forth em Edimburgo. Nós vamos revê-lo; quando e como, não sei; mas não deixaremos nenhuma pedra por virar para lhe dar a oportunidade de se reunir a nós.

Cinco semanas em um balão

– Deus o ouça, Dick – disse o doutor, em tom comovido. – Sim, faremos o possível para encontrar nosso amigo! Mas, antes de mais nada, vamos nos orientar. Precisamos aliviar o *Vitória* do invólucro externo, que já não é mais útil e nos livrará de um peso considerável, 294 quilos. Vale a pena.

O doutor e Kennedy puseram mãos à obra. Encontraram grandes dificuldades, pois foi necessário arrancar o tecido resistente aos pedaços e cortá-los em tiras finas para poder desembaraçá-los das malhas da rede. O rasgo feito pelo bico das aves de rapina se estendia por vários metros.

Essa operação exigiu pelo menos quatro horas e por sorte o balão interno, agora inteiramente liberado, não parecia ter sofrido algum tipo de avaria. O *Vitória* tinha agora um quinto do tamanho original, diferença suficientemente significativa que surpreendeu Kennedy.

– Será suficiente? – perguntou ao doutor.

– Fique tranquilo quanto a isso, Dick. Vou restabelecer o equilíbrio e, se nosso pobre Joe voltar, retomaremos com ele a rota costumeira.

– Se não me falha a memória, Samuel, no momento de nossa queda, estávamos perto de uma ilha.

– Sim, eu me lembro. Mas essa ilha, como todas as do Chade, é sem dúvida habitada por piratas e assassinos. Eles certamente devem ter testemunhado nossa catástrofe e, se Joe cair em suas mãos, a menos que a superstição o proteja, que será dele?

– Ele é o homem certo para se safar, digo isso e repito: confio na sua habilidade e inteligência.

– Assim espero. Agora, Dick, vá caçar nas imediações, mas sem se afastar muito. Precisamos urgentemente repor nossos víveres, cuja maior parte foi sacrificada.

– Está bem, Samuel. Não ficarei ausente por muito tempo.

Kennedy pegou um fuzil de dois canos e, atravessando o mato alto, rumou para um bosque próximo. Detonações frequentes logo revelaram ao doutor que a caça seria abundante.

Durante esse tempo, ele se ocupou de fazer o registro dos objetos conservados no cesto e de estabelecer o equilíbrio do segundo aeróstato.

Restavam cerca de 15 quilos de *pemmican*, um pouco de chá e café, 8 litros de aguardente e uma caixa de água totalmente vazia; a carne seca desaparecera por completo.

O doutor sabia que pela perda de parte do hidrogênio do primeiro balão, sua força ascensional ficara reduzida a mais ou menos 360 quilos, diferença em que deveria se basear para restaurar o equilíbrio. O novo *Vitória* tinha a capacidade de 1.900 metros cúbicos e continha 950 metros cúbicos de gás; o aparelho de dilatação parecia em bom estado; nem a pilha nem a serpentina tinham sido danificadas.

A força ascensional do novo balão era 1.360 quilos; somando o peso do aparelho, dos viajantes, da provisão de água, do cesto e seus acessórios, e levando 230 litros de água e 45 quilos de carne fresca, o doutor atingiu um total de 1.300 quilos. Para que pudesse levar 77 quilos de lastro para casos imprevistos e o aeróstato ficaria em equilíbrio com o ar circundante.

Tomou, pois, as medidas adequadas e substituiu o peso de Joe por um suplemento de lastro. Passou o dia inteiro nesses preparativos, que terminaram quando Kennedy voltou. O caçador tinha se saído bem na caça; trouxe uma bela provisão de gansos, patos selvagens, narcejas, marrecos e tarambolas, que ele mesmo preparou e defumou. Cada peça, atravessada por um espeto fino, foi colocada sobre uma fogueira de lenha verde. Quando Kennedy, que era bom entendedor, achou que a carne estava no ponto, armazenou-a no cesto.

No dia seguinte, o caçador saiu a completar suas provisões.

A noite surpreendeu os viajantes em meio a esses trabalhos. A refeição era composta de *pemmican*, biscoitos e chá. A fadiga, depois de lhes dar o apetite, deu-lhes o sono. Cada qual, durante seu quarto de vigia, interrogou as trevas, acreditando, por vezes, escutar a voz de Joe; mas, infelizmente, ela estava longe aquela voz que eles teriam querido ouvir!

Na primeira luz do dia, o doutor acordou Kennedy.

– Meditei longa e duramente – disse ele – sobre o que precisamos fazer para encontrar nosso companheiro.

– Qualquer que seja seu projeto, Samuel, eu o aprovo. Fale!

CINCO SEMANAS EM UM BALÃO

– Primeiro, é importante que Joe tenha notícias nossas.

– Sem dúvida! Não vá esse bom rapaz pensar que o abandonamos!

– Não, Joe nos conhece bem. Nunca uma ideia dessas lhe ocorreria ao espírito. Mas ele precisa saber onde estamos.

– O que quer dizer?

– Vamos retomar nosso lugar no cesto e subiremos.

– E se o vento nos levar para longe?

– Felizmente, isso não acontecerá. Veja, a brisa nos leva para o lago, circunstância que ontem seria desastrosa, mas hoje é propícia. Nossos esforços irão se limitar a permanecer sobre essa vasta extensão de água durante o dia inteiro. Joe não poderá deixar de nos ver, pois sei que estará olhando para cima o tempo todo. Talvez até consiga nos informar onde está.

– Se estiver sozinho e livre, é o que certamente fará.

– E se ele for prisioneiro – prosseguiu o doutor –, como os nativos não costumam prender seus cativos, ele nos verá e entenderá o que pretendemos fazer.

– Mas – objetou Kennedy –, apenas para levar em consideração todas as possibilidades, se não encontrarmos nenhuma pista de sua passagem, que faremos?

– Tentaremos regressar à parte setentrional do lago, mantendo-nos o mais em vista possível. Lá esperaremos, exploraremos as margens, percorreremos a orla, aonde Joe decerto tentará chegar, e não sairemos sem ter feito tudo para encontrá-lo.

– Então, vamos – disse o caçador.

O doutor consultou o mapa para determinar a direção exata de terra firme de onde iriam partir e estimou que estavam ao norte do Chade, entre a cidade de Lari e a aldeia de Ingemini, ambas visitadas pelo major Denham. Enquanto isso, Kennedy completava sua provisão de carne fresca. Embora os pântanos circundantes mostrassem traços de rinocerontes, morsas e hipopótamos, ele não teve chance de encontrar nenhum desses gigantescos animais.

221

Às sete horas da manhã, não sem as grandes dificuldades que o pobre Joe sabia superar sem problemas, a âncora foi desprendida da árvore. O gás se dilatou e o novo *Vitória* subiu 60 metros. Hesitou no início, girando sobre si mesmo, mas, finalmente alcançado por uma corrente muito forte, avançou sobre o lago e não tardou a ser impelido a uma velocidade de 30 quilômetros por hora.

O doutor se manteve constantemente a uma altitude que variava entre 60 e 150 metros. Kennedy descarregava frequentemente sua carabina. Por cima das ilhas, os viajantes se aproximavam da terra até com certa imprudência, de olhos atentos aos bosques, aos arbustos, ao mato cerrado, a qualquer fenda de rocha que pudesse dar abrigo a seu companheiro. Baixavam até ficar bem perto das longas pirogas que percorriam o lago. Os pescadores, ao vê-los, atiravam-se à água e voltavam para sua ilha, sem dissimular o medo que sentiam.

– Não se vê nada – disse Kennedy, após duas horas de busca.

– Vamos esperar, Dick, e não percamos a coragem. Devemos estar perto do local do acidente.

Às onze horas, o *Vitória* tinha avançado 145 quilômetros e encontrou uma nova corrente que, em ângulo quase reto, impeliu-o para leste por cerca de 100 quilômetros. Planava agora sobre uma ilha muito grande e muito populosa, que o doutor julgou ser Farram, onde se encontra a capital dos bidiomás. Ele esperava que Joe surgisse de algum arbusto, correndo e chamando-o. Livre, poderiam recolhê-lo sem dificuldade; prisioneiro, repetindo-se a manobra empregada para o missionário, logo estaria junto de seus amigos. Mas nada apareceu, nada se mexeu! Era de se desesperar.

O *Vitória* se aproximou às duas horas e meia de Tangalia, aldeia situada na margem oriental do Chade e que foi o ponto extremo alcançado por Denham na época de sua exploração.

O doutor estava preocupado com aquela direção persistente do vento. Sentia-se arremessado para leste, para a África Central com seus intermináveis desertos.

Cinco semanas em um balão

– É absolutamente necessário parar e mesmo pôr pé em terra – disse ele. – Sobretudo no interesse de Joe, devemos voltar ao lago. Mas, antes, tentemos encontrar uma corrente contrária.

Durante mais de uma hora, ele procurou em diferentes zonas. O *Vitória* derivava sempre para a terra firme. Mas, felizmente, a 300 metros, um sopro muito forte o redirecionou para noroeste.

Não era possível que Joe estivesse retido em uma das ilhas do lago, pois teria certamente encontrado um meio de revelar sua presença. Talvez tivesse sido levado para a terra firme. Assim raciocinou o doutor, ao avistar de novo a margem setentrional do Chade.

Pensar que Joe se afogara era inadmissível. Uma ideia horrenda ocorreu a Fergusson e Kennedy: os crocodilos são numerosos naquelas paragens! Mas nenhum dos dois ousou formular essa apreensão. Todavia, ela era tão insistente que, por fim, o doutor disse sem mais preâmbulos:

– Os crocodilos só ficam nas costas das ilhas ou do lago. Joe sem dúvida teve habilidade suficiente para evitá-los. De resto, são pouco perigosos e os africanos se banham impunemente sem temer seus ataques.

Kennedy não respondeu; preferia calar-se a discutir essa terrível possibilidade.

O doutor avistou a cidade de Lari por volta das cinco horas da tarde. Os habitantes trabalhavam na colheita do algodão diante das cabanas de bambu trançado, dentro de cercados limpos e bem-cuidados. Esse conjunto de umas cinquenta casas ocupava uma leve depressão de terreno em um vale aberto entre montanhas baixas. O vento, muito forte, impelia o balão mais do que convinha ao doutor, mas mudou pela segunda vez e o conduziu exatamente ao ponto de partida, naquela espécie de ilha firme onde ele havia passado a noite anterior. A âncora, não encontrando galhos de árvore, prendeu-se a um feixe de juncos que cresciam no pântano fundo e apresentavam boa resistência.

O doutor teve dificuldades em conter o aeróstato. Mas, por fim, o vento amainou com a chegada da noite e os dois amigos assistiram juntos, já à beira do desespero.

34

O furacão – Partida forçada – Perda de uma âncora – Reflexões tristes – Resolução tomada – A tromba – A caravana engolida – Vento contrário e favorável – Volta ao sul – Kennedy a postos

Às três horas da manhã, o vento começou a soprar com uma violência tal que o *Vitória* não poderia permanecer perto da terra sem correr perigo. Os juncos roçavam o invólucro, ameaçando rasgá-lo.

– Temos de partir, Dick – alertou o doutor. – Não podemos continuar nesta situação.

– Mas e Joe, Samuel?

– Não vou abandoná-lo. Não, não! Mesmo que o furacão me arremessasse a 150 quilômetros para o norte, eu voltaria! Acontece que, aqui, comprometemos a segurança de todos.

– Partir sem ele! – gemeu o escocês, em um tom de profundo sofrimento.

– Acha que meu coração não sangra tanto quanto o seu, Dick? Apenas obedeço a uma necessidade imperiosa.

– Estou às suas ordens – respondeu o caçador. – Partamos.

Mas a partida teve grandes dificuldades. A âncora, profundamente enganchada, resistia a todos os esforços, e o balão, puxando em sentido

CINCO SEMANAS EM UM BALÃO

inverso, fixava-a ainda mais. Kennedy não conseguiu desprendê-la e, onde estava, sua manobra era perigosa, pois o *Vitória* poderia subir antes que ele voltasse.

O doutor, não querendo correr esse risco, pediu que o escocês voltasse para o cesto e se resignou a cortar a corda da âncora. O *Vitória* deu um salto de 90 metros no ar e tomou diretamente o rumo norte.

A Fergusson só restava obedecer à tormenta; cruzou os braços e mergulhou em tristes reflexões.

Após alguns instantes de profundo silêncio, ele se virou para Kennedy, que não estava menos taciturno.

– Talvez tenhamos desafiado Deus – disse. – Não cabe ao homem empreender semelhante viagem!

E um suspiro de dor escapou de seu peito.

– Há poucos dias – retrucou o caçador –, nós nos felicitamos por haver escapado a inúmeros perigos! E apertamos as mãos, os três.

– Pobre Joe! Boa, excelente natureza! Coração intrépido, inquieto mas honesto! Por um instante deslumbrado com sua riqueza, não hesitou em sacrificá-la! E agora, tão longe de nós! Não bastasse isso, o vento nos leva a uma velocidade irresistível!

– Vejamos, Samuel. Admitindo que tenha encontrado abrigo entre as tribos do lago, Joe não poderia fazer como os viajantes que as visitaram antes de nós, como Denham ou Barth? Essas pessoas voltaram a ver seu país.

– Meu pobre Dick, Joe não sabe uma palavra da língua local! Está sozinho e sem recursos! Os viajantes que você cita só se aproximavam depois de enviar ricos presentes aos chefes. Iam protegidos por escoltas, armados e preparados para essas expedições. E ainda assim, não puderam evitar sofrimentos e tribulações da pior espécie. Que poderá fazer nosso infortunado companheiro? É horrível pensar nisso, uma das piores provações que me foi dado padecer!

– Mas nós voltaremos, Samuel.

225

JÚLIO VERNE

– Voltaremos, Dick, ainda que precisemos abandonar o *Vitória*, ir a pé para o lago Chade e fazer contato com o sultão do Bornu! Os árabes não podem ter conservado uma má lembrança dos primeiros europeus.

– Eu irei com você, Samuel – garantiu o caçador, em tom enérgico. – Pode contar comigo! E não importa que tenhamos de renunciar a concluir esta viagem! Joe se devotou a nós e nós nos sacrificaremos por ele!

Essa resolução devolveu alguma coragem ao coração dos dois homens. Unidos pela mesma ideia, sentiam-se mais fortes. Fergusson apressou os preparativos para se lançar em uma corrente contrária que o aproximasse do Chade. Mas isso era impossível no momento e até a descida parecia impraticável em um terreno desnudo, sob a violência do furacão.

Dessa forma, o *Vitória* atravessou o país dos tibus, ultrapassou o Belad-el-Djerid, planície espinhosa na orla do Sudão, e penetrou no deserto de areia sulcado por longos traços de caravanas. A última linha de vegetação logo se confundiu com o céu no horizonte meridional, não longe do principal oásis dessa parte da África, com seus cinquenta poços sombreados por árvores magníficas. Mas não foi possível parar. Um acampamento árabe, de tendas de tecidos listrados, e alguns camelos que alongavam sobre a areia suas cabeças de víbora animavam aquela solidão. O *Vitória*, porém, passou como uma estrela cadente e percorreu assim uma distância de 90 quilômetros em três horas, sem que Fergusson conseguisse controlar seu curso.

– Não podemos parar! – disse ele. – Nem descer! Não vejo uma árvore, uma única saliência de terreno! Será que iremos atravessar o Saara? Definitivamente o céu está contra nós!

Falava assim, tomado pela raiva do desespero, quando viu ao norte as areias do deserto se erguendo em meio a um turbilhão de poeira e revoluteando sob o impulso de correntes opostas.

No meio do torvelinho, uma caravana inteira, dispersada, rompida, derrubada, desaparecia sob a avalanche de areia. Os camelos, em grupo,

CINCO SEMANAS EM UM BALÃO

lançavam gemidos surdos e lamentosos; gritos e rugidos saíam daquela névoa sufocante. Às vezes, uma veste de cores vivas se destacava do caos e o rugido da tormenta dominava um cenário de destruição total.

Logo a areia se acumulou em massas compactas, e no lugar onde a planície se estendia, muito lisa, ergueu-se uma colina ainda palpitante, túmulo imenso de uma caravana engolida.

O doutor e Kennedy, pálidos, assistiam a esse terrível espetáculo. Já não conseguiam manobrar o balão, que girava em meio a correntes contrárias e não obedecia mais às diferentes dilatações do gás. Apanhado nesses redemoinhos, rodopiava com uma rapidez vertiginosa; o cesto oscilava violentamente; os instrumentos suspensos dentro da tenda se entrechocavam quase a ponto de se quebrar; os tubos da serpentina se curvavam, ameaçando romper-se, e as caixas de água se moviam por causa das oscilações. A meio metro um do outro, os viajantes não conseguiam ouvir-se e, com mãos crispadas, agarravam-se às cordas para resistir à fúria da ventania.

Kennedy, com os cabelos desgrenhados, olhava sem dizer uma palavra; o doutor recuperara a audácia diante do perigo e nada em seus traços denunciava emoções violentas, nem mesmo quando, após um último giro, o *Vitória* se deteve subitamente em meio a uma calma inesperada. O vento norte havia prevalecido e o impelia em sentido inverso ao da rota da manhã, com rapidez igual.

– Para onde estamos indo? – perguntou Kennedy.

– Meu caro Dick, deixemos isso aos cuidados da Providência, de quem errei ao duvidar. Ela sabe o que nos convém, pois agora voltamos para os lugares que não esperávamos rever.

O solo plano, tão liso durante a vinda, estava agora agitado como as ondas do mar após a tempestade. Uma sucessão de montículos pouco firmes cobria o deserto. O vento soprava com violência e o *Vitória* voava no espaço.

A direção seguida pelos viajantes diferia um pouco da que haviam tomado de manhã; assim, por volta das nove horas, em vez de avistar

JÚLIO VERNE

as margens do Chade, o que se estendeu diante de seus olhos foi ainda o deserto.

Kennedy observou tudo isso.

– Pouco importa – respondeu o doutor. – O que temos de fazer é voltar para o sul. Reencontraremos as cidades de Bornu, Wuddie ou Kuka e não hesitarei em parar lá.

– Se estiver tudo bem para você, está tudo bem para mim também – disse o caçador. – Mas queira Deus que não precisemos atravessar o deserto como aqueles infelizes árabes! O que vimos foi horrível.

– E acontece frequentemente, Dick. As travessias do deserto são sempre muito mais perigosas que as do oceano. O deserto tem todos os perigos do mar, até mesmo a submersão, e além disso as fadigas, as privações insuportáveis.

– Parece-me que o vento tende a diminuir. A poeira está menos compacta, as ondulações vão desaparecendo, o horizonte fica mais claro – observou Kennedy.

– Tanto melhor. É preciso examiná-lo atentamente com a luneta, sem perder nada de vista.

– Encarrego-me disso, Samuel. A primeira árvore que aparecer, você será informado.

E Kennedy, de luneta em punho, postou-se na parte dianteira do cesto.

35

*A história de Joe – A ilha dos bidiomás – A adoração
– A ilha submergida – As bordas do lago – A árvore de serpentes
– Viagem a pé – Padecimentos – Mosquitos e formigas – A fome
– Passagem do* Vitória *– Desaparecimento do* Vitória *– Desespero
– O pântano – Um último grito*

Que fora feito de Joe durante a busca vã de seu patrão?

Depois de se precipitar no Chade, seu primeiro movimento ao voltar à superfície foi erguer os olhos para o alto. Avistou o *Vitória*, já bem acima do lago, subir rapidamente, diminuir a velocidade e, apanhado por uma corrente veloz, desaparecer na direção do norte. Seu patrão, seus amigos estavam salvos.

"Foi boa ideia", disse para si mesmo, "me jogar no Chade. Ela não deixaria de ocorrer ao senhor Kennedy, que decerto não hesitaria em fazer como eu, pois é bem natural um homem se sacrificar para salvar dois. Pura matemática".

Tranquilizado quanto a esse ponto, Joe resolveu pensar em si. Estava no meio de um lago imenso, rodeado de povos desconhecidos e provavelmente ferozes. Motivo suficiente para contar apenas consigo mesmo e não se preocupar com mais nada.

Júlio Verne

Antes do ataque das aves de rapina, que, segundo ele, conduziam-se como autênticos gipaetos, ele tinha avistado uma ilha no horizonte. Decidiu ir para lá e começou a pôr em prática tudo o que sabia da arte da natação, depois de se livrar de suas roupas mais incômodas. Não o assustava um passeio de 8 ou 10 quilômetros e, por isso, no lago, pensou apenas em nadar vigorosamente, em linha reta.

Ao final de uma hora e meia, já era bem menor a distância que o separava da ilha.

Mas, à medida que se aproximava da terra, um pensamento de início fugaz, depois persistente, foi tomando conta de seu espírito. Ele sabia que as margens do lago eram assombradas por crocodilos enormes, cuja voracidade conhecia bem.

O digno rapaz tinha a mania de achar tudo natural no mundo, mas agora se sentia totalmente indefeso. Temia que a carne branca não fosse muito apreciada por aqueles animais e assim avançou com extrema precaução, de olhos bem abertos. Estava a umas cem braças de uma praia sombreada de árvores verdes quando uma lufada de ar carregada do odor penetrante do almíscar chegou até ele.

"Eis o que eu temia", pensou. "O crocodilo não está longe."

Mergulhou rapidamente, mas não o bastante para evitar o contato de um corpo enorme, que o arranhou de passagem com seu couro escamoso. Julgou-se perdido e começou a nadar com a velocidade do desespero; voltou à superfície, respirou e mergulhou de novo. O quarto de hora seguinte foi de uma indescritível angústia, que toda a sua filosofia não conseguiu superar. Acreditava ouvir atrás de si o ruído daquela bocarra pronta a dilacerá-lo. Nadava meio submerso, o mais suavemente possível, quando se sentiu agarrado por um braço e depois pelo peito.

Pobre Joe! Teve um último pensamento para seu patrão e pôs-se a resistir de maneira desesperada, sentindo-se arrastar, não para o fundo do lago, como fazem os crocodilos para devorar sua presa, mas para a superfície.

CINCO SEMANAS EM UM BALÃO

Mal pôde respirar e abrir os olhos, viu-se entre dois selvagens da cor do ébano, que o seguravam firmemente e emitiam gritos estranhos.

"Céus", pensou Joe, "dois homens em lugar de crocodilos! Por minha fé, é melhor assim! Mas como eles têm a coragem de se banhar nestas perigosas paragens?".

Joe ignorava que os habitantes das ilhas do Chade, como muitos, mergulham impunemente em águas infestadas de crocodilos sem se preocupar com a presença deles; os anfíbios desse lago, em especial, têm a merecida reputação de saurianos inofensivos.

Mas teria Joe evitado um perigo para correr outro? Isso só os acontecimentos decidiriam e, como não lhe restava outra coisa a fazer, deixou-se conduzir para a margem sem demonstrar medo.

"Evidentemente", pensava, "esses sujeitos viram o *Vitória* roçar as águas do lago como um monstro dos ares. Foram as testemunhas distantes de minha queda e devem sentir o maior respeito por um homem vindo do céu! Deixemos que sintam!".

Joe refletia assim quando chegou à terra e foi acolhido por uma turba ululante de ambos os sexos, de todas as idades, mas não de todas as cores. Aquela era uma tribo bidiomá de uma soberba cor preta. Não precisou sequer enrubescer pela escassez de suas roupas: estava "nu" conforme a última moda do país.

No entanto, antes de se dar conta do que acontecia, viu-se objeto de uma verdadeira adoração. Isso não deixou de tranquilizá-lo, embora a história de Kazé logo lhe viesse à memória.

"Pressinto que vou me tornar um deus, um filho da lua! Antes essa profissão que outra qualquer, pois não tenho escolha. O importante é ganhar tempo. Se o *Vitória* voltar, aproveitarei meu novo cargo para dar aos meus adoradores o espetáculo de uma ascensão miraculosa!"

Enquanto Joe pensava assim, a turba se reunia à sua volta; ajoelhava--se, ululava, palpava-o, tomava familiaridades com ele. Mas ao menos teve a ideia de lhe oferecer um festim magnífico, composto de leite azedo com arroz socado no mel. O bom rapaz, que sabia se aproveitar de tudo, saboreou então uma das melhores refeições de sua vida e deu a seu povo uma excelente ideia de como os deuses se empanturram nas grandes ocasiões.

À tardinha, os feiticeiros da ilha tomaram-no de maneira respeitosa pela mão e o conduziram a uma espécie de cabana rodeada de talismãs. Antes de entrar, Joe lançou um olhar bastante inquieto aos montes de ossos que se erguiam em volta daquele santuário. E teve todo o tempo do mundo para pensar em sua situação depois que o prenderam na cabana.

Pelo resto da tarde e parte da noite, ouviu cânticos festivos, o toque de uma espécie de tambor e um tilintar de ferros, tudo muito agradável a ouvidos africanos. Coros estridentes acompanharam danças intermináveis que rodeavam a cabana sagrada com suas contorções e caretas.

Joe ouvia essa barulheira ensurdecedora através das paredes de barro e junco da cabana. Talvez, em outras circunstâncias, pudesse sentir grande prazer com tão estranhas cerimônias, mas logo seu espírito foi perturbado por uma ideia das mais desagradáveis. Embora tomasse as coisas pelo lado bom, achou estúpido e mesmo triste estar perdido naquele país selvagem, no meio daquelas populações. Poucos viajantes que se aventuraram até ali tinham conseguido voltar para sua pátria. Além disso, poderia confiar nas mostras de adoração de que se via objeto? Não lhe faltavam razões para constatar a inutilidade das grandezas humanas! Naquele país, adorar não significaria comer o adorado?

Apesar dessa inquietante perspectiva, após algumas horas de reflexão, a fadiga prevaleceu sobre as ideias sombrias e Joe mergulhou em um sono profundo, que se prolongaria sem dúvida até o amanhecer se uma umidade inesperada não despertasse o dorminhoco.

Logo a umidade se transformou em água, que subiu até metade de seu corpo.

"Que é isso?", perguntou-se. "Uma inundação, uma tromba d'água, um novo suplício destes selvagens? Por Deus, não vou esperar que chegue ao meu pescoço!"

CINCO SEMANAS EM UM BALÃO

Dizendo isso, forçou a parede com o ombro e se viu... no meio do lago! Não havia mais ilha, que submergira durante a noite! No lugar dela, a imensidão do Chade!

"Triste país para os proprietários!", pensou, retomando com vigor de suas habilidades de natação.

Um dos fenômenos bastante frequentes no lago Chade havia livrado o bravo rapaz. Mais de uma ilha já desapareceu assim, embora parecesse ter a solidez da rocha, e não raro as populações ribeirinhas precisaram recolher os infortunados sobreviventes dessas terríveis catástrofes.

Joe ignorava essa particularidade, mas não deixou de usá-la em seu favor. Avistou uma canoa desgarrada e aproximou-se dela rapidamente. Era uma espécie de tronco de árvore talhado de forma grosseira. Um par de remos felizmente tinha sido deixado lá e Joe, aproveitando-se de uma corrente bem rápida, deixou-se levar.

"Orientemo-nos", disse ele de si para si. "A estrela polar, que faz honestamente seu trabalho de indicar o norte a todo mundo, não deixará de vir em meu socorro."

Abandonou-se, satisfeito, à corrente que o levava para a margem setentrional do Chade. Por volta das duas horas da manhã, subiu em uma árvore coberta de espinhos, que pareceram muito importunos mesmo a um filósofo; mas ela estava pronta para lhe oferecer um leito em seus galhos. Joe subiu para ter mais segurança e esperou, sem pregar os olhos, os primeiros raios do dia.

A manhã surgiu com a rapidez típica das regiões equatoriais, e Joe examinou a árvore que o tinha abrigado durante a noite. Um espetáculo dos mais inesperados assustou-o. Os galhos estavam literalmente cobertos de serpentes e camaleões, cujo entrelaçamento ocultava a folhagem; parecia uma árvore de uma nova espécie que dava répteis. Sob os primeiros raios do sol, tudo aquilo se retorcia e rastejava. Joe experimentou um vivo sentimento de terror mesclado ao asco e saltou para o chão em meio aos silvos daquele bando.

233

JÚLIO VERNE

"Eis uma aventura em que ninguém vai querer acreditar", murmurou.

Joe não sabia que as últimas cartas do doutor Vogel aludiam a essa singularidade das margens do Chade, onde os répteis são mais numerosos que em qualquer outro país do mundo. Depois do que acabava de ver, Joe resolveu ser mais precavido e, orientando-se pelo sol, pôs-se em marcha para nordeste. Evitava cuidadosamente cabanas, choças, casas, barracas, em suma, tudo que pudesse servir de abrigo à raça humana.

Quantas vezes olhou para cima em busca do *Vitória*! E, embora procurasse inutilmente durante todo aquele dia de marcha, não perdeu a confiança em seu patrão. Precisava de uma enorme força de caráter para encarar filosoficamente sua situação. A fome se juntava à fadiga, pois raízes, medula de arbustos como o *melé* ou cocos não bastam para refazer um homem. Ainda assim, conforme seus cálculos, avançou cerca de 45 quilômetros na direção oeste. Seu corpo estava todo perfurado pelos espinhos dos juncos, acácias e mimosas que bordejam o lago, e seus pés feridos tornavam a caminhada extremamente dolorosa. Mas superou esses sofrimentos e resolveu passar a noite nas margens do Chade.

Ali, teve de suportar as atrozes picadas de miríades de insetos: moscas, mosquitos e formigas de quase 2 centímetros de comprimento cobriam literalmente o chão. Ao fim de duas horas, não restava a Joe sequer um farrapo de roupa: os insetos tinham devorado tudo! Foi uma noite terrível, que não concedeu sequer uma hora de sono ao viajante fatigado. Durante esse tempo, os javalis, os búfalos selvagens e os *ajubs*, espécie de morsa muitíssimo perigosa, faziam suas devastações nos arbustos e sob as águas do lago, enquanto o concerto de animais ferozes ecoava pela noite. Joe não ousava se mexer. Sua resignação e sua paciência foram postas a uma dura prova em semelhante situação.

Finalmente o dia regresso, Joe se levantou precipitadamente – e julgue-se qual foi sua sensação de repugnância ao ver com que bicho imundo havia partilhado sua cama: um sapo! Mas um sapo de 12 centímetros de largura, uma besta monstruosa, repugnante, que o fitava com seus olhos redondos. Joe sentiu seu coração se acelerar e, tirando forças

CINCO SEMANAS EM UM BALÃO

da repugnância, correu para o lago a fim de se lavar. O banho aliviou um pouco a coceira que o atormentava e, depois de mastigar algumas folhas, retomou sua rota com uma obstinação, uma teimosia da qual nem ele mesmo se dava conta. Não percebia mais seus atos e, no entanto, sentia em si um poder superior ao desespero.

Mas uma fome terrível o atormentava; seu estômago, menos resignado que ele, queixava-se. Foi obrigado a amarrar fortemente um cipó em volta da cintura. Felizmente, a sede podia ser aplacada a cada passo e Joe, lembrando-se dos sofrimentos do deserto, encontrou uma felicidade relativa no fato de não padecer os tormentos dessa imperiosa necessidade.

"Onde estará o *Vitória*?", perguntava-se. "O vento sopra do norte. Ele devia voltar ao lago! Sem dúvida, o senhor Samuel fez novos ajustes a fim de restabelecer o equilíbrio. Mas o dia de ontem sem dúvida bastou para esses trabalhos e não será impossível que hoje... Não vamos agir como se eu nunca mais fosse revê-lo. Afinal, se conseguir chegar a uma das grandes cidades do lago, estarei na posição dos viajantes dos quais o patrão nos falou. Por que não me safaria como eles? Houve até quem voltasse a seu país, que diabo! Vamos, coragem!"

Assim pensando e caminhando sempre, o intrépido Joe quase foi cair, em plena floresta, no meio de um grupo de selvagens. Deteve-se a tempo e não foi visto. Eles se ocupavam de envenenar suas flechas com sumo de eufórbio, importante ocupação das populações desses países e que se faz com uma espécie de cerimônia solene.

Joe, imóvel, retendo o fôlego, escondeu-se atrás de um arbusto. E foi então que, erguendo os olhos, avistou por um vão na folhagem o *Vitória*, o próprio *Vitória* se dirigindo para o lago a apenas 30 metros acima dele. Impossível se fazer ouvir! Impossível mostrar-se!

Uma lágrima lhe veio aos olhos, não de desespero, mas de reconhecimento: o patrão o procurava! O patrão não o tinha abandonado! Joe devia agora esperar que os selvagens se fossem para, em seguida, sair de seu esconderijo e correr até as margens do Chade.

Mas o *Vitória* já se perdia ao longe, no céu. Joe resolveu aguardá-lo, pois ele certamente voltaria! Voltou, de fato, porém mais a leste. Joe correu, gesticulou, gritou... Em vão! Um vento fortíssimo impelia o aeróstato a uma velocidade irresistível.

Pela primeira vez, a energia e a esperança faltaram ao coração do desventurado. Sentiu-se perdido; achou que seu patrão partira em definitivo; não ousava mais pensar, não ousava mais refletir.

Como um louco, os pés escorrendo sangue, o corpo ferido, caminhou durante todo o dia e parte da noite. Arrastava-se ora sobre os joelhos, ora sobre as mãos; sentia que se aproximava o momento em que as forças lhe faltariam e ele morreria.

Avançando assim, encontrou-se diante de um pântano, ou melhor, o que ele soube ser um pântano, pois a noite já caíra havia algumas horas. Desabou inesperadamente em uma lama pegajosa e, apesar de seus esforços, apesar de sua resistência desesperada, sentiu-se afundar pouco a pouco naquele charco. Minutos depois, estava mergulhado até a cintura.

"Então é a morte!", suspirou. "E que morte!..."

Debatia-se com raiva, mas esses esforços acabaram servindo apenas para enterrá-lo mais ainda naquele túmulo que o próprio infeliz cavava para si mesmo. Nem um tronco de árvore, nem um junco onde se agarrar! Compreendeu que era o fim. Seus olhos se fecharam.

– Meu patrão! meu patrão! para mim!... – ele chorou.

E essa voz desesperada, isolada, abafada já, perdeu-se na noite.

36

*Um agrupamento no horizonte – Um bando de árabes – A perseguição
– É ele! – Queda do cavalo – O árabe estrangulado – Uma bala de Kennedy
– Manobra – Resgate em pleno voo – Joe salvo*

Depois de retomar seu posto de observação na parte dianteira do cesto, Kennedy não deixou de observar atentamente o horizonte.

Ao fim de certo tempo, voltou-se para o doutor e disse:

– Se não me engano, há uma movimentação de homens e animais lá longe. Ainda não é possível distingui-los com clareza. Em todo caso, estão bastante agitados, pois levantam uma nuvem de poeira.

– Não seria mais um vento contrário – perguntou Samuel –, uma tromba que vai nos jogar de novo para o norte?

Levantou-se para olhar o horizonte.

– Não creio, Samuel – respondeu Kennedy. – Parece uma manada de gazelas ou bois selvagens.

– Talvez, Dick. Mas esse agrupamento está a pelo menos uns 15 quilômetros de nós e, mesmo com a luneta, não consigo descobrir o que é.

– Seja o que for, não perderei aquilo de vista. Há ali alguma coisa extraordinária que me intriga. Parece, às vezes, uma manobra de cavalaria. Ei, não estou enganado: são mesmo cavaleiros! Olhe!

JÚLIO VERNE

O doutor observou o grupo atentamente.

– Acho que tem razão – disse por fim. – É um destacamento de árabes ou tibus. Fogem na mesma direção que nós. Mas somos mais rápidos e ganharemos deles facilmente. Em meia hora, poderemos vê-los de perto e decidir o que fazer.

Kennedy pegara a luneta e observava. A massa de cavaleiros ia se tornando cada vez mais visível; alguns deles galopavam isolados.

– É, sem dúvida, uma manobra ou uma perseguição – concluiu o caçador. – Parece que essa gente está correndo atrás de alguma coisa. Gostaria de saber o quê.

– Paciência, Dick. Em breve, os alcançaremos e até os ultrapassaremos, caso continuem nessa rota. Vamos a 35 quilômetros por hora e não há cavalos que possam correr tanto.

Kennedy continuou observando e, minutos depois, disse:

– São árabes galopando a toda velocidade. Distingo-os perfeitamente. Uns cinquenta. Vejo seus albornozes inflados pelo vento. Trata-se de um exercício de cavalaria. O chefe os precede a cem passos e eles o seguem.

– Quem quer que sejam, Dick, não parecem ameaçadores. Mas, em caso de necessidade, subirei.

– Espere! Espere um pouco, Samuel! – pediu Dick. E, após novo exame: – É curioso. Há algo que não estou entendendo. Por seus esforços e a irregularidade de sua linha, esses árabes parecem estar perseguindo, não seguindo.

– Tem certeza?

– Sim. Não, não estou enganado! É uma caçada, mas uma caça ao homem! Quem os precede não é um chefe, mas um fugitivo.

– Um fugitivo! – exclamou Samuel, emocionado.

– Sim!

– Não o percamos de vista e esperemos.

Cinco ou seis quilômetros foram rapidamente ganhos sobre os cavaleiros, que, no entanto, galopavam a uma velocidade prodigiosa.

– Samuel! Samuel! – gritou Kennedy com voz trêmula.

– Que foi, Dick?

– Será uma alucinação? Será possível?

– Que quer dizer?

– Espere.

O caçador limpou rapidamente os vidros da luneta e voltou a observar.

– E então? – perguntou o doutor.

– É ele!

– Ele! – balbuciou Fergusson.

"Ele" dizia tudo. Não era necessário pronunciar o nome.

– É ele a cavalo! A apenas cem passos de seus inimigos! Está fugindo!

– É mesmo o Joe! – disse o doutor, empalidecendo.

– Na fuga, não consegue nos ver!

– Mas nos verá – garantiu Fergusson, diminuindo rapidamente a chama do maçarico.

– E como?

– Em cinco minutos, estaremos a 15 metros do solo; em quinze, ficaremos bem em cima dele.

– Convém adverti-lo com um tiro de fuzil!

– Não, não poderá recuar, está bloqueado.

– Que faremos, então?

– Esperaremos.

– Esperaremos! E aqueles árabes?

– Nós os alcançaremos e ultrapassaremos. Estamos a menos de 3 quilômetros de distância deles. Se o cavalo de Joe resistir...

– Deus do céu! – gritou Kennedy.

– Que aconteceu?

Kennedy lançara esse grito de desespero ao ver Joe sendo atirado por terra. Seu cavalo, evidentemente cansado, esgotado, havia caído.

– Ele nos viu, Dick! – exclamou o doutor. – Ao se levantar, acenou para nós!

JÚLIO VERNE

– Mas os árabes vão alcançá-lo! Que estará esperando? Ah, rapaz corajoso! Hurra! – bradou o caçador, que já não estava satisfeito.

Joe se levantou imediatamente após a queda, no instante em que um dos cavaleiros mais rápidos se precipitava sobre ele. Com um salto de pantera, evitou por pouco o golpe, saltou para a garupa do cavalo, agarrou o árabe pela garganta com mãos e dedos de ferro, estrangulou-o, jogou-o ao chão e continuou sua carreira desenfreada.

Um grito uníssono dos árabes ecoou pelos ares; mas, ocupados unicamente com a perseguição, não viram o *Vitória* a quinhentos passos em sua retaguarda e a menos de 10 metros do solo, estando eles mesmos a vinte corpos de cavalo do fugitivo.

Um se aproximou bastante de Joe e ia feri-lo com sua lança quando Kennedy, de olho fixo e mão firme, deteve-o com uma bala e lançou-o por terra.

Joe nem sequer se voltou ao ouvir o estampido. Parte do grupo refreou o galope e caiu de rosto no chão ao avistar o *Vitória*, mas o resto continuou no encalço do fugitivo.

– Que há com Joe? – estranhou Kennedy. – Por que não para?

– Ele sabe o que faz, Dick. Eu o entendi! Mantém-se na direção do aeróstato. Conta com nossa inteligência! Ah, que rapaz valente! Nós o resgataremos bem nas barbas desses árabes! Estamos a apenas duzentos passos.

– Que vamos fazer? – perguntou Kennedy.

– Largue o fuzil.

– Pronto – disse o caçador, pondo a arma de lado.

– Consegue segurar 60 quilos de lastro?

– Mais que isso até.

– Não, 60 quilos bastam.

E sacos de areia foram empilhados pelo doutor nos braços de Kennedy.

– Fique na parte traseira do cesto e esteja pronto para jogar esse lastro de uma só vez. Mas, por Deus, não o faça antes de minha ordem!

CINCO SEMANAS EM UM BALÃO

– Fique tranquilo.

– Do contrário, não alcançaremos Joe e ele estará perdido.

– Pode contar comigo.

O *Vitória* pairava quase em cima da tropa de cavaleiros, que se lançavam a toda rédea nas pegadas de Joe. O doutor, na parte da frente do cesto, mantinha a escada desenrolada, pronto a descê-la no momento certo. Joe conservava certa distância dos perseguidores, cerca de 15 metros. O *Vitória* se adiantou ao grupo.

– Atenção! – gritou Samuel para Kennedy.

– Estou pronto.

– Joe, cuidado! – advertiu o doutor com voz sonora, atirando a escada, cujos primeiros degraus levantaram poeira do chão.

Ao chamado do doutor, Joe, sem frear o cavalo, se voltou; a escada caiu perto dele no momento em que a agarrava:

– Jogue! – disse Fergusson a Kennedy.

– Está feito!

O *Vitória*, aliviado de um peso superior ao de Joe, subiu a 15 metros.

O rapaz, segurando-se firmemente na escada apesar de suas violentas oscilações, fez aos árabes um gesto que não se pode descrever e, subindo com a agilidade de um acrobata, caiu nos braços dos companheiros.

Os árabes lançaram um grito de surpresa e raiva. O fugitivo acabava de ser resgatado em pleno voo. O *Vitória* se afastou rapidamente.

– Meu patrão! Senhor Dick! – balbuciou Joe.

E cedendo à emoção, à fadiga, perdeu os sentidos; enquanto Kennedy, quase em delírio, bradava:

– Salvo! Salvo!

– Sem exageros – recomendou o doutor, que havia recobrado a impassibilidade.

Joe estava quase nu; os braços ensanguentados, o corpo coberto de hematomas, tudo revelava seus sofrimentos. O doutor, após cuidar de suas feridas, deitou-o sob a tenda.

Joe logo se recobrou do desmaio e pediu um copo de aguardente, que o doutor não achou necessário recusar-lhe, pois o rapaz não podia ser tratado como outro qualquer. Depois de beber, ele apertou a mão dos companheiros e se declarou pronto para contar sua história.

Mas não lhe permitiram falar, e o bravo rapaz mergulhou em um sono profundo, do qual evidentemente tinha grande necessidade.

O *Vitória* seguia agora uma linha oblíqua para oeste. Sob o ímpeto de um vento muito forte, retornou à orla do deserto espinhoso, por cima de palmeiras curvadas ou arrancadas pela tempestade; e, após uma marcha de cerca de 320 quilômetros desde o resgate de Joe, ultrapassou à noite o 10° na longitude.

37

*A rota do oeste – O despertar de Joe – Sua teimosia
– Fim da história de Joe – Tagelel – Inquietações de Kennedy
– Rumo ao norte – Uma noite perto de Agadés*

À noite, o vento repousou das violências do dia, e o *Vitória* permaneceu tranquilamente no alto de um grande sicômoro. O doutor e Kennedy velaram por turnos e Joe se aproveitou disso para dormir profundamente, de um sono só, durante vinte e quatro horas.

– Esse é o remédio de que ele precisa – disse Fergusson. – A natureza se encarregará de curá-lo.

Ao nascer do dia, o vento voltou forte, mas caprichoso, atirando-os bruscamente para o norte e para o sul; no fim, porém, o *Vitória* foi impelido para oeste.

O doutor, de mapa em punho, identificou o reino de Damergu, terreno ondulado de grande fertilidade, com as cabanas das aldeias feitas de longos juncos intercalados de ramos de asclepias. Nos campos cultivados, montes de cereais se elevavam sobre uma espécie de andaimes cuja finalidade é preservá-los do ataque de ratos e formigas.

Logo chegaram à cidade de Zinder, reconhecível por sua larga praça de execuções. No centro, ergue-se a árvore da morte; o carrasco espera junto ao tronco e quem passa sob sua sombra é imediatamente enforcado!

Consultando a bússola, Kennedy se apressou a dizer:

– Estamos de novo na rota do norte!

– Pouco importa. Se ela nos levar a Tombuctu, não teremos motivos de queixa! Jamais uma viagem tão bela haverá terminado em melhores circunstâncias!...

– Nem com melhor saúde – interveio Joe, passando seu rosto bem-humorado pelas cortinas da tenda.

– Aí está nosso intrépido companheiro! – gritou Kennedy. – Nosso salvador! Como se sente?

– Muito natural, senhor, muito natural! Jamais me senti tão bem. Não há nada que revigore um homem como um pequeno passeio precedido de um banho no Chade! Não é verdade, patrão?

– Coração de ouro! – respondeu Fergusson, apertando-lhe a mão. – Quantas angústias, quantas inquietações você nos causou!

– Digo o mesmo. Acham que fiquei tranquilo pensando no que lhes acontecia? Podem se gabar, porque me fizeram sentir um medo terrível!

– Jamais iremos nos entender, Joe, se você continuar a encarar as coisas desse modo.

– A queda não o mudou em nada – acrescentou Kennedy.

– Seu devotamento foi sublime, meu rapaz, e nos salvou. Pois o *Vitória* já caía no lago e, se isso acontecesse, ninguém o tiraria de lá.

– Mas se meu devotamento, como lhe agrada chamar aquele salto, salvou vocês, salvou a mim também, pois não estamos os três em perfeita saúde? Não temos, então, nada a nos agradecer.

– Nunca nos entenderemos com esse rapaz – suspirou o caçador.

– A melhor maneira de nos entendermos – replicou Joe – é não falarmos sobre isso. O que aconteceu, aconteceu, para o bem ou para o mal! Não há volta.

– Teimoso! – disse o doutor, rindo. – Pelo menos, vai nos contar sua história?

– Se fizerem questão. Mas, antes, quero preparar muito bem este ganso gordo, pois vejo que Dick não perdeu tempo.

– À vontade, Joe.

– Veremos então como a caça africana se comporta em um estômago europeu.

O ganso foi prontamente assado na chama do maçarico e mais prontamente ainda devorado. Joe se serviu de um belo pedaço, como convinha a um homem que não comia havia vários dias. Após o chá e os drinques, ele pôs os companheiros a par de suas aventuras. Falava com certa emoção, mas encarando os acontecimentos à luz de sua filosofia habitual. O doutor não pôde se impedir de apertar-lhe várias vezes a mão, ao ver aquele digno servidor mais preocupado com a salvação de seu patrão do que com a sua. A propósito do afundamento da ilha dos bidiomás, explicou-lhe que esse fenômeno era frequente no lago Chade.

Enfim, Joe, prosseguindo com seu relato, chegou ao momento em que, atolado no pântano, lançou um derradeiro grito de desespero.

– Achei que estava perdido, patrão, e meus pensamentos se voltaram para vocês. Comecei a me debater. Nem lhes conto: estava decidido a não me deixar engolir sem discussão quando, a dois passos de mim, distingui... uma ponta de corda recém-cortada! Resolvi fazer um último esforço e, não sei como, cheguei até ela. Puxei-a. A corda resistiu. Subi por ela e logo depois estava em terra firme! Na outra ponta, encontrei uma âncora! Ah, senhor, tenho sem dúvida o direito de chamá-la de âncora da salvação, se isso não for inconveniente. Reconheci-a, uma âncora do *Vitória*! Vocês desceram justamente naquele lugar! Segui a direção da corda, que me indicava para onde tinham ido, e, após mais alguns esforços, saí do atoleiro. Com as forças e a coragem renovadas, caminhei durante parte da noite, afastando-me do lago, e cheguei por fim à orla de uma floresta. Ali, em um cercado, pastavam tranquilamente alguns cavalos. Há, na vida, momentos em que todo mundo sabe montar a cavalo, não é verdade? Não perdi um minuto a refletir, saltei sobre um dos quadrúpedes e galopei para o norte a toda velocidade.

Não vou dizer nada das cidades que não vi nem das aldeias que evitei. Não. Atravessei plantações, saltei arbustos, ultrapassei paliçadas, sempre espicaçando o animal, excitando-o, fazendo-o voar! Cheguei ao limite das terras cultivadas. Bem, lá estava o deserto. Antes assim: podia ver melhor à minha frente e mais longe. Sempre a galope, esperava avistar a qualquer momento o *Vitória* à minha espera. Mas nada. Ao fim de três horas, fui cair como um idiota em um acampamento de árabes! Ah, que perseguição! Senhor Kennedy, um caçador não sabe o que é uma caça até ser ele próprio caçado! No entanto, se me permite, aconselho-o a não fazer essa experiência. Meu pobre animal tombava de cansaço. Os árabes vinham perto. Caí. Saltei para a garupa do cavalo de um deles. Eu não lhe queria mal e espero que não me guarde rancor por tê-lo estrangulado. Mas tinha visto vocês! O resto, já sabem. O *Vitória* correu atrás de mim e vocês me resgataram em pleno voo, como um cavaleiro faz ao apanhar o aro com a lança em um torneio. Não tinha eu razão de contar com meus amigos? Pois bem, senhor Samuel, veja como tudo o que aconteceu é simples. Nada de mais natural no mundo! E estou pronto a fazer tudo de novo, se isso lhes for útil! Aliás, conforme já disse, nem vale a pena falar a respeito.

– Meu bravo Joe! – disse o doutor, emocionado. – Não estávamos errados ao confiar em sua inteligência e habilidade!

– Ora, senhor, basta seguir os acontecimentos para resolver os problemas! O mais seguro, como vê, ainda é aceitar as coisas como são.

Durante o relato de Joe, o balão havia rapidamente percorrido uma grande extensão do país. Kennedy mostrou no horizonte um conjunto de cabanas que pareciam formar uma cidade. O doutor consultou seu mapa e reconheceu a cidade de Tagelel, no Damergu.

– Aqui reencontramos as pegadas de Barth – disse então. – Foi onde ele se separou de seus companheiros Richardson e Overweg. O primeiro devia seguir a rota de Zinder, o segundo, a de Maradi. E vocês devem se lembrar de que, desses três viajantes, apenas Barth voltou para a Europa.

Cinco semanas em um balão

– Portanto – concluiu o caçador –, se seguirmos no mapa a direção do *Vitória*, iremos diretamente para o norte.

– Diretamente, meu caro Dick.

– E isso não o inquieta nem um pouco?

– Por que inquietaria?

– Bem, esse caminho nos leva a Trípoli, cruzando o grande deserto.

– Oh, não iremos chegar tão longe, meu amigo. Pelo menos, é o que espero.

– Mas onde pretende parar?

– Não está curioso para visitar Tombuctu?

– Tombuctu?

– Sim – interveio Joe –, não se pode fazer uma viagem à África sem conhecer Tombuctu!

– Você será o quinto ou sexto europeu a ver essa cidade misteriosa!

– Pois então vamos a Tombuctu!

– Quando estivermos entre o 17.º e o 18.º grau na latitude, procuraremos um vento favorável que nos leve para oeste.

– Mas – objetou o caçador – temos ainda uma longa rota a percorrer no norte?

– Duzentos e quarenta quilômetros, pelo menos.

– Nesse caso – disse Kennedy –, vou dormir um pouco.

– Durma, senhor – aconselhou Joe. – E o senhor, patrão, faça a mesma coisa. Devem precisar de um bom repouso, pois eu os fiz velar de um modo indecente.

O caçador se estendeu sob a tenda, mas Fergusson, que não se deixava dominar facilmente pela fadiga, permaneceu em seu posto de observação.

Após três horas, o *Vitória* atravessou com extrema rapidez um terreno pedregoso, pontilhado de altas montanhas nuas de base granítica, das quais alguns picos chegavam a 1.200 metros de altura. Girafas, antílopes e avestruzes saltavam com maravilhosa agilidade em meio a florestas de acácias, mimosas, ingás e palmeiras. Após a aridez do

247

deserto, a vegetação retomava seu império. É o país dos cailuas, que escondem o rosto com um lenço de algodão, como seus perigosos vizinhos, os tuaregues.

Às dez horas da noite, após uma soberba travessia de 400 quilômetros, o *Vitória* pairou acima de uma cidade importante, de que a lua deixava entrever uma parte meio arruinada. Alguns minaretes de mesquitas surgiam aqui e ali, iluminados por um pálido raio de luar. O doutor tomou a altura das estrelas e concluiu que estava na latitude de Agadés.

Essa cidade, outrora centro de um imenso comércio, achava-se já em ruínas na época da visita do doutor Barth.

O *Vitória*, invisível na sombra, aterrissou 3 quilômetros ao sul de Agadés, em uma vasta plantação de milho. A noite decorreu bastante tranquila; às cinco horas da manhã, um vento leve impeliu o balão para oeste e mesmo um pouco para o sul.

Fergusson aproveitou bem esse golpe de sorte. Subiu rapidamente e se foi, seguindo uma longa trilha de raios do sol.

38

Travessia rápida – Resoluções prudentes – Caravanas – Chuva contínua – Gao – O Níger – Golberry, Geoffroy, Gray – Mungo-Park – Laing – René Caillié – Clapperton – John e Richard Lander

O dia 17 de maio foi tranquilo, sem incidentes. O deserto recomeçava, com um vento médio levando o *Vitória* para sudoeste. O aeróstato não se desviava nem para a direita nem para a esquerda e sua sombra traçava na areia uma linha rigorosamente reta.

Antes da partida, o doutor havia renovado, por prudência, sua provisão de água, pois temia não poder aterrissar naquelas regiões infestadas de tuaregues aueliminianos. O planalto, cuja altitude era de 550 metros acima do nível do mar, baixava na direção sul. Os viajantes, cortando o caminho de Agadés a Murzuk, frequentemente calcado por camelos, alcançaram à noite 16° na latitude e 4° 55' na longitude, após um percurso monótono de 290 quilômetros.

Durante essa jornada, Joe preparou as últimas peças de caça, que haviam recebido apenas um tratamento sumário, e serviu, ao jantar, espetinhos de narceja muito apetitosos. Como o vento estava bom, o doutor resolveu continuar em sua rota durante a noite, que a lua ainda quase cheia tornava resplandecente. O *Vitória* subiu a 150 metros e, durante essa travessia noturna de cerca de 100 quilômetros, nem sequer o sono leve de um bebê teria sido perturbado.

No domingo de manhã, o vento mudou novamente e começou a soprar na direção noroeste. Alguns corvos esvoaçavam pelas imediações e, no horizonte, um bando de abutres se mantinha felizmente distante.

A visão dessas aves levou Joe a cumprimentar seu patrão pela ideia dos dois balões.

– Onde estaríamos agora com um só invólucro? Este segundo balão é como a chalupa de um navio: em caso de naufrágio, podemos sempre embarcar nela para nos salvar.

– Tem razão, amigo. O único problema é que minha chalupa me deixa um pouco inquieto, pois não se compara ao navio.

– Que quer dizer? – perguntou Kennedy.

– Quero dizer que o novo *Vitória* não é tão bom quanto o antigo. Seja porque o tecido se desgastou com o atrito ou porque a guta-percha se derreteu ao calor da serpentina, noto um certo desperdício de gás. Não foi muito, até o momento, mas, ainda assim, em quantidade apreciável. O balão tende a descer e, para mantê-lo, sou forçado a dilatar mais o hidrogênio.

– Diabo! – praguejou Kennedy. – Para isso, não vejo remédio.

– E não há, meu caro Dick. O melhor então é nos apressarmos, evitando até as paradas noturnas.

– Ainda estamos longe da costa? – perguntou Joe.

– Que costa, meu rapaz? Não sabemos para onde o acaso nos conduzirá. Só posso dizer que Tombuctu está a mais ou menos 650 quilômetros a oeste.

– E quanto tempo levaremos para chegar lá?

– Se o vento não nos desviar muito, penso que alcançaremos essa cidade na terça-feira ao anoitecer.

– Então – disse Joe, mostrando uma longa fila de animais e homens que serpenteava em pleno deserto –, chegaremos mais depressa que aquela caravana.

Cinco semanas em um balão

Fergusson e Kennedy se debruçaram e viram uma vasta aglomeração de seres de toda espécie. Havia ali mais de cento e cinquenta camelos, daqueles que por doze *mutkals* de ouro, equivalentes a cento e vinte e cinco francos, vão de Tombuctu a Tafilet com uma carga de 230 quilos no lombo. Todos traziam na cauda um saco destinado a recolher seus excrementos, único combustível com que se pode contar no deserto.

Esses camelos dos tuaregues são da melhor espécie. Podem ficar de três a sete dias sem beber e dois dias sem comer; sua velocidade é superior à dos cavalos e obedecem com inteligência à voz do *khabir*, o guia da caravana. São conhecidos no país pelo nome de *mehari*.

Muitos foram os detalhes fornecidos pelo doutor enquanto seus companheiros observavam aquela multidão de homens, mulheres e crianças marchando penosamente pelo areal meio movediço, contido apenas por cardos, ervas ressequidas e arbustos franzinos. O vento apagava suas pegadas quase instantaneamente.

Joe perguntou como os árabes conseguiam se orientar no deserto e achar os poços dispersos por aquela vasta solidão.

– Os árabes – respondeu Fergusson – receberam da natureza um maravilhoso instinto para reconhecer seu rumo. Onde um europeu ficaria desorientado, eles não hesitam; uma rocha insignificante, um seixo, um arbusto, a tonalidade diferente da areia são suficientes para avançarem com segurança. À noite, guiam-se pela estrela polar; fazem pouco mais de 3 quilômetros por hora e descansam durante os calores do meio-dia. Calculem então quanto tempo levam para atravessar o Saara, um deserto com quase 1.500 quilômetros de extensão.

Mas o *Vitória* já havia desaparecido dos olhos espantados dos árabes, que deviam invejar sua rapidez. À tardinha, ele passou pela longitude de 2º 20'[27] e, durante a noite, ultrapassou mais um grau.

Na segunda-feira, o tempo mudou completamente e a chuva caiu com grande violência, sendo então necessário resistir a esse dilúvio

---

27 O meridiano zero de Paris. (N.T.)

e ao aumento de peso que ele provocava no balão e cesto. Essa chuvarada perpétua explicava os pântanos que cobriam toda a superfície do país, onde a vegetação reaparecia sob a forma de mimosas, baobás e tamarindos.

Era assim o Sonray, com suas choças cobertas de tetos invertidos à semelhança dos gorros armênios. Viam-se poucas montanhas, apenas colinas que formavam vales e reservatórios sobrevoados por narcejas e galinha-d'angola. Aqui e ali, torrentes impetuosas cortavam os caminhos, que os nativos atravessavam agarrados a um cipó estendido de uma árvore a outra. A floresta dava espaço a lamaçais, onde se agitavam crocodilos, hipopótamos e rinocerontes.

– Logo veremos o Níger – avisou o doutor. – O terreno muda nas imediações dos grandes rios. Esses "caminhos andantes", segundo uma feliz expressão, trouxeram primeiro as florestas e, mais tarde, trarão a civilização. Assim, percorrendo 4.000 quilômetros, o Níger semeou em suas margens as cidades mais importantes da África.

– Isso me lembra – disse Joe – da história de um grande admirador da Providência, que a louvava por ela ter tido o cuidado de fazer passar os rios através das grandes cidades!

Ao meio-dia, o *Vitória* sobrevoou uma povoação, um conjunto de choças miseráveis que já foi uma importante capital.

– Ali – disse o doutor – é que Barth atravessou o Níger ao voltar de Tombuctu. Eis o rio famoso na Antiguidade, o rival do Nilo, a que a superstição pagã atribuiu uma origem celeste. Como o Nilo, chamou a atenção dos geógrafos de todos os tempos e sua exploração fez numerosas vítimas.

O Níger corria entre duas margens largamente separadas. Suas águas rolavam para o sul com certa violência, mas os viajantes mal puderam observar seus curiosos contornos.

– Eu queria falar sobre esse rio – disse Fergusson – e ele já está longe! Com os nomes de Dhiuleba, Mayo, Egghirreú, Quorra e muitos outros, percorre uma imensa extensão de terras e quase se compara ao Nilo

CINCO SEMANAS EM UM BALÃO

em comprimento. Tais nomes significam apenas "rio", conforme o país que atravessa.

– Terá o doutor Barth seguido esse caminho? – perguntou Kennedy.

– Não, Dick. Após deixar o lago Chade, ele atravessou as principais cidades do Bornu e cruzou o Níger em Say, 4 graus abaixo de Gao. Em seguida, embrenhou-se nesses países inexplorados que o Níger esconde em suas curvas e, depois de um mês de novas fadigas, chegou a Tombuctu. Mas nós faremos isso em apenas três dias, com um vento assim tão rápido.

– Já foram descobertas as nascentes do Níger? – perguntou Joe.

– Há muito tempo – respondeu o doutor. – O reconhecimento do Níger e de seus afluentes atraiu numerosos exploradores e posso citar os principais. De 1749 a 1758, Adamson reconheceu o rio e visitou Gorée; de 1785 a 1788, Golberry e Geoffroy percorreram os desertos da Senegâmbia e subiram até o país dos mouros, que assassinaram Saugnier, Brisson, Adam, Riley, Cochelet e muitos outros desafortunados. Veio então o ilustre Mungo-Park, amigo de Walter Scott, escocês como ele. Enviado em 1795 pela Sociedade Africana de Londres, chegou a Bambarra, viu o Níger, caminhou 800 quilômetros com um mercador de escravos, reconheceu o rio Gâmbia e voltou para a Inglaterra em 1797. Em 30 de janeiro de 1805, partiu novamente em companhia de seu cunhado Anderson, Scott, o desenhista, e um grupo de operários. Alcançou Gorée, recrutou um destacamento de trinta e cinco soldados e reviu o Níger em 19 de agosto. Mas, então, em consequência das privações, dos maus-tratos, das inclemências do céu e da insalubridade do país, só restavam vivos onze de quarenta europeus. Em 16 de novembro, as últimas cartas de Mungo-Park chegaram à sua esposa e, um ano mais tarde, soube-se por um traficante do país que, já em Bussa, no Níger, em 23 de dezembro, o infeliz viajante viu sua barca tombar nas cataratas do rio e depois foi massacrado pelos nativos.

– E esse fim terrível não desanimou os exploradores?

– Ao contrário, Dick, pois então se desejava não apenas reconhecer o rio como encontrar os papéis do viajante. Em 1816, foi organizada em Londres uma expedição da qual participou o major Gray. O grupo chegou ao Senegal, penetrou no Futa-Djallon, visitou populações fulas e mandingues, mas voltou para a Inglaterra sem outros resultados. Em 1822, o major Laing explorou toda a parte da África ocidental vizinha das possessões inglesas e foi o primeiro a chegar às nascentes do Níger. Segundo seus documentos, a origem desse rio imenso não tem mais de 60 centímetros de largura.

– Fácil de saltar – disse Joe.

– Ah, ah, fácil? – replicou o doutor. – Se acreditarmos nas tradições, quem ousar atravessar essa nascente saltando-a é imediatamente engolido; e quem quiser tirar água dali se sente empurrado por uma mão invisível.

– É permitido não crer em uma palavra de toda essa história? – perguntou Joe.

– Sim, é. Cinco anos depois, o major Laing se lançou pelo Saara, foi até Tombuctu e morreu estrangulado alguns quilômetros mais acima pelos ulad-shiman, que queriam obrigá-lo a tornar-se muçulmano.

– Mais uma vítima! – exclamou o caçador.

– Foi então que um jovem corajoso empreendeu à própria custa, e realizou a mais espantosa das viagens modernas. Refiro-me ao francês René Caillié. Após diversas tentativas em 1819 e 1824, ele partiu de novo, em 19 de abril de 1827, de Rio-Nunez; em 3 de agosto, chegou de tal modo doente e esgotado a Timé que só conseguiu reiniciar a viagem em janeiro de 1828, seis meses depois. Juntou-se então a uma caravana, protegido por suas roupas orientais, alcançou o Níger em 10 de março, entrou na cidade de Jenné e desceu o rio até Tombuctu, onde desembarcou em 30 de abril. Outro francês, Imbert, em 1670, e um inglês, Robert Adams, em 1810, talvez tenham visto essa cidade curiosa; mas René Caillié foi o primeiro europeu a descrevê-la com detalhes exatos. Em 4 de maio, deixou esse reino do deserto; em 9, reconheceu o lugar

CINCO SEMANAS EM UM BALÃO

onde o major Laing tinha sido assassinado; em 19, chegou a El-Arauan, cidade comercial de onde saiu para atravessar, correndo mil perigos, as vastas solidões compreendidas entre o Sudão e as regiões setentrionais da África. Finalmente, apareceu em Tânger e, em 28 de setembro, embarcou para Toulon: em dezenove meses, apesar de cento e oitenta dias de enfermidade, havia cruzado a África do oeste ao norte. Ah, se Caillié houvesse nascido na Inglaterra, seria reverenciado como o mais intrépido viajante dos tempos modernos, tal como Mungo-Park. Mas, na França, não se reconhece seu valor[28].

– Um valente companheiro – reconheceu o caçador. – E que foi feito dele?

– Morreu aos trinta e nove anos, em consequência de suas fadigas. Pensou-se que era o bastante conceder-lhe o prêmio da Sociedade Geográfica em 1828. Honras bem maiores lhe seriam tributadas na Inglaterra! A propósito, enquanto ele realizava essa maravilhosa viagem, um inglês concebia o mesmo projeto e o executava com a mesma coragem, embora não com a mesma sorte. Trata-se do capitão Clapperton, o companheiro de Denham. Em 1829, ele voltou à África pela costa oeste, desembarcando no golfo de Benim. Seguiu os passos de Mungo-Park e Laing, encontrou em Bussa os documentos relativos à morte do primeiro e chegou no dia 20 de agosto a Sakcatu, onde exalou o último suspiro nos braços de seu fiel criado, Richard Lander.

– E o que aconteceu a esse Richard Lander? – perguntou Joe, muito interessado.

– Conseguiu chegar à costa e voltou a Londres, levando os documentos do capitão e um relato preciso de sua própria viagem. Ofereceu então seus serviços ao governo a fim de completar o reconhecimento do Níger. Convocou seu irmão John e, de 1829 a 1831, esses dois filhos de uma

---

28 O doutor Fergusson, na qualidade de inglês, talvez exagere um pouco. Mas temos de reconhecer que René Caillié não gozou na França, entre os viajantes, de uma celebridade digna de seu devotamento e de sua coragem. (N. O.)

família pobre da Cornualha desceram o rio de Bussa até sua embocadura, descrevendo aldeia por aldeia, quilômetro por quilômetro.

– E esses dois irmãos escaparam à sorte comum? – indagou Kennedy.

– Sim, pelo menos nessa viagem. Mas em 1833, Richard empreendeu uma terceira expedição ao Níger e tombou ferido por uma bala perdida perto da foz do rio. Como veem, meus amigos, o país que atravessamos testemunhou muitas ações nobres, cuja recompensa foi frequentemente a morte!

39

*O país na curva do Níger – Vista fantástica dos montes Hombori
– Kabra – Tombuctu – Plano do doutor Barth – Decadência
– Onde Deus quiser*

Durante essa longa jornada da segunda-feira, o doutor Fergusson se divertiu dando aos companheiros mil detalhes sobre o país que atravessavam. O solo, muito plano, não oferecia obstáculos à marcha. A única preocupação do doutor era aquele maldito vento de nordeste que soprava com raiva e o afastava da latitude de Tombuctu.

O Níger, após subir para o norte até essa cidade, arredonda-se como um imenso jato de água e deságua no oceano Atlântico, formando um gigantesco delta. Dentro dessa curva, o país é muito variado, ora de uma fertilidade exuberante, ora de uma aridez extrema. Planícies incultas se sucedem a campos de milho, logo substituídos por vastos terrenos cobertos de giestas. Inúmeras variedades de pássaros aquáticos, como pelicanos, marrecos e martins-pescadores, vivem em bandos nas margens das torrentes e pântanos.

De vez em quando, surgia um acampamento de tuaregues abrigados em suas tendas de couro, enquanto as mulheres se esfalfavam nas tarefas externas, ordenhando as camelas e fumando seus cachimbos de grossos fornilhos.

O *Vitória*, por volta das oito horas da noite, havia avançado mais de 300 quilômetros para oeste, e os viajantes puderam então testemunhar um magnífico espetáculo.

Alguns raios de luar abriam caminho por uma abertura entre as nuvens e, deslizando entre as gotas de chuva, caíam sobre a cadeia dos montes Hombori. Nada mais estranho que essas cristas de aparência basáltica, cujas silhuetas fantásticas se recortavam contra o céu sombrio. Lembravam ruínas lendárias de uma cidade imensa da Idade Média, tal como as que, nas noites escuras, as massas de gelo flutuantes dos mares glaciais sugerem aos olhares espantados.

– Eis um lugar dos *Mistérios de Udolfo* – disse o doutor. – Ann Radcliffe não teria descrito essas montanhas com tintas mais impressionantes.

– Por minha fé! – exclamou Joe. – Eu não gostaria nada de perambular sozinho à noite nesse país de fantasmas. Se essa paisagem não pesasse tanto, eu a levaria inteira para a Escócia. Ficaria bem às margens do lago Lomond e os turistas apareceriam em massa.

– Nosso balão não é grande o suficiente para permitir essa fantasia. Mas parece-me que nossa direção está mudando. Ótimo! Os duendes daqui são muito amáveis e sopram um leve vento de sudeste que nos porá no bom caminho.

Dessa forma, o *Vitória* retomava uma rota mais para o norte e, na manhã do dia 20, planou sobre uma inextricável rede de canais, torrentes e riachos que constituem o emaranhado completo dos afluentes do Níger. Vários desses canais, cobertos por uma erva espessa, pareciam pradarias verdejantes. Ali, o doutor assinalou a rota de Barth, quando este embarcou no rio para descer até Tombuctu. Com uma largura de 1.600 metros, o Níger corria entre margens ricas em crucíferas e tamarindos. Bandos saltitantes de gazelas confundiam seus cornos anelados com a grama alta, onde crocodilos as espreitava em silêncio.

CINCO SEMANAS EM UM BALÃO

Longas filas de asnos e camelos, carregados com mercadorias de Jenné, desfilavam sob o arvoredo. Logo, um anfiteatro de casas baixas surgiu numa curva do rio, com a forragem trazida das regiões vizinhas acumulada nos terraços e telhados.

– É Kabra – informou alegremente o doutor –, o porto de Tombuctu. A cidade está a menos de 8 quilômetros daqui!

– Isso lhe agrada, senhor? – perguntou Joe.

– Isso me encanta, meu rapaz.

– Então, tudo bem.

Com efeito, duas horas depois, a rainha do deserto, a misteriosa Tombuctu, que teve como Atenas e Roma suas academias de sábios e suas cátedras de filosofia, desdobrou-se sob os olhos dos viajantes.

Fergusson seguiu os mínimos detalhes no mapa traçado por Barth e constatou sua extrema exatidão.

A cidade forma um vasto triângulo inscrito em uma imensa planície de areia branca; sua ponta se projeta para o norte e corta um canto do deserto; nas imediações, nada, apenas algumas gramíneas, mimosas anãs e arbustos secos.

Quanto ao aspecto de Tombuctu, em uma visão rápida, figure-se um amontoado de bolas de bilhar e dados. As ruas, muito estreitas, são ladeadas de casas térreas, construídas com tijolos cozidos ao sol, e choças de palha entremeada com junco – estas cônicas, aquelas quadradas. Nos terraços, viam-se alguns habitantes deitados pachorrentamente, com suas roupas berrantes e lanças ou mosquetes ao alcance da mão. Mas, nessa hora do dia, não se viam mulheres.

– Dizem, no entanto, que elas são bonitas – acrescentou o doutor. – Vejam as três torres das três mesquitas, as únicas que restaram de um grande número. A cidade perdeu muito de seu antigo esplendor! No ápice do triângulo, ergue-se a mesquita de Sankore com suas galerias sustentadas por arcadas de um desenho muito puro. Mais longe, perto do bairro de Sane-Gungu, estão a mesquita de Sidi-Yahia e umas poucas casas de dois andares. Não procurem palácios nem monumentos.

O xeque é um mero traficante e sua residência real não passa de um bazar.

– Acho que estou vendo restos de muralhas – disse Kennedy.

– Foram destruídas pelos fulas em 1826, quando a cidade era um terço maior que hoje. Tombuctu, desde o século XI, tem sido objeto da cobiça geral e pertenceu sucessivamente aos tuaregues, aos suraianos, aos marroquinos, aos fulas. E esse grande centro de civilização, onde um sábio como Ahmed-Baba possuía no século XVI uma biblioteca com mil e seiscentos manuscritos, hoje não é mais que um entreposto comercial da África Central.

Tombuctu, com efeito, parecia entregue a um grande descuido, acusando a preguiça endêmica das cidades que morrem. Montes de escombros se acumulavam nos bairros, formando com a colina do mercado os únicos acidentes do terreno.

À passagem do *Vitória*, produziu-se algum movimento e o tambor soou. Mas o último sábio do local mal teve tempo de observar esse novo fenômeno. Os viajantes, impelidos pelo vento do deserto, retomaram o curso sinuoso do rio e logo Tombuctu foi apenas uma das lembranças fugazes da aventura.

– Agora – disse o doutor –, o céu nos levará para onde quiser!

– Desde que seja para oeste! – replicou Kennedy.

– Ora – interveio Joe –, voltar a Zanzibar pelo mesmo caminho ou atravessar o oceano até a América, nada disso me assustaria.

– Impossível, Joe.

– E o que nos falta?

– Gás, meu jovem. A força ascensional do balão diminuiu sensivelmente e precisaremos ter muito cuidado para que ele nos leve até a costa. Vou mesmo jogar fora um pouco de lastro. Estamos muito pesados.

– Eis no que dá não fazer nada, patrão! Ficar o dia inteiro estendidos como vagabundos em uma rede, isso engorda e aumenta o peso. A nossa aventura é uma viagem de preguiçosos e, na volta, estaremos terrivelmente corpulentos e balofos.

CINCO SEMANAS EM UM BALÃO

– Essas são reflexões dignas de Joe – ponderou o caçador. – Mas aguarde o final. Sabe acaso o que o céu nos reserva? Ainda estamos longe do término de nossa viagem. Onde pensa encontrar a costa da África, Samuel?

– Não poderei lhe responder, Dick. Voamos à mercê de ventos muito variáveis, mas eu ficaria feliz se o local fosse entre Serra Leoa e Portendick. Há ali um território onde encontraremos amigos.

– Será um prazer apertar a mão deles. Mas seguimos, pelo menos, a direção certa?

– Não muito, Dick, não muito. Olhe a agulha imantada: estamos indo para o sul, subindo o Níger na direção de suas nascentes.

– Ótima oportunidade para descobri-las – disse Joe –, se já não tivessem sido descobertas. Não poderíamos, a rigor, encontrar outras?

– Não, Joe. Mas fique tranquilo, espero não chegar até lá.

Ao cair da noite, o doutor se livrou dos últimos sacos de lastro; o *Vitória* subiu, mas o maçarico, embora funcionando ao máximo, mal conseguia sustentá-lo. Estava agora a 100 quilômetros ao sul de Tombuctu e, na manhã seguinte, sobrevoou as margens do Níger, não longe do lago Debo.

40

*Inquietações do doutor Fergusson – Sempre para o sul
– Uma nuvem de gafanhotos – Vista de Jenné – Vista de Sego
– Mudança de vento – Lamentações de Joe*

O leito do rio era agora partilhado por grandes ilhas em braços estreitos de uma corrente bastante rápida. Em uma delas, viam-se algumas casas de pastores, mas foi impossível ter do local uma ideia exata porque a velocidade do *Vitória* aumentava cada vez mais. Infelizmente, ele teimava em rumar para o sul e em instantes atravessou o lago Debo.

Fergusson, forçando quanto podia sua dilatação, procurou em diversas altitudes outras correntes atmosféricas, mas não encontrou nenhuma. Renunciou logo a essa manobra, que aumentava ainda mais o desperdício de gás por forçar as paredes do balão, distendidas ao máximo.

Não disse nada, mas estava muito inquieto. A obstinação do vento em impeli-lo para a parte meridional da África arruinava seus cálculos. Não sabia mais com que ou com quem contar. Se não alcançassem os territórios ingleses ou franceses, o que seria deles nas mãos dos bárbaros que infestavam as costas da Guiné? Como aguardariam ali um navio para voltar à Inglaterra? A direção atual do vento os empurrava para o

Cinco semanas em um balão

reino de Daomé, cujas populações são as mais selvagens e onde ficariam à mercê de um rei que, nas festas públicas, sacrificava milhares de vítimas humanas! Lá, estariam perdidos.

Não bastasse isso, o balão se desgastava visivelmente e o doutor sentia que logo lhe faltaria! Mas, como o tempo melhorava um pouco, ele esperava que o fim da chuva acabasse trazendo uma mudança nas correntes atmosféricas.

Foi, pois, desagradavelmente trazido de volta à realidade por esta reflexão de Joe:

– Bem, a chuva vai aumentar e desta vez será o dilúvio, a julgar por aquela nuvem que se aproxima!

– Mais uma nuvem! – exclamou Fergusson.

– E das grandes! – completou Kennedy.

– Como nunca vi igual – disse Joe –, com bordas bem definidas.

– Que alívio! – suspirou o doutor, baixando a luneta. – Não é uma nuvem de chuva.

– Como não? – estranhou Joe.

– Mas um enxame de gafanhotos!

– Gafanhotos!

– Milhares deles, que passarão sobre estas terras como uma tromba. E ai delas se baixarem, pois devorarão tudo!

– Isso eu queria ver!

– Pois espere, Joe. Dentro de dez minutos, estarão aqui e você verá com seus próprios olhos.

Fergusson não se enganava. A nuvem espessa, opaca, com quilômetros de extensão, chegava com um barulho ensurdecedor, projetando sobre o solo uma sombra gigantesca: uma inumerável legião de gafanhotos, a que se dá o nome de grilos. A cem passos do *Vitória*, abateram-se sobre uma terra verdejante; quinze minutos depois, a massa retomou seu voo e os viajantes puderam perceber de longe que as árvores e os arbustos estavam inteiramente nus, e a planície, devastada. Parecia que um inverno súbito acabava de mergulhar no campo na mais completa esterilidade.

JÚLIO VERNE

– E então, Joe?

– Sim, patrão, é muito curioso, mas muito natural. O que um gafanhoto faria sozinho, milhares fazem juntos.

– Uma chuva assustadora – observou o caçador. – E mais terrível ainda que o granizo pela devastação que causa.

– Além do mais, não é possível evitá-la – disse Fergusson. – Os habitantes já tiveram a ideia de incendiar as florestas e até as plantações para impedir o voo desses insetos. Mas as filas da frente, precipitando-se nas chamas, extinguiu-a com sua massa e o resto do bando passou incólume. Felizmente, nestes países, há uma espécie de compensação para seus danos: os nativos recolhem os gafanhotos em grande número e os comem.

– São os camarões do ar – disse Joe, com ar circunspecto. – Lamento não ter podido degustá-los, para me instruir.

O terreno se tornou mais pantanoso ao cair da noite. As florestas deram lugar a árvores isoladas. Nas margens do rio, distinguiam-se algumas plantações de tabaco e áreas alagadas cobertas de forragem. Em uma grande ilha, surgiu então a cidade de Jenné com as duas torres de sua mesquita de barro e o odor infecto de milhões de ninhos de andorinhas acumulados em suas paredes. Algumas copas de baobás, mimosas e palmeiras trespassadas entre as casas. Mesmo à noite, a atividade parecia intensa. Há, certamente, muito comércio em Jenné, que abastece Tombuctu de quase tudo: barcos no rio e caravanas pelos caminhos sombreados levam para lá as diversas produções de sua indústria.

– Se isso não prolongasse nossa viagem – disse o doutor –, eu bem que gostaria de descer e conhecer a cidade um pouco. Deve haver ali mais de um árabe que viajou para a França ou a Inglaterra e para o qual nosso gênero de locomoção talvez não seja uma grande novidade. Mas isso não seria prudente.

– Adiemos a visita para nossa próxima excursão – brincou Joe.

– De resto, meus amigos, quero crer que um leve vento começa a soprar para leste. Não convém perder uma oportunidade dessas.

Cinco semanas em um balão

O doutor jogou fora alguns objetos inúteis, garrafas vazias e uma caixa de carne que já não servia para nada, conseguindo assim manter o *Vitória* em uma zona mais favorável a seus projetos. Às quatro horas da manhã, os primeiros raios do sol iluminaram Sego, a capital do Bambarra, prontamente reconhecível pelas quatro cidades que a compõem, por suas mesquitas mouriscas e pelo vaivém incessante das barcas que transportam os habitantes de um bairro a outro. Mas os viajantes não viram nem foram vistos, pois viajavam rapidamente para noroeste, e as inquietações do doutor se acalmaram um pouco.

– Mais dois dias nesta direção e com esta velocidade, alcançaremos o rio do Senegal.

– E estaremos em país amigo? – perguntou o caçador.

– Ainda não. A rigor, se o *Vitória* nos faltar, poderemos procurar estabelecimentos franceses. Mas, se ele resistir por algumas centenas de quilômetros, chegaremos à costa ocidental sem fadigas, sem medo e sem perigo.

– E tudo acabará! – suspirou Joe. – Tanto pior. Se não fosse o prazer de contar a história, eu gostaria de não pôr mais o pé em terra! Acha que acreditarão no que dissermos, patrão?

– Quem sabe, meu bravo Joe? Mas um fato será incontestável: mil testemunhas nos viram partir de uma costa da África e mil testemunhas nos verão chegar à outra.

– Nesse caso – disse Kennedy –, parece-me difícil contestar que realizamos a travessia.

– Ah, senhor Samuel – suspirou de novo Joe –, vou sempre lamentar minhas pedras de ouro maciço! Isso daria peso às nossas histórias, e verossimilhança aos nossos relatos. Calculando-se um grama de ouro por ouvinte, eu reuniria uma bela multidão para me ouvir e até para me admirar!

41

*As proximidades do Senegal – O Vitória desce cada vez mais
– Lastro fora, lastro fora – O marabuto Al-Hadji
– Pascal, Vincent, Lambert – Um rival de Maomé
– As montanhas difíceis – As armas de Kennedy
– Uma manobra de Joe – Parada acima de uma floresta*

No dia 27 de maio, por volta das nove horas da manhã, o território se apresentou sob um novo aspecto: as extensas encostas se transformavam em colinas que pressagiavam montanhas próximas. Seria necessário transpor a cadeia que separa a bacia do Níger da bacia do Senegal e dirige as águas para o golfo da Guiné ou para a baía de Cabo Verde.

Até o Senegal, essa parte da África é considerada perigosa. O doutor Fergusson sabia disso pelos relatos de seus antecessores, que haviam suportado mil privações e corrido mil perigos em meio às populações bárbaras. O clima devorou a maior parte dos companheiros de Mungo-Park. Assim, Fergusson decidiu não pôr pé em um país tão pouco hospitaleiro.

Mas não teve um minuto de repouso; o *Vitória* baixava a olhos vistos. Foi preciso jogar fora vários objetos mais ou menos inúteis, sobretudo

CINCO SEMANAS EM UM BALÃO

no momento de ultrapassar o topo de montanhas. Isso continuou por quase 200 quilômetros. Não paravam de subir e descer; o balão, qual nova pedra de Sísifo, baixava incessantemente e sua forma pouco inflada já se distendia, alongando-se, com o vento cavando profundas reentrâncias em seu invólucro.

Kennedy não deixou de notar esse problema.

– Será que o balão não tem uma fissura? – perguntou.

– Não – respondeu o doutor. – Mas a guta-percha evidentemente amoleceu ou se derreteu sob o efeito do calor, e o hidrogênio escapa pela trama do tecido.

– Como impedir isso?

– É impossível. Só nos resta aliviar o peso. Vamos nos livrar de tudo que pudermos.

– Mas nos livrar do quê? – perguntou o caçador, olhando o cesto já quase sem nada.

– Da tenda, que pesa muito.

Joe, a quem essa ordem era endereçada, subiu para o arco que prendia as cordas da rede e, de lá, conseguiu facilmente soltar a grossa cortina da tenda, jogando-a fora.

– Isso fará a alegria de toda uma tribo de selvagens – disse ele. – Poderá vestir mil nativos, que usam muito pouco pano.

O balão subiu alguns metros, mas logo ficou evidente que se aproximava de novo do solo.

– É melhor descermos – sugeriu Kennedy – e ver o que podemos fazer com esse invólucro.

– Repito, Kennedy: não temos nenhum meio de consertá-lo.

– Então, o que faremos?

– Sacrificaremos tudo que não for absolutamente necessário. Quero evitar a todo custo uma parada nesta região. As florestas cujas copas estamos roçando agora não são nada seguras.

– Ora, leões e hienas? – perguntou Joe, em tom de desprezo.

– Pior que isso, meu rapaz. Homens. E os mais cruéis da África.

JÚLIO VERNE

– Como o senhor sabe?

– Pelos viajantes que nos precederam. Além do mais, os franceses que ocupam a colônia do Senegal mantêm obrigatoriamente relações com os povos vizinhos. No governo do coronel Faidherbe, foram feitos reconhecimentos pelo interior do país. Oficiais como Pascal, Vincent e Lambert produziram documentos preciosos sobre suas expedições. Visitaram territórios contornados pela curva do Senegal, onde a guerra e a pilhagem só deixaram ruínas.

– Que aconteceu?

– O seguinte. Em 1854, um marabuto do Futa senegalês, Al-Hadji, dizendo-se inspirado como Maomé, instigou todas as tribos à guerra contra os infiéis, isto é, os europeus, provocando destruição e desolação entre o rio Senegal e seu afluente Falemé. Três hordas de fanáticos comandados por ele assolaram o país, não poupando aldeia ou cabana. Pilhavam, massacravam. Ele ousou mesmo avançar até o vale do Níger, até a cidade de Sego, que se viu por muito tempo ameaçada. Em 1857, subiu para o norte e atacou o forte de Medina, construído pelos franceses nas margens do rio. Esse estabelecimento foi defendido por um herói, Paul Holl, que, durante vários meses, sem comida e quase sem munição, resistiu até ao coronel Faidherbe vir libertá-lo. Al-Hadji cruzou de novo o Senegal e rumou para o Kaarta a fim de reiniciar suas rapinas e morticínios. Estes aqui são justamente os territórios onde ele se refugiou com seus bandidos. E afirmo que não seria nada bom cair nas mãos dessa gente.

– Não cairemos – garantiu Joe – mesmo que tivermos de sacrificar nossos sapatos para reerguer o *Vitória*.

– Não estamos longe do rio – disse o doutor. – Mas prevejo que nosso balão não poderá nos levar além dele.

– Cheguemos pelo menos às suas margens – replicou o caçador.
– Esta será a sua vitória.

– É o que tentaremos fazer – disse o doutor. – Mas uma coisa me deixa inquieto.

268

CINCO SEMANAS EM UM BALÃO

– Qual?

– Temos montanhas a ultrapassar e isso será difícil, pois não consigo aumentar a força ascensional do aeróstato, mesmo produzindo o maior calor possível.

– Só nos resta esperar – disse Kennedy. – E na hora veremos o que fazer.

– Pobre *Vitória*! – suspirou Joe. – Afeiçoei-me a ele como o marinheiro a seu navio. Não me separarei deste balão sem tristeza! Bem, não é mais o que era na partida, mas não vou criticá-lo. Prestou-nos bons serviços e ficarei de coração partido ao abandoná-lo.

– Fique tranquilo, Joe. Só o abandonaremos em último caso. Ele nos servirá até o fim de suas forças. Só peço a ele que resista por mais vinte e quatro horas.

– Está esgotado – disse Joe, examinando o *Vitória*. – Emagreceu, sua vida se vai. Pobre balão!

– Ou muito me engano – observou Kennedy –, ou lá estão, no horizonte, as montanhas de que você falou, Samuel.

– São elas mesmo – confirmou o doutor, após as examinar com a luneta. – Parecem-me muito altas e teremos dificuldade em transpô-las.

– Não poderíamos evitá-las?

– Acho que não, Dick. Veja quanto espaço elas ocupam: quase metade do horizonte!

– Parecem até nos cercar pela direita e pela esquerda – disse Joe.

– Temos, obrigatoriamente, de passar por cima delas.

Esses obstáculos perigosíssimos iam se aproximando com uma rapidez impressionante, ou, melhor dizendo, o vento forte empurrava o *Vitória* contra seus picos agudos.

– Vamos esvaziar a caixa de água – propôs Fergusson. – Ficaremos apenas com o necessário para um dia.

– Pronto! – disse Joe.

– O balão subiu um pouco? – perguntou Kennedy.

JÚLIO VERNE

– Um pouco. Cerca de 15 metros – respondeu o doutor, que não tirava os olhos do barômetro. – Mas isso não basta.

Com efeito, os picos altos se acercavam dos viajantes como que se precipitando sobre eles. O balão estava muito baixo: precisava ainda de mais de 150 metros. A provisão de água do maçarico foi também jogada fora e só ficaram alguns litros. Mas nem isso pareceu suficiente.

– No entanto, precisamos passar – disse o doutor.

– Joguemos as caixas, pois já estão vazias – disse Kennedy.

– Joguem.

– Pronto! – disse Joe. – É triste ir perdendo pedaço após pedaço.

– Quanto a você, Joe, não vá repetir seu devotamento da outra vez. Pouco importa o que aconteça, jure que não nos deixará.

– Fique tranquilo, patrão. Não nos separaremos.

O *Vitória* conseguiu subir cerca de 40 metros, mas o topo da montanha ainda era mais alto, com sua aresta pontiaguda coroando uma verdadeira muralha cortada a pique. Erguia-se a mais de 60 metros acima dos viajantes.

– Em dez minutos – murmurou o doutor –, nosso cesto irá se despedaçar contra essas rochas, caso não consigamos ultrapassá-las.

– E agora, senhor Samuel? – indagou Joe.

– Só conserve nossa provisão de *pemmican* e jogue fora toda essa carne que está pesando muito.

O balão foi aliviado de uns 20 quilos e subiu sensivelmente; mas isso pouco importaria caso não conseguisse superar a linha das montanhas. A situação era assustadora; o *Vitória* se deslocava a grande velocidade e era de crer que logo estivesse em pedaços, pois o choque seria terrível.

O doutor olhou em volta, examinando o cesto.

Estava quase vazio.

– Se for preciso, Dick, você terá de sacrificar suas armas.

– Sacrificar minhas armas! – exclamou o caçador, emocionado.

– Meu amigo, se lhe peço isso, é porque talvez seja necessário.

Cinco semanas em um balão

– Samuel, Samuel!

– Suas armas, munição e pólvora podem nos custar a vida.

– Estamos perto! – gritou Joe. – Estamos perto!

20 metros! A montanha ainda ultrapassava o *Vitória* em 20 metros.

Joe agarrou os cobertores e atirou-os pela borda. Sem nada dizer a Kennedy, livrou-se também de vários sacos de balas e chumbo.

O balão subiu, ultrapassou o cimo perigoso e seu polo superior se iluminou aos raios do sol. Mas o cesto ainda se encontrava um pouco abaixo dos penhascos, contra os quais iria fatalmente se chocar.

– Kennedy, Kennedy – bradou o doutor –, jogue suas armas ou estaremos perdidos!

– Espere, senhor Dick! – interveio Joe. – Espere!

E Kennedy, virando-se, o viu desaparecer do cesto.

– Joe, Joe! – gritou ele.

– O infeliz! – exclamou o doutor.

O topo da montanha podia ter naquele ponto uns 6 metros de largura, mas, do outro lado, a encosta era menos acentuada. O cesto chegou bem ao nível daquela meseta bastante plana e deslizou sobre um solo coberto de pedras afiadas, que estalavam à sua passagem.

– Passamos! Passamos! Passamos! – ecoou uma voz que fez saltar o coração de Fergusson.

O intrépido rapaz se agarrava com as mãos na borda inferior do cesto e corria pela crista, aliviando, assim, o balão da totalidade de seu peso e até precisando retê-lo fortemente, para que não escapasse.

Quando chegou à vertente oposta, diante do abismo, Joe ergueu-se com um vigoroso esforço dos punhos e, agarrando-se ao cordame, voltou para junto de seus companheiros.

– Não foi difícil – anunciou.

– Meu bravo Joe! Meu amigo! – exclamou o doutor, efusivamente.

– Ora – respondeu ele –, não fiz isso por vocês. Fiz pela carabina do senhor Dick! Eu lhe devia esse favor depois do caso do árabe!

JÚLIO VERNE

Gosto de pagar minhas dívidas, e agora estamos quites – acrescentou, apresentando ao caçador sua arma predileta. – Eu sentiria muito vê-lo se separar dela.

Kennedy apertou-lhe a mão de maneira vigorosa, sem poder dizer uma palavra.

O *Vitória* agora só podia baixar, o que seria fácil; e logo se encontrou a 60 metros do solo, recuperando o equilíbrio. O terreno parecia convulsionado, com numerosos acidentes muito difíceis de se evitar durante a noite por um balão já fora de controle. A noite chegava rapidamente e, a contragosto, o doutor resolveu parar até o dia seguinte.

– Vamos procurar um lugar favorável para nos determos – disse ele.

– Ah, finalmente se decidiu? – perguntou Kennedy.

– Sim, meditei a fundo um projeto que poremos em execução. São apenas seis horas da tarde e temos tempo. Atire as âncoras, Joe.

Joe obedeceu e as duas âncoras penderam para fora do cesto.

– Vejo florestas imensas – disse o doutor. – Planaremos por cima das copas e nos agarraremos a alguma árvore. Por nada no mundo, eu passaria a noite em terra.

– Poderemos descer? – perguntou Kennedy.

– Para quê? Seria perigoso nos separarmos, repito. Além disso, preciso de vocês para um trabalho difícil.

O *Vitória*, que aflorava o alto das árvores daquela extensa floresta, logo se deteve bruscamente. Suas âncoras estavam presas. O vento amainou ao cair da noite, e o balão permaneceu quase imóvel acima do interminável tapete verde formado pelos cimos de uma floresta de sicômoros.

42

*Disputa de generosidade – Último sacrifício – O aparelho de dilatação
– Destreza de Joe – Meia-noite – O quarto de vigia do doutor
– O quarto de vigia de Kennedy – Ele adormece – O incêndio
– Os gritos – Fora de alcance*

O doutor começou por determinar sua posição pela altura das estrelas: estava a apenas uns 40 quilômetros do Senegal.

– Tudo que podemos fazer, amigos – disse ele, após examinar o mapa –, é cruzar o rio. Mas, como não há nem ponte nem barcos, é preciso a todo custo cruzá-lo de balão. E para isso, precisamos ficar ainda mais leves.

– Não sei como! – apressou-se a dizer o caçador, que temia por suas armas. – A menos que um de nós resolva se sacrificar, ficar para trás... Pois reclamo essa honra.

– De modo algum! – disse Joe. – Não tenho eu o costume...

– Não se trata de saltar, meu amigo, mas de ir a pé até a costa da África. Sou bom andarilho, bom caçador...

– Isso eu não permitirei jamais! – replicou Joe.

– Sua disputa de generosidade é inútil, meus bravos amigos – conciliou Fergusson. – Espero que não precisemos chegar a tanto; mas, se

JÚLIO VERNE

fosse o caso, longe de nos separarmos, permaneceríamos juntos para atravessar o país.

– Isso é que é falar! – disse Joe. – Um passeiozinho não nos faria mal.

– Mas antes – continuou o doutor – teremos de apelar para um último recurso a fim de tornar nosso *Vitória* mais leve.

– Qual? – perguntou Kennedy. – Eu gostaria muito de saber.

– Vamos nos livrar da caixa do maçarico, da pilha de Bunsen e da serpentina. Serão cerca de 400 quilos bem pesados que lançaremos ao espaço.

– Mas, Samuel, como você conseguirá depois a dilatação do gás?

– Não conseguirei. Ficaremos sem isso.

– Mas, então...

– Escutem, meus amigos. Calculei com bastante exatidão o que nos resta de força ascensional. Ela é suficiente para nos transportar a todos com os poucos objetos que nos restam. Teremos apenas um peso de mais ou menos 220 quilos, incluindo as duas âncoras, que faço questão de conservar.

– Meu caro Samuel – declarou o caçador –, você sabe melhor que nós dessas coisas. É o único árbitro da situação. Diga o que precisamos fazer e faremos.

– Estamos às suas ordens, patrão.

– Repito, amigos: embora seja uma decisão difícil, teremos de sacrificar nosso equipamento.

– Pois sacrifiquemos! – replicou Kennedy.

– Mãos à obra! – exclamou Joe.

Não foi trabalho fácil. Precisaram desmontar o equipamento peça por peça. Tiraram primeiro a caixa de mistura, depois a do maçarico e finalmente a da decomposição da água. Quase não bastou a força reunida dos três viajantes para arrancar os recipientes do fundo do cesto, onde estavam firmemente presos. Mas Kennedy era tão vigoroso, Joe tão hábil e Samuel tão engenhoso que conseguiram. As peças foram sendo jogadas fora uma após outra e desapareceram, abrindo grandes rombos na folhagem dos sicômoros.

CINCO SEMANAS EM UM BALÃO

– Os nativos ficarão muito espantados ao encontrar esses objetos na mata – observou Joe. – Talvez os transformem em ídolos!

Ocuparam-se em seguida dos tubos engastados no balão e ligados à serpentina. Joe conseguiu cortar, alguns palmos acima do cesto, as articulações de borracha; mas arrancar os tubos foi mais difícil, pois estavam presos pela extremidade superior e fixados com arame ao próprio aro da válvula.

Joe, então, deu mostras de uma surpreendente habilidade. Descalço, para não rasgar o invólucro, conseguiu, com a ajuda da rede e má vontade das oscilações, subir até o ápice exterior; ali, após mil dificuldades, segurando-se com a mão naquela superfície escorregadia, soltou as porcas que prendiam os tubos. Estes então se desprenderam facilmente e foram retirados pelo apêndice inferior, logo em seguida, hermeticamente fechado com uma forte ligadura.

O *Vitória*, livre desse peso considerável, endireitou-se no ar e esticou ao máximo a corda da âncora.

À meia-noite, esses vários trabalhos foram concluídos com êxito, ao preço de muita fadiga. Fez-se uma rápida refeição de *pemmican* e bebida fria, pois o doutor já não dispunha de calor para colocar à disposição de Joe.

De resto, este e Kennedy cambaleavam de cansaço.

– Deitem-se e durmam, meus amigos – recomendou-lhes Fergusson. – Fico com o primeiro quarto de vigia. Às duas horas, acordarei Kennedy; às quatro, Kennedy acordará Joe. Às seis, partiremos e que o céu continue nos protegendo nesta derradeira jornada!

Sem se fazer de rogados, os dois companheiros do doutor se estenderam no fundo do cesto e adormeceram imediatamente, mergulhando em um sono profundo.

A noite estava tranquila. Algumas nuvens velavam o último quarto de lua, cujos raios indecisos rompiam a custo a escuridão. Fergusson, debruçado à beira do cesto, olhava em volta, atento à sombria cortina de folhagem que se estendia a seus pés, ocultando-lhe a vista do solo. O menor barulho lhe parecia suspeito, até mesmo o leve sussurro das folhas.

Achava-se naquele estado de espírito que a solidão torna ainda mais sensível e durante o qual vagos terrores assaltam o cérebro. No final de uma viagem dessas, após superar tantos obstáculos, no momento de alcançar o objetivo, os medos se tornam mais vivos, as emoções mais fortes, e o ponto de chegada parece fugir diante dos olhos.

Não bastasse isso, a situação atual não era nada tranquilizadora, em plena terra de bárbaros e com um meio de transporte que, por fim, poderia lhes faltar de uma hora para outra. O doutor já não tinha confiança total em seu balão; fora-se o tempo em que o manobrava com audácia por contar plenamente com ele.

Sob o jugo dessas impressões, Fergusson captou alguns ruídos indeterminados naquelas vastas florestas. Achou mesmo que vira uma chama fugaz brilhar entre as árvores; atento, apontou sua luneta noturna para aquela direção, mas não notou nada e o silêncio até se tornou mais profundo.

Fergusson havia, sem dúvida, sido vítima de uma alucinação; pois, prestando atenção, não escutou nenhum barulho. Findo seu quarto de vigia, acordou Kennedy, recomendou-lhe que ficasse alerta e tomou lugar ao lado de Joe, que dormia a sono solto.

Kennedy acendeu tranquilamente seu cachimbo e esfregou os olhos, que mal conseguia manter abertos, encostou-se a um canto e pôs-se a fumar vigorosamente para combater o sono.

Reinava à sua volta o silêncio mais absoluto. Um vento suave agitava a copa das árvores e balançava docemente o cesto, induzindo o caçador ao sono que teimava em dominá-lo. Tentou resistir, forçou várias vezes as pálpebras a permanecerem abertas, lançou para a noite olhares que não viam nada e, por fim, sucumbindo à fadiga, adormeceu.

Por quanto tempo ficou nesse estado de inércia? Isso ele não conseguiu saber ao acordar, e acordou por efeito de um clarão súbito.

Esfregou os olhos, ergueu-se. Sentia no corpo um calor intenso. A floresta estava em chamas.

– Fogo! Fogo! – gritou, sem entender bem o que acontecia.

Seus dois companheiros se levantaram.

– O que é? – perguntou Samuel.

– Incêndio! – exclamou Joe. – Mas quem teria...

Nesse instante, gritos irromperam sob a folhagem violentamente iluminada.

– Ah, os selvagens! – disse Joe. – Puseram fogo na mata para ter certeza de que nos queimariam!

– Os talibas! Os marabutos de Al-Hadji, é claro! – reconheceu o doutor.

Um círculo de fogo rodeava o *Vitória*; os estalidos do mato morto se mesclavam aos gemidos dos ramos verdes; os cipós, as folhas, toda a parte viva daquela vegetação se retorcia dentro do elemento destruidor e o olhar só captava um oceano de chamas. As grandes árvores se desenhavam em negro no seio da fornalha, com seus galhos transformados em brasas. Todo esse conjunto incandescente, toda essa conflagração se refletia nas nuvens, e os viajantes se imaginaram apanhados em uma roda de fogo.

– Vamos fugir! – bradou Kennedy. – A terra é nossa única chance de salvação!

Mas Fergusson deteve-o com mão firme e, precipitando-se para a corda da âncora, cortou-a com um golpe de machado. As labaredas, alongando-se para o balão, já lambiam sua superfície iluminada; mas o *Vitória*, desembaraçado de suas amarras, subiu a mais de 300 metros nos ares.

Gritos espantosos eclodiram na floresta, acompanhados de violentas detonações de armas de fogo. O balão, apanhado por uma corrente que começava a soprar com a aproximação do dia, foi tangido para oeste.

Eram quatro horas da manhã.

43

*Os talibas – A perseguição – Um país devastado – Vento moderado
– O Vitória desce – As últimas provisões – Os saltos do Vitória
– Defesa a tiros de fuzil – O vento refresca – O rio Senegal
– As cataratas de Gouina – O ar quente – Travessia do rio*

– Ainda bem que aliviamos o peso ontem à noite – disse o doutor. – Sem essa precaução, estaríamos irremediavelmente perdidos.

– Por isso é bom fazer as coisas no momento certo – observou Joe. – Nós nos salvamos e não há nada mais natural.

– Mas ainda não estamos fora de perigo – advertiu Fergusson.

– E o que você teme? – perguntou Dick. – O *Vitória* não pode descer sem sua permissão? E se descesse...

– Se descesse! Olhe, Dick!

A orla da floresta acabava de ficar para trás e os viajantes puderam perceber cerca de trinta cavaleiros com suas calças folgadas e seus albornozes ao vento. Uns estavam armados de lanças, outros, de longos mosquetes e seguiam ao trote curto de seus cavalos ágeis e impetuosos a direção do *Vitória*, que avançava a uma velocidade moderada.

Ao avistar os viajantes, lançaram gritos selvagens, brandindo as armas; a cólera e as ameaças se estampavam no rosto moreno deles, cuja ferocidade era realçada pelas barbas ralas, mas eriçadas. Atravessavam sem dificuldade aquelas planícies baixas e aquelas encostas suaves, que desciam na direção do Senegal.

– Sim, são eles! – disse o doutor. – São os cruéis talibas, os ferozes marabutos de Al-Hadji! Eu preferiria estar no meio de uma floresta, cercado de bestas feras, do que nas mãos desses bandidos.

– De fato, não parecem nada tranquilizadores – observou Kennedy. – E são bandidos bem vigorosos!

– Felizmente – interveio Joe –, esses bichos não sabem voar. Já é alguma coisa.

– Vejam aquelas aldeias em ruínas, com as choças incendiadas! – disse Fergusson. – Tudo isso é obra deles. Onde havia vastas culturas, espalharam a aridez e a devastação.

– Enfim, não podem nos alcançar – retrucou Kennedy. – E se conseguirmos colocar o rio entre nós e eles, estaremos em segurança.

– Exato, Dick. Mas convém não cairmos – respondeu o doutor, observando o barômetro.

– Em todo caso, Joe – continuou Kennedy –, não faríamos mal se preparássemos nossas armas.

– Mal nenhum, senhor Dick. Seria ótimo não ter essa gente em nosso caminho.

– Minha carabina! – gritou o caçador. – Da qual espero não me separar jamais!

E Kennedy carregou a arma com o maior cuidado. Restavam-lhe balas e pólvora em quantidade suficiente.

– Qual é a nossa altitude? – perguntou a Fergusson.

– Mais ou menos 230 metros. Mas já não temos a liberdade de procurar correntes favoráveis: estamos à mercê do balão.

– Isso é mau – resmungou Kennedy – porque o vento quase não sopra. Se encontrássemos um furacão como o de alguns dias atrás, há muito teríamos perdido de vista esses malfeitores.

– Os miseráveis nos seguem sem se cansar, a trote – disse Joe. – Um autêntico passeio.

JÚLIO VERNE

– Se estivessem ao alcance de tiro – replicou o caçador –, eu me divertiria desmontando-os um depois do outro.

– Sim – concordou Fergusson. – Mas nós também estaríamos e nosso *Vitória* seria um alvo muito fácil às balas de seus mosquetes compridos. Se o perfurassem, deixo a seu critério avaliar qual seria nossa situação.

A perseguição dos talibas continuou por toda a manhã. Por volta das onze horas, os viajantes mal haviam percorrido 20 quilômetros na direção oeste.

O doutor observava as menores nuvens no horizonte, temendo sempre uma mudança na atmosfera. Caso fosse arremessado rumo ao Níger, que aconteceria? Além disso, havia constatado que o balão baixava sensivelmente; após a partida, perdera mais de 90 metros e o rio Senegal ainda estava a uns 20 quilômetros de distância. Na velocidade atual, ele precisava de mais três horas de viagem.

Nesse instante, teve a atenção despertada por nova onda de gritos. Os talibas se agitavam, apressando seus cavalos.

O doutor consultou o barômetro e compreendeu a causa de toda aquela gritaria:

– Estamos descendo – constatou Kennedy.

– Sim – replicou Fergusson.

"Diabo!", pensou Joe.

Ao fim de um quarto de hora, o cesto estava a apenas 45 metros do solo, mas o vento soprava com mais força.

Os talibas esporearam os cavalos e logo uma descarga de mosquetes se fez ouvir.

– Muito longe, imbecis! – gritou Joe. – Acho bom manter esses vilões a distância.

E, visando um dos cavaleiros mais adiantados, disparou; o taliba rolou por terra. Seus companheiros pararam e o *Vitória* ganhou distância.

– Mostram prudência – disse Kennedy.

– Pois acreditam que vão nos apanhar – replicou o doutor. – E conseguirão, se continuarmos baixando! Temos de subir a qualquer custo!

CINCO SEMANAS EM UM BALÃO

– Que vamos jogar fora? – perguntou Joe.

– O restante da provisão de *pemmican*! Serão mais uns 15 quilos de que ficaremos livres!

– Está feito, senhor – disse Joe, obediente às ordens do patrão.

O cesto, que quase roçava o solo, elevou-se ante os gritos dos talibas; mas, meia hora depois, voltou a descer com rapidez: o gás escapava pela trama do invólucro.

Logo o cesto resvalou no solo e os bárbaros de Al-Hadji se precipitaram para ele. Mas, como sempre acontece em tais circunstâncias, o *Vitória*, mal tocou o chão, ergueu-se de um salto para baixar de novo a mais de um quilômetro de distância.

– Não vamos escapar! – lamentou Kennedy, com raiva.

– Jogue fora nossa reserva de aguardente, Joe – gritou o doutor –, nossos instrumentos e tudo que possa ter peso. Nossa última âncora também, pois é preciso!

Joe arrancou os barômetros e os termômetros; mas isso era quase nada e o balão, subindo por um instante, abateu-se de novo. Os talibas voavam em suas pegadas e estavam a apenas duzentos passos dele.

– Joguem os dois fuzis! – ordenou o doutor.

– Não antes de os descarregar, pelo menos – respondeu o caçador.

E quatro tiros sucessivos foram disparados contra a massa de cavaleiros; quatro talibas tombaram em meio ao ulular frenético do bando.

O *Vitória* se ergueu de novo; dava saltos de enorme extensão, como uma imensa bola elástica ricocheteando no solo. Estranho espetáculo o daqueles infelizes que procuravam fugir a passos gigantescos e que, semelhantes a Anteu, pareciam recuperar as forças quando tocavam a terra! Mas era preciso que o drama terminasse. Aproximava-se o meio--dia. O *Vitória* se esgotava, esvaziava-se, alongava-se; seu invólucro se tornava flácido e ondulante, com as dobras do tecido se amontoando umas sobre as outras.

– O céu nos abandona – suspirou Kennedy. – Será preciso morrer!

Joe não dizia nada, apenas olhava para seu patrão.

– Não! – bradou este. – Ainda temos uns 70 quilos para jogar fora!

– Como assim? – estranhou Kennedy, achando que o doutor enlouquecera.

– O cesto! Vamos nos agarrar às malhas da rede e chegar ao rio! Rápido, rápido!

E aqueles homens audaciosos não hesitaram em recorrer a um meio de salvação tão extremo. Suspenderam-se às malhas da rede, como recomendara o doutor, e Joe, segurando-se com uma das mãos, cortou as cordas do cesto, que tombou no exato momento em que o balão ia cair.

– Hurra! Hurra! – bradou ele, enquanto o aeróstato, mais leve, subia 90 metros.

Os talibas fustigavam seus cavalos, que galopavam mal aflorando o chão com os cascos; mas o *Vitória*, encontrando um vento mais forte, adiantou-se e rumou para uma colina que fechava o horizonte a oeste. Essa foi uma circunstância que favoreceu em muito os viajantes, pois conseguiram ultrapassá-la enquanto a horda de Al-Hadji se via obrigada a desviar-se para o norte a fim de contornar esse último obstáculo.

Os três amigos se agarravam firmemente à rede, que tinham conseguido desdobrar por baixo deles à maneira de uma bolsa flutuante.

De repente, após franquear a colina, o doutor gritou:

– O rio! O rio! O Senegal!

A 3 quilômetros, de fato, fluía uma vasta corrente de água; a margem oposta, baixa e fértil, oferecia um abrigo seguro e um local favorável para realizar a descida.

– Mais um quarto de hora – disse Fergusson – e estaremos salvos!

Não seria, porém, tão fácil. O balão descia pouco a pouco sobre um terreno quase desprovido de vegetação, composto de encostas longas e planuras rochosas. Mal se viam alguns arbustos e uma erva espessa, ressecada ao calor do sol.

O *Vitória* tocou várias vezes o solo e outras tantas se ergueu, mas seus saltos diminuíam de altura e extensão. No último, enganchou-se

CINCO SEMANAS EM UM BALÃO

pela parte superior da rede aos ramos mais elevados de um baobá, única árvore isolada no meio daquele país deserto.

– É o fim – disse o caçador.

– E a apenas cem passos do rio – lamentou Joe.

Os três infortunados puseram pé em terra, e o doutor conduziu seus dois companheiros na direção do rio.

Nesse ponto, o Senegal emitia um rugido prolongado e, chegando à margem, o doutor reconheceu as quedas de Gouina! Nenhum barco à vista; nenhum ser vivo.

Com uma largura de 600 metros, o Senegal se precipitava de uma altura de 50, com um estrondo ensurdecedor. Corria de leste para oeste e a linha de rochedos que barrava seu curso se estendia de norte a sul. No meio da catarata, erguiam-se penedos de formas estranhas, como imensos animais antediluvianos petrificados dentro das águas.

A impossibilidade de atravessar esse verdadeiro golfo era evidente, e Kennedy não pôde conter um gesto de desespero.

Mas o doutor Fergusson, com tom de suprema audácia, bradou:

– Não, não é o fim!

– Eu sabia – disse Joe, com aquela confiança no patrão que não perdia nunca.

A vista do mato ressequido havia inspirado ao doutor uma ideia ousada. Era a única chance de salvação. Levou rapidamente os companheiros para junto do invólucro do balão.

– Temos pelo menos uma hora de vantagem sobre aqueles bandidos – disse ele. – Não percamos tempo, meus amigos: juntem uma grande quantidade desse mato seco. Preciso de pelo menos 100 quilos.

– Para quê? – quis saber Kennedy.

– Não há mais gás. Pois bem, atravessaremos o rio com ar quente!

– Ah, meu bravo Samuel – exclamou Kennedy –, você é mesmo um grande homem!

Joe e Kennedy se puseram a trabalhar e, logo, acumularam uma enorme pilha de mato seco junto ao baobá.

JÚLIO VERNE

Durante esse tempo, o doutor aumentou o orifício do aeróstato cortando-o na parte inferior, tendo antes o cuidado de deixar escapar pela válvula o que restava de hidrogênio; em seguida, colocou uma certa quantidade de erva seca sob o invólucro e lhe pôs fogo.

É preciso pouco tempo para encher um balão de ar quente: um calor de 100 graus centígrados basta para diminuir em 50% o peso do ar que ele encerra, por causa da rarefação. Assim, o *Vitória* foi aos poucos reassumindo sua forma arredondada. Não faltava erva; o doutor atiçava o fogo e o aeróstato se avolumava a olhos vistos.

Eram doze horas e quarenta e cinco minutos.

Nesse momento, 3 quilômetros ao norte, surgiu a horda de talibas; ouviam-se seus gritos e o galope dos cavalos lançados a toda rédea.

– Dentro de vinte minutos, chegarão aqui – previu Kennedy.

– Mais erva! Mais erva, Joe! Em dez minutos, estaremos no ar!

– Pronto, senhor.

O *Vitória* estava inflado em dois terços.

– Meus amigos, agarremo-nos à rede, como antes.

– Feito! – respondeu o caçador.

Ao fim de dez minutos, alguns abalos indicaram a tendência do balão a se elevar. Os talibas se aproximaram; estavam a menos de cem passos dos viajantes.

– Segurem-se bem! – gritou Fergusson.

– Não se preocupe, patrão, não se preocupe!

Com o pé, o doutor jogou mais erva na fogueira.

O balão, que estava inteiramente dilatado pelo aumento da temperatura, ergueu-se, roçando os ramos do baobá.

– A caminho! – gritou Joe.

Uma descarga de mosquetes lhe respondeu e uma bala chegou a lhe raspar o ombro; mas Kennedy, inclinando-se e descarregando sua carabina, deitou mais um inimigo por terra.

Gritos indescritíveis de raiva acolheram a ascensão do aeróstato, que subiu a mais de 250 metros. Um vento rápido o colheu, fazendo-o

CINCO SEMANAS EM UM BALÃO

descrever inquietantes oscilações, enquanto o intrépido doutor e seus companheiros pasmavam para o golfo das cataratas escancarado diante de seus olhos.

Dez minutos depois, sem dizer uma palavra, os intrépidos viajantes desciam pouco a pouco na direção da outra margem do rio.

Lá, surpresos, maravilhados, assustados, esperavam-nos uns dez homens com uniformes franceses. Qual não deve ter sido seu espanto ao ver aquele balão se levantar da margem oposta! Não estavam muito longe de acreditar em um fenômeno celeste. Mas seus comandantes, um tenente e um subtenente de marinha, sabiam pelos jornais da Europa da audaciosa tentativa do doutor Fergusson e logo se deram conta do que acontecia.

O balão, esvaziando-se pouco a pouco, baixava com os corajosos aeronautas agarrados à sua rede. Mas era duvidoso que conseguisse alcançar a terra, e assim os franceses se precipitaram para o rio, recebendo os três ingleses nos braços justamente quando o *Vitória* desabava a poucos metros da margem esquerda do Senegal.

– O doutor Fergusson! – bradou o tenente.

– Ele mesmo – respondeu o doutor com a maior tranquilidade. – E seus dois amigos.

Os franceses levaram os viajantes para a margem, enquanto o balão, quase vazio, era arrastado pela rápida corrente como uma imensa bolha e desaparecia com as águas do Senegal nas cataratas de Gouina.

– Pobre *Vitória*! – murmurou Joe.

O doutor não pôde conter uma lágrima; abriu os braços e seus amigos se precipitaram para ele tomados de intensa emoção.

44

Conclusão – A ata – Os estabelecimentos franceses – O posto de Medina – O Basilic – Saint-Louis – A fragata inglesa – Regresso a Londres

A expedição que se encontrava na margem do rio tinha sido enviada pelo governador do Senegal. Compunha-se de dois oficiais, Dufraisse, tenente de infantaria da marinha, e Rodamel, subtenente, mais um sargento e sete soldados. Havia dois dias procuravam um local favorável para o estabelecimento de um posto em Gouina quando presenciaram a chegada do doutor Fergusson.

Nem se fale nas felicitações e abraços de que foram alvo os três viajantes. Os franceses, tendo visto com seus próprios olhos a conclusão daquele audacioso projeto, tornaram-se as testemunhas naturais de Samuel Fergusson.

O doutor lhes pediu, então, que constatassem oficialmente sua chegada às cataratas de Gouina.

– O senhor concordaria em assinar a ata? – perguntou ao tenente Dufraisse.

– De bom grado – foi a resposta.

Os ingleses foram conduzidos a um posto provisório na margem do rio, onde receberam os melhores cuidados e provisões em abundância.

CINCO SEMANAS EM UM BALÃO

E lá se redigiu, nos seguintes termos, a ata que está hoje nos arquivos da Sociedade Geográfica de Londres:

"Nós, os signatários, declaramos que vimos chegar hoje, suspensos pela rede de um balão, o doutor Fergusson e seus dois companheiros, Richard Kennedy e Joseph Wilson[29]; cujo balão caiu a alguns passos de nós no leito do rio e, arrastado pela corrente, desapareceu nas cataratas de Gouina. Disso damos fé e assinamos a presente ata juntamente com os acima nomeados, para lhe conferir caráter oficial. Lavrada nas cataratas de Gouina em 24 de maio de 1862.

Samuel Fergusson; Richard Kennedy; Joseph Wilson; Dufraisse, tenente de infantaria da marinha; Rodamel, subtenente; Dufays, sargento; Flippeau, Mayor, Pélissier, Lorois, Rascagnet, Guillon, Lebel, soldados."

Aqui termina a impressionante travessia do doutor Fergusson e seus bravos e intrépidos companheiros, constatada por testemunhos irrecusáveis; encontravam-se na companhia de amigos e no meio de tribos bastante hospitaleiras, cujos contatos são frequentes com os estabelecimentos franceses.

Chegaram ao Senegal em 24 de maio, sábado, e em 27 do mesmo mês alcançaram o posto de Medina, situado mais ao norte, na margem do rio.

Lá, os oficiais franceses os receberam de braços abertos, com todos os recursos de sua hospitalidade. Os três puderam embarcar quase imediatamente em um pequeno barco a vapor, *Le Basilic*, que descia o Senegal rumo à embocadura.

Catorze dias depois, em 10 de junho, chegaram a Saint-Louis, onde o governador lhes preparou uma recepção magnífica. Estavam completamente recuperados de suas emoções e fadigas. De resto, Joe dizia a quem quisesse ouvir:

---

29 Dick é o diminutivo de Richard; Joe, de Joseph. (N. T.)

– Foi uma viagem sem graça, afinal de contas, e quem gosta de emoções fortes não deverá empreendê-la, se aceitar meu conselho. Acabou por ficar aborrecida e, sem as aventuras do lago Chade e do Senegal, acho mesmo que morreríamos de tédio!

Uma fragata inglesa estava de partida, e os três viajantes embarcaram nela. Em 25 de junho, chegaram a Portsmouth e, no dia seguinte, a Londres.

Não descreveremos a acolhida que tiveram na Real Sociedade de Geografia nem as atenções de que foram objeto. Kennedy partiu logo para Edimburgo com sua famosa carabina: tinha pressa em tranquilizar sua velha governanta.

O doutor Fergusson e seu fiel Joe continuaram sendo os mesmos homens de sempre, mas com uma pequena diferença que lhes passou despercebida: haviam se tornado amigos íntimos.

Os jornais da Europa inteira não pouparam elogios aos audaciosos exploradores e o *Daily Telegraph* lançou uma tiragem de novecentos e setenta e sete mil exemplares no dia em que publicou um resumo da viagem.

O doutor Fergusson fez em sessão pública na Real Sociedade de Geografia o relato de sua expedição aeronáutica, obtendo para ele e seus dois companheiros a medalha de ouro destinada a recompensar a mais notável expedição do ano de 1862.

A viagem do doutor Fergusson teve como principal resultado confirmar de maneira precisa os fatos e levantamentos geográficos realizados por Barth, Burton, Speke e outros. Graças às expedições atuais de Speke e Grant, De Heuglin e Munzinger, que se dirigem às nascentes do Nilo ou à África Central, poderemos em breve comprovar as próprias descobertas do doutor Fergusson nesse imenso território compreendido entre os graus 14 e 33 na longitude.